WHEN WE GOT LOST IN DREAMLAND
Text copyright © Ross Welford 2021
Translated under licence from HarperCollins Publishers Ltd.
The author asserts the moral right to be acknowledged
as the author of this work.

Росс Уэлфорд

КОГДА МЫ ПОТЕРЯЛИСЬ

В

СТРАНЕ СНОВ

Москва
2022

BOOKS

Если бы человек мог попасть во сне в Рай и получить в дар цветок как подтверждение, что его душа действительно там побывала, а проснувшись, обнаружить этот цветок в своей руке… О, что тогда?

— Сэмюэл Тейлор Кольридж (1772–1834)

У меня на руке так и остались отпечатки зубов громадного крокодила по имени Катберт, который существовал только в моей голове. О, и что тогда всё это значит?

— Малкольм Гордон Белл (11 лет)

Прежде чем всё началось

Я расскажу вам об одном плохом сне. Вот только… он к тому же реален.

Не волнуйтесь — я тоже поначалу ничего не понимал.

Когда я был совсем маленьким, мне постоянно снился сон, как по железнодорожным путям к нашему дому прибегает крокодил и начинает гоняться за мной по саду. (Нашему бывшему дому. Мы там жили, пока папа не ушёл. Себ был ещё младенцем.)

Я просыпался и звал маму, и она приходила ко мне в комнату и говорила:

— Ш-ш, Малки, ш-ш. Себби разбудишь. Это просто плохой сон, — а потом садилась на краешек кровати, гладила меня по голове и напевала песенку со словами: «Пусть будет так, будет так, будет так, будет так…»

Но крокодил продолжал возвращаться.

Потом маме пришла в голову идея купить мне плюшевого крокодила и дать ему какое-нибудь забавное имя. Мы назвали его Катберт. Никто по имени Катберт не может быть страшным, сказала она.

Так что однажды ночью (мне было лет шесть) мне приснилось, что крокодил снова появился у нас в старом саду и гоняется за мной, как раньше. Я остановился, ткнул в него пальцем и назвал по имени:

— Катберт!

И через считаные секунды монстр передо мной превратился в мою игрушку. Я заворожённо наблюдал — стоя в саду в своей пижаме со «Звёздными войнами», — как ороговевшая, чешуйчатая, бугристая кожа превращается в мягкий зелёный плюш, а жёлтые бритвенно острые клыки сменяются треугольничками жёлтого фетра. Он весь съёживался, пока наконец не сделался плюшевой игрушкой.

И всё это во сне.

Мама рассказывает, что когда я проснулся следующим утром, я крепко прижимал к себе игрушечного Катберта. Вскоре после этого кошмары прекратились.

Это был мой первый опыт управления сном, а я вроде как и позабыл о нём. А потом появился Сновидатор, и Катберт вернулся, ну и…

В следующий раз я увидел Катберта — настоящего Катберта, не игрушечного — несколькими годами позже: я был вместе с Себом, а крокодил выскочил из багажника машины, принадлежавшей самому огромному злодею, который только жил на свете.

Тогда надо было и прекратить. Но я этого не сделал.

Я находился в месте более необъятном, загадочном и пугающем, чем где угодно на земле, которое только можно вообразить. Наверное, его можно назвать Страной снов — и вот там-то я и потерял Себа.

Глава 1

Это мой сон, я уже бывал здесь, и я разъярён и напуган. Разъярён, потому что этого не должно происходить, а напуган, потому что это *происходит*. Виноват во всём Себастьян, конечно. *Почему ему постоянно надо это делать?*

Даже я видел, что всё налаживалось. Мы с Себом не ссорились уже несколько недель. Мама была счастлива. Я нашёл в школе друзей. (Ну, *одного* друга, вроде как, но всё же... Вы с ней ещё встретитесь.) Папа позвонил впервые за уйму времени.

Я стою у входа в пещеру, гадая, что делать. Высоко в холодном синем небе надо мной кружит здоровенная чайка. В отдалении, на берегу, та же пара волосатых мамонтов, что и прежде, лениво пожёвывает тот же, что и прежде, именинный торт-переросток.

Я цокаю языком и думаю: «Почему Себу вечно нужно всё портить?»

Я мог бы просто проснуться. Вообще-то, именно так я собираюсь...

— Эй, вонючка!

Я поворачиваюсь и вижу, что позади меня, в прохладной тени пещеры, стоит мой брат в своей зелёной вратарской футболке.

— Что происходит? — рявкаю я на него. — Я же выключил Сновидаторы.

— Знаю. Зачем ты так сделал? — начинает ныть он. — Я их снова включил, потому что уснуть не мог. У нас с тобой ритмы сна рассинхронизированы.

«У наф ф тобой ритмы фна раффинхронивированы». Я знаю, что без трёх передних молочных зубов разговаривать непросто, но он даже не старается. В любом случае я не собираюсь каждый раз передавать это письменно, так что просто представляйте, что он говорит, как собачья игрушка-пищалка.

— Себ, приятель, — говорю я, стараясь не переходить на крик сразу же, — это небезопасно. Что-то явно не так, и мне кажется, мы должны...

— Не так с чем?

— Не так со Сновидаторами. С... со всем...

— Да ладно, Малки. Ты *сказал*, что мы это сделаем. Ты *пообещал*!

Вообще-то ничего я не обещал, но он начинает канючить. Терпеть не могу, когда он канючит.

— Себ... Говорю же тебе, что-то неладно.

Он меня не слушает.

— А где остальные? — спрашивает он. Я качаю головой. Я всё ещё думаю, что нужно прекратить всё это здесь и сейчас. Себ начинает

11

принюхиваться. — Они были здесь. Ушли совсем недавно, я бы сказал. — Он указывает на дымящийся в ямке костёр. Снаружи порывистый ветер колышет пучки сушащихся в устье пещеры водорослей — они свисают длинными прядями, напоминая серо-зелёные флажки.

— Они ушли красть еду, — говорю я немного сварливо. — Ты же знаешь, как это бывает.

Последнее общее сновидение? Совсем коротенькое. И всё, больше никогда.

— Что, без нас? — говорит Себ. — Так нечестно. Давай, Малк. Если надо будет — просто проснёмся.

Откуда-то — из глубин разума, где бы он теперь ни был? — в моей голове всплывает предупреждение. Как там было? «Твоя голова внутри больше, чем снаружи, Малки...»

— Малки! — кричит Себ. — *Идё-ё-ё-ёём!*

Я уступаю. В одном он прав: мы всегда можем проснуться и покинуть сон, когда захотим. По крайней мере *это* мне ещё удаётся контролировать. И как только появится крокодил — мы сразу же свалим.

Никогда в жизни я не совершал большей ошибки.

— Ну ладно, — быстро говорю я, чтобы не передумать. — Догоним их. Вряд ли они ушли дальше озера. И пообещай: если я говорю хватит — значит, хватит, ладно?

— Обещаю, — говорит Себ. Но я не уверен, что он меня слушает.

Глава 2

Мы пускаемся бежать трусцой, сжимая в руках по копью с острым кремнёвым наконечником и по толстой дубинке с камнем размером с кулак, надёжно прилаженным к одному концу полосками кожи.

Мы добираемся до конца пляжа — он выглядит в точности как настоящий пляж у нас дома, в Тайнмуте (если не считать мамонтов, конечно), — и бежим вверх по холму, пока под нами не раскидывается огромная долина, на месте которой лет так через десять тысяч будет широкая дорога, и паб с живой музыкой, и район с невысокими многоквартирными домами. Но пока что ничего этого тут нет. Тут нет вообще *ничего* сделанного человеком — не считая проплывающего по небу старомодного дирижабля в форме гигантской золотой рыбки. Не спрашивайте, откуда он тут взялся. В снах каких только странностей не бывает, и я к этому времени уже вроде как привык.

Однако наших друзей нигде не видно.

Я говорю:

— Супербег. Сонным стилем. Готов?

Себ расплывается в щербатой улыбке, и мы немедленно начинаем нестись через долину, как два олимпийских бегуна, стремящихся к финишной черте. Бок о бок, в руках оружие, в ушах свищет ветер. Я бегу быстрее Себа, но когда вдали показывается Подливочное озеро, он равняется со мной, а потом и вовсе обгоняет. Он так и бежит впереди, когда мы спускаемся в неглубокий каньон, по которому течёт река мятного заварного крема (это сон, помните?), и мы пересекаем её, скача с камня на камень.

Я даю Себу хорошую фору, чтобы он подумал, будто побеждает. Мне ничего не будет стоит ускориться, точно рассчитав всё так, чтобы обогнать его и победить в последнюю минуту, но не втаптывать в грязь — а то потом он наотрез откажется соревноваться.

И вот, когда Подливочное озеро становится ближе и я уже могу разглядеть силуэты наших компаньонов, собравшихся на берегу, я начинаю прикладывать больше усилий. Я делаю свои скачки всё мощнее и длиннее… но мне никак не удаётся догнать Себа. Я выкидываю оружие, активнее шевелю руками, выбросив вперёд подбородок, и бегу быстрее. И быстрее.

Опять это происходит. Мой сон меня не слушается.

Что не так? Я вообще не приближаюсь к Себу.

Я понятия не имею, как быстро мы бежим, но земля проносится под моими ногами с жуткой скоростью, однако, как бы я ни ускорялся, Себ ухитряется оставаться впереди.

Так не должно быть. Я ничего не понимаю.

Теперь я прекрасно вижу Коби и остальных и никак не успеваю затормозить вовремя. Я мчусь так быстро, что пробегаю мимо них — прямо в ледяное озеро. Там водянистая школьная подливка наконец замедляет меня, и я падаю лицом вперёд, погружаясь с головой, и выныриваю, жадно хватая ртом воздух. Остальные тычут в меня пальцами и смеются, а Себ радостно скачет, победно вскинув руки.

Холод подливки шокировал меня.

То, что Себ меня обогнал, шокировало меня ещё больше.

Я всё ещё стою на отмели коричневого озера и оглядываю собравшихся: тут маленькая Эрин, старая Фарук и, само собой, пещерный мальчик Коби — он выглядит точно так же, как в книге Себа, то есть мультяшно. По сути, он картинка, которая ходит и разговаривает. На нём меховая накидка, перекинутая через одна плечо, и дубинка с камнем на конце, как та, которую я недавно выбросил. При взгляде на его меха мне становится ещё холоднее, потому что на мне самом вымокшая насквозь пижама. Я закрываю глаза и говорю:

— Сменить пижаму на мех, — а потом жду.

Ничего не происходит. Я пробую снова, но я уже подрастерял уверенность.

Себ ничего этого не видел: он в нескольких метрах от меня, болтает с остальными. Я окликаю его, и он неторопливо подходит, весь такой гордый: обогнал ведь меня в гонке.

— Чего тебе, неудачник? — спрашивает он. — Тебе не холодно?

— Себ, — говорю я, — всё опять как-то неправильно.

— В смысле — «опять»? — не понимает Себ.

— Я же тебе говорил: сон не всегда делает, как я велю, а теперь это начинается всё быстрее. Смотри! — Я указываю вверх. — Позеленеть! — Небо не зеленеет. Однако я не хочу пугать брата. Вместо этого я спрашиваю: — Может, пора уже проснуться? — Это кажется единственным безопасным вариантом.

Он морщит нос и надувает губы.

— Я не хочу. Что с тобой не так? Ты сам сказал, Малки. У нас мало времени. А я хочу хотя бы прокатиться на мамонфе!

У него очень хорошее настроение, и он, вероятно, прав. Хоть я и не могу идеально всем управлять, рано или поздно мы всё равно выйдем из цикла сна — проснёмся как обычно дома, в своих постелях, примерно через двадцать минут. Скоро я высохну.

Расслабься, Малки! Нет тут ничего опасного. Это просто обычный сон, где всякое странное творится.

Я пытаюсь убедить себя в этом, изо всех сил пытаюсь. Я говорю себе: «Пусть будет так…»

— Да ладно, Малки! — говорит Себ. — Мы еду красть идём, помнишь? Прямо как в книге!

— Помню, помню, — вздыхаю я. — Ладно, твоя взяла.

Я встаю на край невысокой скалы, где озеро мощным водопадом обрушивается вниз, как на картинке в книжке. Я делаю глубокий выдох и принюхиваюсь, поворачивая голову точно по линии горизонта.

Запах доносится с той стороны, где постепенно начинает садиться солнце, окрашивая Подливочное озеро в коричневато-розовый. Кто-то жарит мясо. Мамонта? Я поворачиваюсь к остальным и киваю.

— Мясо, — говорю я. Рисованные губы Коби расплываются в широкой улыбке, и он высовывает язык от удовольствия. Он не боится того, что может произойти дальше. Он вообще никогда не боится. Эрин рядом с ним встаёт и протягивает руку старой Фарук — та отмахивается от неё и, покряхтывая, поднимается самостоятельно.

(Большинство имён, кстати, придумал Себ. Просто решил уточнить. Эрин — это его одноклассница.)

Между деревьев виднеется огромная скала, а чуть подальше слабо светится костёр.

Красть мясо у другого племени — огромный риск. В книжке всё легко и просто: племя делится с нами мясом, потому что мы голодны, а Коби потом катается на мамонте. На самом деле мы никогда не заходили так далеко во сне, нас всегда что-то

17

отвлекало. Поэтому, наверное, Себу и не хочется уходить. Он просто мечтает покататься на мамонте — и не могу сказать, что осуждаю его за это.

Я крадусь между камней, поднимаю пригоршню земли, принюхиваюсь и морщусь от мерзкого запаха собачьих какашек.

— Собаки, — шепчу я, вытирая пальцы. Даже в темноте я вижу, как на лице Эрин мелькает страх. Про собак нам всем прекрасно известно. Другое племя кочует с ними. Они с ними говорят, дают им имена и команды, прямо как мы в реальной жизни. Собаки нападают, если им велят. Они жуткие, даже во сне.

Тут позади меня раздаётся звук: *р-р-р-р-р-р-р-р-р-р-р-р*. Я сглатываю и оборачиваюсь: вот она. Старая чёрно-рыжая псина с седой мордой. Она припала к земле, готовясь броситься; глаза светятся янтарём в лучах заходящего солнца. Она поднимает кривую переднюю лапу, деформировавшуюся после какого-то старого ранения, и снова рычит.

Р-р-р-р-р-р. Появляется ещё одна, и ещё. Мы разворачиваемся… но они и позади нас тоже. Нам пятерым — мне, Себу, Коби, Эрин и Фарук — путь к отступлению отрезан.

Мы в ловушке.

ГЛАВА 3

Перед нами собаки, позади — стоянка другого племени.

Я слышу, как у меня за спиной свистит ветка, и вижу отбрасываемую горящим суком тень. Мы поворачиваемся: за нами стоят пять мужчин — крепкие, рты раскрыты, на поясах вонючие меховые повязки, все крупнее нас. Гораздо крупнее. Такие крупные люди бывают только во сне.

Ладно, теперь, пожалуй, самое время проснуться. Я пытаюсь поймать взгляд Себа.

Ближайший мужчина свистит, и собаки реагируют, делая два шага к нам и рыча ещё громче. Маленькая Эрин рядом со мной поскуливает. Ещё один свист — и собаки подбираются ближе, заставляя нас пятиться к самому крупному мужчине. Потом он отдаёт команду, и собаки замирают. От этих людей нас отделяет расстояние в два человеческих роста. Самый крупный ухмыляется и кивает. Не поворачивая головы, он говорит что-то на своём языке, и остальные смеются и нацеливают на нас копья. У одного из них короткий лук и стрела — он натягивает кожаную тетиву, и та поскрипывает.

В три длинных шага высокий оказывается передо мной. Его горящий сук пахнет жжёным жиром: на конце его что-то намотано и шипит, пожираемое огнём. Мужчина придвигает факел ко мне, и я отстраняюсь.

— Себ, — бормочу я. — Готовься просыпаться. Мне это не нравится.

Я смотрю на мужчину. Его огромные глаза почти чёрные, как и у остальных, над ними нависает одна сплошная густая бровь, а под крючковатым носом растут спутанные квадратные усы. Он придвигается ближе и проводит факелом вдоль моего тела, от ног до головы, а потом протягивает руку, и я стараюсь не вздрагивать: он ощупывает мою грудь, потом подбородок. Я слышу, как попискиваю от страха.

— Себ. Он только что дотронулся до меня. Давай выбираться отсюда!

Мужчина медленно рычит, а потом произносит два слова, на этот раз на английском, от которых по мне пробегает холодок.

— Взять их.

Глава 4

Спутники высокого бормочут и кивают. Он выпрямляется, опуская факел. Затем резко выбрасывает руку и грубо хватает Себа за волосы, заставляя его визжать, и одним быстрым движением швыряет его своим сородичам, и те накидываются на него. Ноги у Себа подкашиваются.

— Эй, прекратите! — кричит Себ. Он встречается со мной взглядом — мы оба знаем, что делать. — Проснуться! — кричим мы хором.

Вот только ничего не происходит.

— Нет! — вопит Эрин и делает шаг к мужчинам, но остриё копья заставляет её остановиться. Вожак говорит что-то собакам, и они окружают его, не сводя с нас янтарных глаз. Он тем временем хватает Себа за запястья и начинает связывать их грубой верёвкой, сплетённой из лозы. Его мощные мускулы ходят под кожей ходуном, и мне удаётся разглядеть под его волосами небрежную, смазанную татуировку свастики.

Теперь мне по-настоящему страшно.

— Проснуться! — снова кричим мы с братом.

Высокий мужчина скалится и делает шаг ко мне, наклоняясь так близко, что, когда он смеётся, я чую его зловонное дыхание.

— Слишком поздно, — говорит он. — Ты же не слушал, когда тебя предупреждали, не так ли? Попробуй ещё разок, странный мальчик из будущего в пижамке, ха-ха!

— Проснуться! — в третий раз кричу я, а потом задерживаю дыхание на несколько секунд и с усилием выдыхаю прямо ему в лицо: *пха-а-а-а!*

Он принюхивается и говорит, ощерившись:

— Зубная паста, хм? И всё же ты по-прежнему тут. Это обнадёживает. Меня, по крайней мере. Добро пожаловать в мой мир — бескрайнее измерение, где есть всё, что ты только можешь вообразить. Но — к несчастью для тебя — *я тоже могу воображать.* — Он выпрямляется во весь рост — теперь по-настоящему гигантский — и обращается к своим спутникам. — Увести мелкого!

— Нет! Малки! Останови их! Разбуди меня!

— Не могу, Себ, не могу! Сделай штуку с дыханием! Проснуться!

Себ надувает щёки, но мне приходится отвернуться: на меня неверным шагом надвигается собака с повреждённой лапой, и у меня нет выбора, кроме как спасаться бегством.

«Это просто сон, — продолжаю убеждать себя я. — Что самое худшее может произойти? Скоро Себ проснётся сам».

Я бегу сквозь череду сосен, а за мной гонятся со-баки. В груди болит от страха и одышки. Наконец я оказываюсь на вершине скалы, поворачиваюсь и вижу, как на меня несётся громадная тварь с седой мордой. Подо мной…

Абсолютная пустота.

Ни моря, ни скал, ни каньона, ни даже какой-нибудь типичной для сна чепухи вроде трамплина или огромной кучи опавших листьев: просто бес-крайняя, серая, туманная пустота, напоминающая телевизионные помехи. Страна снов как будто со-всем перестала стараться. Я оглядываюсь — собака уже в прыжке, летит, вытянув вперёд лапы, и вот они ударяют меня — *уф!* — прямо в грудь, и мы оба кувырком падаем в серость.

Меня начинает потрясывать, а потом и вовсе бить крупной дрожью. Зубы у меня стучат, а всё тело содрогается в конвульсиях; желудок стискивает спазмом, и у меня появляется чувство, что меня вот-вот стошнит; я хватаюсь за белый бачок унитаза, и меня рвёт.

И ещё раз.

И ещё.

И я не знаю, сколько сижу там, на полу в ванной, прислонившись головой к прохладному фаянсу, во всё ещё влажной пижаме.

Дыхание мало-помалу выравнивается. Я сплёвы-ваю остатки рвоты в унитаз и смываю, а потом резко разворачиваюсь, испуганный, что через дверь в ванную вломится крокодил, как в тот раз.

Но нет. Я не сплю. Я ударяю кулаком о стену.

Ай.

Я у себя дома, в ванной. Я подпрыгиваю и пытаюсь опуститься на пол, плавно паря, но приземляюсь с обычной силой. Я проснулся.

Я...

...совершенно точно...

...не сплю!

Меня по-прежнему потрясывает от страха, но всё выглядит так, как и должно быть. Я выдавливаю улыбку, глядя на своё отражение в зеркале, полощу рот водой из-под крана и отправляюсь обратно в кровать. Пижаму я стаскиваю и швыряю в угол.

Ну всё! Хватит с меня. Больше никогда, *ни за что на свете!* Это было просто ужасно, и я очень зол на Себа за то, что он меня вынудил, и на себя за то, что уступил ему. В любом случае уже почти пора вставать.

— Себ! — свирепо шиплю я, вернувшись в нашу комнату. — Себ! Эй, Себ! Проснись!

Он лежит на кровати в той же зелёной вратарской футболке, время от времени дёргая головой; Сновидаторы, висящие на потолке, освещают его лицо серо-голубым светом. Я их вообще-то отключал, но Себ включил их снова, стоило мне уснуть.

Бесячие младшие братья постоянно так делают.

— Себ, приятель, хватит придуриваться. Себ? Себастьян. *Себастьян!* Проснись! — Я резко трясу его. — Себ! *Себ!*

24

Он не просыпается. Он как будто умер, но ещё дышит. Я трясу его ещё немного — и даже отвешиваю пощёчину.

— Давай *(шлёп)* просыпайся *(шлёп)*!

Мой желудок кувыркается, и если бы меня не вырвало до этого, то наверняка вырвало бы теперь. Я хватаю брата за плечи и трясу. Его голова бьётся о подушку. Ничего. Я кричу громче, шлёпаю его сильнее — чересчур сильно, если честно. Теперь у него на щеке горит красный отпечаток моих пальцев.

— Прости, прости, — всхлипываю я. — Просто проснись!

Из-за двери доносится сонный мамин голос.

— Мальчики? Малки? Что происходит?

За те несколько секунд, пока мама идёт через лестничную площадку, я начинаю сожалеть обо всём плохом, что когда-либо думал о Себе.

Я опускаюсь на свою кровать и хватаюсь за голову. Я слышу мамины шаги.

Что я наделал?

Глава 5

Можно ли развестись с младшим братом?

Тупой вопрос, знаю, но до относительно недавнего времени мне этого ужасно хотелось. О практической стороне вопроса я не очень задумывался. В смысле, вряд ли мы могли бы жить в разных домах, правда? Наверное, Себ мог бы переехать к папе и его подружке и задыхаться от запаха её фруктовых духов, но стоило бы ему заныть «Это *нечестно*!» и расплакаться, как он всегда делает, и вот уже *я* жил бы в Мидлсбро с папой и Мелани.

На кухонном подоконнике стоит фото в рамке — мы вдвоём в нашем прежнем саду, я обнимаю Себа рукой за плечи. Пару раз мама говорила, глядя с грустным лицом на это фото:

— Раньше вы *так* здорово ладили! — и после этого я обычно стараюсь вести себя с ним мило, но он всегда — буквально всегда — всё портит.

А ещё я как-то раз его ударил. Ладно, ладно... выслушайте меня. Я был не виноват. Вы когда-нибудь кого-нибудь били? Со всей силы, когда злились? Скажем, когда кто-нибудь пытался вырвать у вас из рук джойстик именно тогда, когда вы вот-вот должны были перейти на новый уровень «Уличного бойца»?

Поверьте мне на слово: проще простого ударить кого-то джойстиком чуть сильнее, чем собирался.

Это было вскоре после того, как мама с папой расстались и мы переехали в этот крохотный домишко в Тайнмуте. Мама попыталась раздуть из этого великое событие, как вечно делают взрослые. «Шикарно заживём, мальчики!» — сказала она, потому что Тайнмут чуточку элитнее по сравнению с Байкером, но я знал, что она преувеличивает. Переезд из дома с собственной спальней в дом, где комнату приходилось делить с нытиком и соплёй, не вязался с моим представлением о «шикарной жизни», а когда я пожаловался, что все мои друзья остались в Байкере, мама ответила: «Если это настоящие друзья, они приедут тебя навестить, Малки».

Никто меня не навестил. У нас нет машины, а на метро мама мне ездить запрещала, пока мне не исполнилось десять, так что к тому времени я уже сто лет не виделся с Заком, Джорди и Райаном.

А потом эта новая школа, примерно в двух километрах от моего дома, где все дети говорят по-другому и в осеннем семестре играют в регби вместо футбола. (Я ненавижу регби.) Но со всем этим я как-то мог смириться.

Все — мама, школьная психологша Валери, миссис Фаррух — считают, что мои «проблемы с поведением» вызваны разводом родителей и переездом, но это не так.

Во всём виноват Себастьян. Если бы не он, ничего плохого — ни крокодила, ни Каменного века, ни Адольфа Гитлера — не случилось бы.

Он проснулся бы как обычно.

А Сновидатор? Ну ладно, тут я вам признаюсь. Сновидатор был на моей совести, но это сошло бы мне с рук, если бы не Себ.

Вы поймёте, когда я объясню — но для этого мне нужно будет вернуться к тому дню, когда я нашёл Сновидаторы и мы с Себом впервые оказались в Стране снов.

Только не надо меня осуждать, когда я расскажу, что сделал, ладно? Потому что, держу пари, вы и сами хоть раз да поступали дурно. А с бесячим младшим братом всё становится ещё сложнее.

Просто проясняю эти моменты, прежде чем начать.

Четыре недели

назад

Глава 6

Начало сентября, завтра первый учебный день. Мы с Кез Беккер стоим в пустом переулке за рядом больших блокированных домов, обращённых фасадами к реке. На часах примерно семь вечера, и ещё довольно светло. Между нами говоря, мне Кез Беккер не то чтобы особо *нравится*, но либо она, либо нытик Себ.

Чтобы «отметить конец лета», она только что поспорила со мной, что я не смогу совершить кражу.

Я почти уверен, что она не имела в виду именно «отметить» и «кражу», и собираюсь ей об этом сказать, вот только у неё мой телефон, тот, который папа прислал мне в том месяце на день рождения, и она отказывается его возвращать. Кез — мой друг (вроде как), так что я уверен, что рано или поздно она отдаст телефон, но *в то же время* она самая странная девчонка в школе и с ней никогда нельзя знать наверняка.

(«Странная? — переспросите вы. — Почему?» Что ж, папа Кез владеет бюро ритуальных услуг, и Кез объявила, что даст десять фунтов любому, кто проведёт там полчаса в одиночестве после заката. Мне кажется, там лежат трупы. Это ещё один из её споров. Она называет его «Хэллоуинское испытание». Это странно, как по мне.)

Кез на год меня старше, и она забрала мой телефон, потому что она...

Прикалывается.

Так она говорит, по крайней мере.

— Да я прост' прикалываюсь, Белл! Расслабься!

Когда я наткнулся на неё сегодня, Кез сидела на вершине каменных ступеней, ведущих от залива, и рассматривала окрашенные в фиолетовый кончики своих светлых волос.

— Чокак, Белл? — пробурчала она, не поднимая взгляда. Она всегда зовёт меня по фамилии. Мне это не нравится, но я ничего не говорю. Потом она сказала что-то про «прекрасный вечер» и про то, как закат за её спиной окрашивает устье реки в такой коричневато-розовый оттенок. Это было так на неё не похоже, что я должен был насторожиться уже тогда, но я потерял бдительность. Так что когда она сказала: «Опа, давай-ка я тебя сфоткаю! Твоей ма очень понравится», я отдал ей телефон...

...и десять минут спустя он по-прежнему у неё. Как заложник.

— Кез, пожалуйста. Верни телефон. Ма меня убьёт...

Я осекаюсь. Говорить «пожалуйста»? Кез Беккер?

Теперь я у неё на крючке — я это знаю и она знает, что я знаю.

— Ну так давай, Белл. Придётся эт' сделать. Таковы правила. Или не верну те мобилку. Или ты мне не доверяешь? — Она снова прислоняется к высокой каменной стене, сложив руки на широкой груди и крепко сжимая в кулаке мой новенький телефон. У Кез сильный местный акцент, она говорит скорее как мои старые друзья из Байкера, чем большинство ребят в школе, хотя мне кажется, что она слегка перебарщивает.

Рядом с нами — чуточку приоткрытая деревянная калитка, ведущая на чей-то задний двор. Моё сердце бешено колотится.

— Это легкотня, чел, — говорит Кез. — Прост' заходишь, берёшь чо-нить и выходишь обратно.

— Но *что* берёшь? — Я стараюсь не выдавать страха, но у меня не выходит: голос становится тонким, как иногда со мной бывает. Кез хочет — требует, — чтобы я залез в чужой двор и что-нибудь украл. А я никогда в жизни ничего не крал — ну, ничего значительного.

— Да *чо угодно*, не дрейфь. Чо найдёшь. Держу пари, там стоит какой-нибудь велик. Вот он и пойдёт. Ой, да не смотри на меня так: мы ж его вернём. Мы ж не ворюги какие-то, чел. Просто одолжим. Это проверка на храбрость: эт' ещё называют «обряд посвящения». Давным-давно тебя б заставили переплыть реку с крокодилами, так что считай, что тебе свезло. Я тут подожду, постою на стрёме. Давай, шагом марш.

— Но...

Кез наклоняется ко мне, и я чувствую её пахнущее жвачкой дыхание.

— Чо — но, неженка? Страшно тебе? Хорошо. Нужно посмотреть в глаза своим страхам! Кинуть им вызов! Добро пожаловать в мир взрослых.

Она толкает меня в грудь толстым указательным пальцем с обгрызенным ногтем.

— Давай *шагай*.

Глава 7

Я приоткрываю скрипучую калитку настолько, чтобы протиснуться внутрь, а Кез говорит:

— Я тя не выпущу, пока не раздобудешь чонить. — Она сильно толкает меня и с грохотом захлопывает за мной калитку, спугнув сидящую на крыше сарая чайку.

Я оглядываю задний двор, в котором очутился: красть тут нечего. Это приносит мне огромное облегчение.

Я просто вернусь к калитке и скажу «Кез, тут нечего брать».

Звучит не очень. Я снова озираюсь. У стены стоит большой зелёный мусорный бак на колёсиках, рядом с ним чёрный бак поменьше с символом переработки, пара мешков с мусором и несколько расплющенных картонных коробок. Вот и весь двор: несколько квадратных метров покрытого трещинами, чисто выметенного бетона.

Во двор выходят маленькое кухонное окно и задняя дверь, а справа от меня стоит сарайчик.

Я дёргаю его дверь — она поддаётся. Внутри темно, но я и так знаю, что тут просто всякий сарайный хлам. Впрочем, Кез сказала «чо угодно», так что...

Я вытягиваю руку и вляпываюсь лицом в плотную паутину. На полу валяется бумажный пакет с ручками. Вот он как раз и сойдёт. Внутри лежит коробка или что-то такое, но я не трачу время на разглядывание — мне хочется поскорее убраться отсюда. Я сую пакет за пазуху и застёгиваю худи до самого горла.

Я закрываю за собой дверь и уже готов уносить ноги, когда в кухонном окне загорается свет. Я прижимаюсь к стене сарая, пытаясь слиться с затенённым уголком стены, когда слышу, как задняя дверь открывается.

Из дома доносится женский голос.

— Давай, зловонный ты старикашка, гулять.

Из дома выходит, подволакивая лапы, самый здоровенный пёс, которого я когда-либо видел, и начинает обнюхивать двор. Свет на кухне гаснет, и я слышу, как задняя дверь закрывается: женщина, которая выпустила пса гулять, возвращается внутрь.

Шерсть у этой огромной псины чёрно-рыжая и кудрявая. Меня тварь не замечает. Она обнюхивает землю, а потом приседает покакать. Она как раз в середине процесса, когда вдруг поворачивает голову в мою сторону.

Если страх имеет запах, то я, должно быть, страшно воняю.

Старая псина медленно заканчивает свои делишки, встаёт и неторопливым шагом идёт ко мне, оставляя за собой кучку дымящегося навоза. Я гадаю, относится ли этот пёс к категории собак, которые «любят всех», как колли Тони и Линн, живущих через дорогу, и готовлюсь погладить его, как вдруг он обнажает верхнюю губу и издаёт рык, от которого у меня холодеет всё тело.

Р-р-р-р-р-р-р-р-р!

Пёс наклоняет голову, словно собирается на меня наброситься. Он стоит между мной и калиткой, ведущей в переулок.

— Кез! Кез! — шёпотом кричу я, но она меня не слышит.

Когда задняя дверь снова открывается, а на кухне загорается свет, у меня не остаётся выбора, кроме как спасаться бегством, огибая пса. В панике правой ногой я наступаю прямо в горку какашек. Я поскальзываюсь, но не падаю и умудряюсь пробраться к калитке мимо пса, который уже начал громко лаять, но, вероятно, слишком стар, чтобы гнаться за мной. Как выясняется, насчёт последнего я ошибался.

— Что такое, Деннис? — окликает его женщина. — Что стряслось?

Я уже распахиваю калитку, когда пёс запоздало кидается за мной, рыча. Он несётся прямо на меня, и я хочу захлопнуть калитку и тяну изо всех сил, но мне что-то мешает, и тогда я тяну ещё сильнее и вдруг слышу хруст и взвизг боли. Я смотрю вниз и с ужасом осознаю, что прищемил псу переднюю лапу, а один из его когтей согнут под жутким углом.

Я немедленно отпускаю калитку, и она тут же распахивается снова, но я не могу остановиться. Деннис не может остановиться тоже и хромает за мной следом, лая, рыча и роняя капли крови. Я бегу по переулку, прижимая к себе под худи бумажный пакет. Я пробежал уже метров двадцать, когда осознаю, что пёс догоняет меня, несмотря на свою рану.

Кез нигде не видно. (Позже я узнаю, что она дала дёру в тот момент, когда услышала, что задняя дверь открывается. «Проверка на храбрость». Ага, ну да.) Мой телефон всё ещё у неё.

Я оглядываюсь. Вслед за псом с заднего двора выбежала женщина, и теперь она тоже гонится за мной.

— Эй! Стой! Ты маленький... — бранится она.

Переулок сворачивает за угол — это поможет мне ненадолго скрыться от преследователей. Не сбавляя скорости, я расстёгиваю худи и со всего размаха швыряю украденный пакет через каменный забор. Это доказательство моего преступления, и я хочу от него избавиться. Пакет летит по воздуху, и я слышу, как он приземляется. Деннис тем временем всё приближается, вероятно, жаждая мести за своё ранение, и я знаю, что мне не уйти от него. Я подбегаю к двум большим мусорным бакам на колёсиках и взгромождаюсь на них. По ту сторону каменного забора — сад, прилегающий к дому, который уже кучу лет как пустует, и я переваливаюсь туда.

До земли оказывается далеко. Футболка и худи у меня задираются, и я сильно царапаюсь о каменную кладку и приземляюсь за раскидистым кустом. Пёс по ту сторону забора заходится лаем. Хозяйка наконец догнала его.

— Куда делся этот маленький поганец? О боже мой, Деннис, ах ты бедняжка, ах бедняжка! — Потом она произносит кое-что, от чего мой желудок кувыркается от страха: — Мы его найдём, правда?

Они меня найдут?

Я пытаюсь затолкать страх поглубже.

Светловолосых детей пруд пруди.

На улице темнеет.

Она не могла увидеть, что я что-то украл, потому что мои руки были пусты — пакет лежал у меня за пазухой.

Ничего она мне не сделает...

Это работает. Дыхание выравнивается. Кругом тихо, только с дороги в паре улиц отсюда доносится шум машин.

Постойте.

Я касаюсь головы. В моей школе правда учатся светловолосые дети... но почти у всех у них короткие волосы. А мои напоминают копну сена, и я выделяюсь из толпы.

И всё же сейчас некогда об этом переживать.

Грудь жутко жжёт: я содрал кожу. Я осознаю, что кругом не *совсем* тихо: из-за куста доносится негромкий быстрый шелест. Я нервно выглядываю: передо мной предстаёт огромный заросший сад, посреди которого стоит флагшток. Теперь я вижу, что издаёт шелест: к вершине флагштока привязаны бесчисленные верёвочки с флажками, и они-то и трепещут на сильном вечернем бризе. Верёвочки ведут от столба к земле, формируя огромный разноцветный конус, напоминающий цирковой шатёр. Рядом с ним — нечто смахивающее на груду какого-то тряпья.

На моих глазах эта груда отращивает две короткие худые ноги снизу и голову сверху, встаёт и смотрит прямо на меня. Я отшатываюсь назад, но слишком поздно: меня заметили. Это, оказывается, крошечная пожилая леди с глубокими морщинами на тёмном лице. Волосы у неё прямые, блестящие и чёрные, с седыми прядями. Леди выпускает из рук ткань, которая струится по её стройным ногам, и я осознаю, что она подбирала длинный саронг.

Она вразвалку подходит ко мне, что-то быстро и весьма разозлённо лопоча на языке, которого я не понимаю. Потом я слышу ещё один голос, доносящийся из-под купола флажков. Оттуда появляется девочка, держа в руках мой потрёпанный бумажный пакет.

— Это твоё? — спрашивает она.

Глава 8

Очевидно, это *не* моё, потому что я только что это украл, но я не могу этого сказать, правда? Девочка прищуривает маленькие почти чёрные глаза, переводя взгляд с меня на пакет. Он совсем помялся, а дно порвалось.

Слышала ли девочка переполох: как лаял пёс, как женщина кричала на меня? Если и слышала, то виду не подаёт.

— Эм... нет. В смысле, д-да. Э-это моё, — заикаясь, отвечаю я. Она улыбается и протягивает мне пакет. Пожилая леди в саронге перекидывается с ней парой слов на языке, немного смахивающем на китайский, хотя откуда мне знать?

Потом она указывает на меня. Я перевожу взгляд на свою грудь, которую жжёт из-за ссадины. Знаете, как бывает, когда сдерёшь кожу на коленке? Вот у меня примерно такое же, только раз в сто больше и больнее.

Моё худи трепещет на ветру, а через футболку начинает сочиться кровь.

— Ты в порядке? — спрашивает девочка. Голос у неё обеспокоенный, а произношение очень правильное: она явно не местная. Она подходит ко мне, достаёт из кармана юбки футляр для очков, а потом осторожно надевает очки, чтобы взглянуть на мою окровавленную футболку.

— Бабушка говорит, тебе следует войти в дом. Мы можем чем-нибудь смазать твою рану. Мы медитировали, но можем продолжить и позже.

Медитировали?

Я просто хочу убраться отсюда как можно скорее, так что говорю:

— Нет, спасибо. Я в норме. Правда, в норме. — Я даже умудряюсь выдавить отважную улыбку. — Это просто царапина.

Девочка кивает, а потом смотрит прямо мне в глаза.

— Что ты такое делал?

— Эм... да ничего особенного. Понимаешь, я... эм... я шёл домой, и тут за мной погналась собака, ну и, знаешь, мне пришлось от неё драпать, так что я выкинул пакет, чтобы бежать быстрее, а потом перепрыгнул через ваш забор, кстати, простите, что вломился, и...

Прекрати тараторить, Малки!

— ...И, в общем, пойду-ка я отсюда. Спасибо. Ха-ха! — Я начинаю шагать по тропе, огибающей сад.

Всё это время девочка не перебивала меня, стоя с такой миролюбивой полуулыбкой на лице, как будто её ничто не может ни удивить, ни встревожить. Её чёрные как смоль волосы походят на волосы пожилой леди, только длиннее, а кожа сияет, словно она только что приняла ванну. На самом деле всё в её облике кажется новым: свежевыглаженная клетчатая юбка, белые гольфы, простой голубой свитер. Она как будто нарядилась в лучшую свою одежду, просто чтобы посидеть в саду под какими-то флажками.

С лица пожилой леди исчезла злость, и теперь на нём написано то же выражение, что у девочки. Кажется, это называется «безмятежное». (А ещё «пугающее» и «возможно, чуточку невменяемое».)

— Ты не туда идёшь, — говорит девочка и указывает на железные ворота в каменном заборе, увитые сорняками. — Пойдём, я тебя выпущу. Нужно убедиться, что собака ушла.

Я иду за ней следом. Она набирает код на панели рядом с воротами, и они распахиваются — насколько позволяют сорняки.

Я протискиваюсь в переулок и гляжу по сторонам: ни Денниса, ни его хозяйки не видно. Сгущаются сумерки. Назад по переулку ведёт цепочка из капель крови.

Девочка протягивает мне пакет.

— Не забудь вот это.

— Ох, эм… спасибо, — говорю я.

— Что там такого ценного? — интересуется она.

Я гляжу на пакет.

— А… да просто, знаешь… вещи. Кое-какие вещи. Я это, эм… нашёл.

Она знает, что ты врёшь, Малки.

Она кивает, будто прекрасно меня понимает.

— Вещи? Что ж, тогда до свидания. Полагаю, увидимся в школе, если ты учишься в Марденской средней школе?

Я киваю.

— Откуда ты знаешь?

Она указывает на моё худи — выцветшее с напечатанной на нём эмблемой школы. Мама в прошлом году купила его на распродаже подержанных вещей.

— Вот подсказка.

Она протягивает мне руку, как взрослая.

— Сьюзен, — представляется она. — Сьюзен Тензин. Я в классе у миссис Фаррух. — Она растягивает «а»: «в кла-а-ассе». Её рука так и остаётся протянутой, так что я пожимаю её.

— Привет. В смысле, приятно познакомиться. Как поживаешь? Я Малкольм Белл.

Может, с «Как поживаешь?» я переборщил, но она просто отвечает:

— Надеюсь, кровь скоро остановится.

Она уже собирается закрыть ворота, когда со стороны дома появляется пожилая леди, семеня своими крохотными ножками с впечатляющей даже для кого-то в два раза её моложе скоростью. В руке она держит какой-то свёрток. У Сьюзен поникают плечи, и она едва слышно бормочет:

— О нет.

Старушка приближается ко мне и протягивает свёрток — что-то завёрнутое в коричневую бумагу.

Я с осторожностью принимаю это. На круглом лице пожилой леди появляется улыбка, демонстрирующая жёлтые зубы, а потом она изображает, как втирает что-то себе в грудь. Я озадаченно гляжу на Сьюзен.

— Это… лекарство. Она говорит, ты должен втирать его в грудь, чтобы рана зажила. — В голосе Сьюзен слышится сомнение.

— О, эм… спасибо. А что это? — Я подношу свёрток к носу и принюхиваюсь, о чём немедленно жалею. Воняет сыром и старыми кедами.

— Мы называем это *dri*. Это масло из молока яка. Эм… протухшее масло. — Судя по всему, Сьюзен слегка смущена.

Да, всё это как-то неловко. Я перевожу взгляд с одной на другую. Не забывайте, я только что прервал их сеанс медитации и теперь тороплюсь смыться, а мне дают вонючий свёрток с тухлым маслом, как какой-то худший в мире гостинец. Пожилая леди явно взволнована и впервые произносит что-то по-английски:

— Ты скоро поправишься. *Dri* — лучше всего!

Я киваю с энтузиазмом, которого не ощущаю, — чтобы не показаться невежливым. Провожая меня до ворот, Сьюзен наклоняется ко мне и тихонько говорит:

— По правде говоря, лучше намажься чем-нибудь другим. Савлоном, антисептиком, чем угодно, серьёзно. — Потом она одаривает меня полуулыбкой. — Увидимся завтра, нарядные и аккуратные!

Она закрывает ворота — и я снова оказываюсь в переулке, будто вынырнув из какого-то странного сна.

Однако что-то продолжает беспокоить меня, пока я вытираю об траву ботинок с остатками Деннисовых какашек. «Нарядные и аккуратные!» — сказала девочка. Наверное, она имела в виду школьную форму, и при этой мысли я нервно сглатываю. На мне бордовое худи с большими белыми буквами МСШ на спине — аббревиатурой школы.

А значит, женщина с собакой их видела.

А значит, зная мои волосы и мою школу... она меня непременно найдёт.

Кстати, я говорил, что мне в школе вынесли последнее предупреждение? Наверное, нет. То есть у меня будут небольшие неприятности. Ну как небольшие. Серьёзные неприятности.

Но ещё большие неприятности мне принесёт то, что лежит в украденном мной пакете. Вот только об этом я узнаю чуть позднее.

Глава 9

Дома в Тайнмуте самые разные — большие и маленькие, старые и новые, а улицы соединены лабиринтами переулков, заставленных мусорными баками и припаркованными машинами.

Я вынырнул в конце улицы, ведущей к нашему крохотному домику, стискивая в руке бумажный пакет и думая: «Просто вышвырну его в мусорку где-нибудь по дороге».

Это же украденная вещь, так? Вот только я не вор. Я даже не видел толком, что там внутри, а Кез Беккер слиняла, как только на горизонте замаячили неприятности, так что если я просто как бы ненароком выкину пакет здесь, *даже не зная, что там внутри*, то никто об этом и не узнает и всё будет в порядке, правда?

— Что это у тебя, Малки?

Вот проклятье: Себастьян. Повезло, нечего сказать. Появись я здесь на полминуты раньше или позже — и мы бы разминулись. Даже меньше. Мама только-только стала разрешать ему самостоятельно возвращаться от его друга Хассана, который живёт через пару домов от нас, а брат уже расхаживает по улице, сунув руки в карманы, с таким видом, будто он хозяин жизни.

Ему семь.

Так, ну и что ты будешь делать?

— А, *это?* — говорю я, как будто и не знал вовсе, что несу какой-то полуразодранный пакет. — Это, эм… это не моё. Я, эм… я это нашёл. И как раз собирался выкинуть.

Себ просто стоит, глядя на меня и часто моргая, будто пытается понять, вру я или нет. Весь его опыт должен подсказать ему, что, скорее всего, вру. Я, в конце концов, его старший брат, а врать младшим — это одна из немногих наших привилегий.

— Ты это *нашёл?* А где? А что там? И зачем ты собираешься это выбросить, если только что нашёл? — У Себастьяна на мутные истории нюх, несмотря на его возраст. Он пытается заглянуть в пакет, но я прижимаю его к груди и молча морщусь, когда пакет касается моей кровоточащей ссадины. Но по крайней мере он прикрывает пятна крови на футболке.

Себ суёт руку в пакет и пытается нащупать лежащую внутри коробку, но она заклеена скотчем. Неожиданно во мне вскипает ревность: я хочу быть первым, кто узнает, что это я такое украл-но-не-украл. Я выдёргиваю у него пакет.

— Отстань от меня, мелкий паразит!

— Ты это стырил? Скажи ведь, стырил? Что там? У кого ты это стырил? Скажи, а то маме расскажу.

А-а-а-агх! У него как будто шестое чувство есть.

Неподалёку возле своей двери стоит наш сосед Качок Билли, сгибая и разгибая руки со здоровенными гантелями. Он без рубашки, хотя солнце уже зашло. Он кряхтит, делая свои упражнения, и говорит:

— Привет, парни! Как ваша ма? — Он всегда не прочь поболтать.

Мама считает, что ему одиноко с тех пор, как его мать умерла, а девушка съехала, так что мне становится неловко просто проходить мимо, и я торопливо отвечаю:

— Привет, Билли.

— У меня для тебя кое-что есть, — говорит он мне, откладывает гантели и достаёт из кармана треников мой телефон. — Подружка твоя пробегала мимо пару минут назад. Сказала, мол, нашла его на лестнице у пляжа, узнала по чехлу. Ты с этим осторожнее, сынок. Дорогая звонилка!

— Ну да… спасибо, Билли, — выдавливаю я.

По крайней мере одной головной болью меньше.

Уже обнадёживает. Я смотрю на экран и вижу на стекле длинную тонкую трещину. Мой телефон! (Его мне подарил папа, чтобы мы могли созваниваться по ФейсТайму, как он сказал, хотя такого почти и не бывало.)

Я не слышу, что ещё говорит Билли. Что-то про новый фильм про Вторую мировую войну, который он купил на Амазоне. Он помешан на войне, Качок Билли.

Я заношу пакет в дом и сразу иду наверх, чтобы мама не заметила. Это легко — она дремлет на диванчике, потому что у неё была утренняя смена. Я наглухо застегнул худи, чтобы скрыть от Себа пятна крови, и вот бумажный пакет стоит на полу между нашими кроватями.

— Давай, открывай, — говорит Себ.

— Ладно, ладно.

Я сказал ему, что нашёл пакет возле какой-то мусорки — это не такая уж и неправда. Беря пакет в руки, я пытаюсь заглушить голос совести.

Если он лежал рядом, ну ладно, неподалёку от мусорных баков в том дворе, значит, это какой-то мусор. Он никому не был нужен. Он был ничейный. Наверное.

А следовательно, никакое это не воровство. Нельзя украсть то, у чего нет владельца.

Мы с Себом сидим друг напротив друга, пока я вскрываю ногтем скотч на крышке коробки и опрокидываю на покрывало её содержимое: два тонких контейнера размером с небольшую коробку пиццы, на каждом — идентичные цветные этикетки.

Глава 10

КЕННЕТ «Мистик Северо-Шотландского нагорья»
МАККИНЛИ

представляет

СНОВИДАТОР

Жизнь В Идеальных Снах!
Сны Об Идеальной Жизни!
ПУСТЬ ВАШИ СНОВИДЕНИЯ СБЫВАЮТСЯ!

100% Безопасность — 100% Отдых
— 100% Гарантия Возврата Денег

Ниже изображён мужчина средних лет с широкой улыбкой и пышными зачёсанными наверх волосами золотистого цвета монеты в один фунт; зубы у него такой ослепительной белизны, какой я никогда в жизни не видел. Он смотрит с картинки поверх круглых цветных очков. Дизайн этикеток довольно старомодный. Их явно сделали задолго до моего рождения.

Я снимаю крышку с одного из контейнеров — внутри на его содержимом покоится ещё одна этикетка.

ИСПОЛЬЗОВАТЬ ТОЛЬКО СОГЛАСНО НИЖЕСЛЕДУЮЩИМ ИНСТРУКЦИЯМ

Внизу лежит прозрачный пластиковый пакет с какими-то штучками и деталями: верёвочки, палочки, пластмассовый обруч, похожий на ствол бамбука, перья, круглый диск размером с блюдце с узорчато переплетёнными нитями, напоминающий голову крошечной замысловатой теннисной ракетки.

Ещё один листок гласит:

ИНСТРУКЦИЯ ПО СБОРКЕ

На обороте нарисовано собранное устройство, которое даёт мне хоть какое-то представление, как всё должно выглядеть. Деталь за деталью, примерно двадцать минут — и под наблюдением восхищённого Себа я сую «Элемент А» в «Слот Б» и провожу «Нить В» через «Отверстие Д» — и так далее, пока наконец не получаю что-то в точности такое — ну ладно, *почти что* такое, — как на картинке. Я демонстрирую это Себу, повесив на палец, и он благоговейно вздыхает.

— Фупер!

На пальце у меня висит крючок, цепляющийся за короткую пластмассовую цепочку, прикреплённую к вершине пирамидки сантиметров примерно двадцати, только без основания. Грани пирамидки поблёскивают матово-золотым («с напылением кристаллов чистого пирита», если верить бумажке). С каждого нижнего угла спускается по проводу, а на них уже крепится пластмассовый бамбуковидный обруч. Сплетённый диск с цветными стёклами располагается в центре обруча, с которого свисают перья и проводки с бусинами и крошечными камушками, напоминающими драгоценные, на кончиках. В самом обруче виднеется ещё один проводок, ведущий к маленькому пустому отсеку для батареек внутри пирамиды. Из центра всей этой штуковины торчит провод с выключателем.

Это какая-то странная помесь мобиля, которые вешают над детской колыбелью, с музыкой ветра. Выглядит даже миленько, наверное, если вы такое любите.

Себ тянется и выдёргивает штуку из моих рук.

— Эй! Поосторожнее! — говорю я.

Себ таращится на этот Сновидатор, повесив его на палец, а потом переводит взгляд на меня. В его глазах я читаю что-то, что мне совсем не нравится: обвинение.

— Ты это стырил, да? Знаю, что да.

В этом-то и проблема с Себом. Чересчур он умный. Я могу победить его в драке, но мозгами он шевелит будь здоров, когда нужно.

— Их два, — говорит он. — Собери второй и отдай его мне, а то я скажу маме, что ты воруешь.

У меня нет выбора, правда?

Я вздыхаю. А потом угрюмо принимаюсь за второй контейнер. И, наверное, именно *тогда-то* всё и начинает идти наперекосяк.

Как я и сказал — по сути, во всём виноват Себ.

ГЛАВА 11

Когда оба Сновидатора собраны, я снова берусь за инструкции — они довольно короткие. На лицевой стороне одного-единственного листа я вижу то же фото, что на коробке, и «послание к покупателю», от которого я чувствую укол вины, потому что я-то это вовсе не покупал. И всё же мне настолько не терпится разузнать о Сновидаторах побольше, что я отбрасываю тревогу в сторону и читаю послание Себу вслух.

СНОВИДАТОР™
Послание покупателю

Здравствуйте!
Благодарю вас за покупку Сновидатора! Теперь вы гордый обладатель революционного изобретения в области управления сном и сновидениями.
Я несказанно рад, что вы совершили это приобретение, и уверен, что вас ждёт мир поразительных

приключений, в который во отправитесь, пока крепко спите!

Меня зовут Кеннет Маккинли. Возможно, вы видели мои выступления на сцене, по радио и телевидению...

Я перевожу взгляд на Себа. Он мотает головой.

Он тоже никогда не слышал об этом типе, но, опять же, это всё было кучу лет назад, судя по пожелтевшей бумаге, дизайну и всему остальному. Сейчас он уже, наверное, помер.

Имея в своей основе учения и традиции со всего земного шара, Сновидатор™ задействует глубинные силы спящего мозга, чтобы позволить пользователю обрести сознание в его или её сне — при этом не просыпаясь!

ЭТО ПРОСТО СНЫ НАЯВУ!

Всё верно! Со временем вы сможете понимать, что спите, в то время, пока спите, и решать, что произойдёт дальше.

Попрощайтесь с досадными снами, которых вы не понимаете!

Никаких больше кошмаров! Когда вы буквально контролируете своих демонов, вы сможете выгнать их взашей!

Счастливых сновидений!

Кеннет «Мистик Северо-Шотландского нагорья» Маккинли

Себ быстро моргает, будто пытается переварить то, что я только что прочитал.

— Значит… — начинает он и замолкает. Потом пытается снова: — Значит… можно спать и при этом не спать?

— Видимо, так.

— Но это чушь какая-то.

Я пожимаю плечами. Должен сказать, мне это тоже кажется какой-то чушью. Я переворачиваю листок и продолжаю читать.

Что такое «сны наяву»?

Сны наяву иногда называют «осознанными сновидениями». Этот термин был введён в 1867 году во Франции маркизом де Сен-Дени, который первым описал поразительную способность оставаться в полном сознании и управлять своими сновидениями прямо во сне.

Сновидатор™ сочетает в себе учения Сен-Дени и философию и традиции разных культур — верования индейских племён, анимизм народов Западной Африки, буддистские медитации и западные идеи оккультизма — превращаясь в могущественное устройство.

Сновидатор™ использует самобытные и загадочные свойства кристаллов, чтобы создать вокруг спящего человека энергетическое поле ультранизкого уровня. Вкупе с древней мощью пирамид — известной со времён египетских фараонов — он создаёт поразительную комбинацию сил.

Теперь вы можете видеть «сны наяву», стоит вам лечь спать!

Осуществите свои самые дикие мечты, воплотите свои самые безумные фантазии! И всё это — не покидая безопасной постели.

Когда вы проснётесь, вы будете бодры, как после качественного ночного сна.

— Фупер! — снова выдыхает Себ. — Хочу попробовать!

По инструкции Сновидатор необходимо повесить над изголовьем кровати, и несколько минут спустя мы находим в ящике на кухне четыре пальчиковые батарейки и вставляем по две в каждое устройство. Потом, поставив на каждую из кроватей по очереди маленькую тумбочку, я прикручиваю к потолку болты и вешаю эти штуковины так, чтобы я мог дотянуться до выключателя.

Потом я читаю последний кусочек.

1. Как видеть сны со Сновидатором!
2. Ложитесь спать как обычно, в обычное время, предварительно включив Сновидатор ™.
3. В процессе сна вы можете осознать, что спите. Чтобы проверить, так ли это, просто спросите кого-нибудь во сне: «Я сплю?» Вам практически всегда скажут правду.

4. Чтобы убедиться окончательно — посмотрите на часы или попробуйте что-нибудь прочитать. Во сне цифры на циферблате и печатные слова обычно перепутаны или неразборчивы.

5. Наконец, попытайтесь взлететь! Во сне вам подвластны даже законы притяжения!

6. Чтобы проснуться (например, если вам не нравится сон и вы больше не хотите им управлять), просто скажите себе «Проснуться!» Если это не сработает, попробуйте на несколько секунд задержать дыхание, а потом с силой выдохнуть.

7. Если вы не проснётесь по своей воле, сон завершится естественным образом, когда ваш цикл сна подойдёт к концу и вы пробудитесь как обычно.

Помните — возможно, идеального результата удастся достигнуть не сразу.

Счастливых сновидений!

Я откладываю инструкции в сторону и надуваю щёки.

— Ну что, — говорю я Себу, не сводящему глаз со Сновидаторов, которые свисают с потолка. — Как тебе это?

— Как ему что? — спрашивает мама, стоя в дверном проёме.

Глава 12

Мы так увлеклись, что и не заметили, как она поднялась на второй этаж. Новый элемент интерьера, свисающий с потолка, она видит немедленно.

— А это что за чертовщина?

Если я собирался придумать какое-то объяснение, которое скрыло бы часть правды, то я опоздал, потому что Себ отвечает моментально:

— Это называется Сновидаторы. Они... от них спится лучше.

Мама закатывает глаза и фыркает, как делает всегда, когда кто-то из нас говорит что-то настолько нелепое, что она даже не хочет утруждать себя спорами.

— И где же вы их достали?

— Малки их нашёл!

Мама прищуривается. Она что-то подозревает. Себ продолжает:

— На распродаже почти новых вещей. Сегодня днём. У мамы Хассана там был лоток. Фунт за оба сразу. Правда, Малки? Скажи?

Он так убедительно врёт, что мне почти что завидно. Но дело вот в чём: теперь я перед ним в долгу, и он это знает.

Мама качает головой и улыбается. Она берёт с кровати листок с инструкциями и пробегает по нему взглядом — слишком быстро, чтобы успеть что-то прочесть, и я понимаю, что она купилась.

— Ерунда какая-то. Они что, колыбельные играют?

Себ вскидывается.

— Нет! Они позволяют контролировать сны.

— Правда, что ли? Ты так делал с крокодилом Катбертом, когда был маленьким, Малки. Помнишь? — Я сержусь. Крокодил мне уже целую вечность не снился. Теперь мама откровенно посмеивается. — Ну удачи, мальчики. Если это сработает, дайте мне знать — у меня тоже найдётся парочка снов, которые мне бы хотелось воплотить!

Я улыбаюсь в ответ на её шуточку. Мне нравится смешить маму. Она нечасто смеётся, а когда я примерно год назад спросил её, почему, она так погрустнела, что больше я об этом не заговаривал.

Вскоре она снова становится обычной.

— Ладно, Себастьян, ты закончил задание, которое тебе дали на каникулы? Ну и *почему нет*, Себ? Там только и нужно что наклейки вклеить. А ты, Малки, когда в последний раз мыл волосы? Они уже смахивают на гнездо хорька. Не забудь, пожалуйста — сегодня же. Завтра первый учебный день.

Позднее тем же вечером я стою в ванной и разглядываю свою грудь. Кожа содрана, из ссадины местами по-прежнему сочится кровь. Я попытался промокнуть её чистой губкой. В шкафчике не оказалось антисептического спрея, так что я намазал немного ячьего масла на самую глубокую царапину.

— Брысь с дороги, Малк. Я сейчас описаюсь! Ой! Что это у тебя… фу! Выглядит *отвратно*. И чем это воняет?

Говорил же. Ужасно бесячий.

— Сгинь. Мне… не очень хорошо.

Одна из многих проблем с Себом состоит в том, что моего рявканья он не пугается.

— Что с тобой случилось? — спрашивает он. — У тебя вон кровь.

— Я *знаю*. Я упал, ясно? Просто… не рассказывай никому. У ма и так проблем по горло. — Вышло неплохо, думаю я. Я говорю ответственно, как положено старшему брату. По лицу Себа я понимаю, что он сложил два и два: он знает, что мои раны и Сновидаторы как-то связаны.

Я осторожно натягиваю верх от пижамы, стараясь не задеть самую большую ссадину. Потом сворачиваю футболку, чтобы пятен крови не было видно, и сую её на самое дно бельевой корзины.

Когда мама приходит к нам в комнату пожелать спокойной ночи, она наклоняется надо мной и натягивает одеяло мне на грудь, так что мне приходится приложить усилие, чтобы не поморщиться. Она говорит:

— Новый учебный год, мальчики. Хотите, я вам почитаю?

Я отвечаю:

— Нет, — да так быстро, что мама удивлённо моргает. — В смысле… в смысле, не сегодня, ма. — Я выдавливаю зевок, хоть и вижу, что мама немного обижена. Она любит читать нам перед сном, даже если Себ в миллиардный раз просит «Пещерного мальчика Коби».

— В этом месяце я часто работаю допоздна, — говорит она. — Много шансов не представится.

Я уже знаю эту историю наизусть, но она по крайней мере короткая. Себ шарит под кроватью и вытаскивает очень потрёпанную книжку с картинками. Я всегда думал, что он скоро из неё вырастет, но этого так и не случилось. Я даже не помню, был ли он когда-нибудь *не* помешан на ней.

Мама устраивается на кровати Себа и начинает читать, Себ одними губами проговаривает слова, а я таращусь на Сновидаторы, мысленно умоляя её поторапливаться.

— В тенях большой пещеры мерцает красный пламень,

И Коби отдыхает, пристроившись на камень…

Это история о мальчике из Каменного века, который живёт со своей семьёй в пещере, задолго до того, как были изобретены дома, и машины, и самолёты, и станки, и одежда. Там рассказывается про озеро, и про другое племя первобытных людей, и про то, как Коби катается на мамонте...

Я снова зеваю, на этот раз во весь рот, и мама прерывает чтение.

— Ну-у, я хочу дослушать до конца, — говорит Себ, но я ухитряюсь поймать его взгляд и покоситься на потолок. Он понимает намёк. — Но если Малки устал — тогда ладно.

Мама закрывает книгу и смотрит на нас с наигранным удивлением.

— Постойте-ка — вы двое что, только что сошлись на чём-то, не споря? — Она проводит пальцами по своим коротким кудряшкам и качает головой. — Надеюсь, это надолго! Сладких снов, — говорит она. Мама всегда так говорит: это как ненадёжное заклинание, которое работает лишь изредка. Потом она выключает свет, и теперь в темноте виднеются только одинаковые блёкло-синие круги света от Сновидаторов, висящих над нашими кроватями.

— Они всю ночь будут работать? — спрашивает мама. Потом, не успеваю я ответить, начинает принюхиваться. — А чем это пахнет?

— Ага, я тоже заметил, — говорит Себ. — Я думал, это носки Малки!

Это протухшее ячье масло, но, ясное дело, я не собираюсь этого говорить. Вместо этого я отвечаю:

— Не знаю. Я ничего не чую.

Мама пожимает плечами и выходит из комнаты.

Некоторое время мы с Себом молча лежим с распахнутыми глазами. Я таращусь на круги синих кристаллов.

Наконец я слышу:

— Пс-с. Малк. Спишь?

— М-м-м?

— Ты боишься?

— Чего боюсь?

— Ну, знаешь. Сновигаторов.

— Сновидаторов. Нет. Зачем? А ты?

Пауза.

— Нет.

Значит, да.

— Пс-с. Малк.

Вздох.

— Теперь что?

— Удачи.

Я вспоминаю инструкцию:

Помните — возможно, идеального результата удастся достигнуть не сразу.

Прежде чем увидеть сон, нужно, конечно, уснуть. Но вместо этого я всё прокручиваю в голове события нескольких последних часов.

Сновидатор над моей головой слабо светится.

Кез Беккер... пустой задний двор... тот бедный пёс и его сломанный коготь... пожилая леди... флажки... девочка, как там её звали?

Никак не могу вспомнить.

А потом проваливаюсь в сон.

Глава 13

Настал новый день. Первый день семестра. Я в школе, в своём классе, и Себ почему-то тоже тут.

В центре класса стоит наш сосед Качок Билли, потому что он наш учитель, вот только разговаривает он на каком-то иностранном языке, похожем на китайский, и все смеются, когда он снимает футболку и демонстрирует свои мускулы.

Я оглядываю одноклассников: вот Мейсон, и Каллум, и две Дарси, и Коби, и…

Постойте-ка. *Коби?* Пещерный мальчик из книжки. Он даже не настоящий: он выглядит, как трёхмерная картинка, и…

Мы уже не в классе, а в пещере — той, что нарисована на самой первой иллюстрации в книге. Стены пещеры оранжевато-красные от огня, горящего посреди пола, и…

Все собрались у входа в пещеру и на что-то указывают. Снаружи по школьному полю для регби идёт огромная чёрно-рыжая собака. И когда я говорю огромная — я имею в виду размером примерно со слона. Это вообще собака? Или… или… *мамонт*? Доисторический лохматый мамонт с длинным хоботом, огромными изогнутыми бивнями и…

И откуда-то из глубин памяти в моей голове всплывает мысль. Мысль о чём-то, что я должен сделать. Я это где-то слышал? Где-то читал? Я поворачиваюсь к Себу (*Так почему Себ в моём классе?*) и слышу, как говорю:

— Эй, Себ. Я… я сплю?

И Себ отвечает:

— Да. Конечно, спишь! — И я расплываюсь в улыбке от облегчения. Так и знал!

Это же был один из пунктов инструкции, так ведь? Напечатанной на листке, приложенном к Сновидатору: спросите кого-нибудь, спите ли вы, и вам ответят!

Конечно, теперь всё встаёт на свои места: и почему наш учитель — Качок Билли, и почему в моём классе пещерный мальчик Коби, и почему у входа в пещеру разгуливает мамонт. Если можно использовать фразу «встаёт на свои места» относительно этой чепухи.

Мне на ум приходит ещё одна мысль, вот только не на тот ум, который находится здесь, а на другой, тот, который наблюдает за происходящим. Этот ум велит мне посмотреть на классные часы, висящие на стене пещеры, и когда я это делаю, то вижу, что стрелки движутся быстро, но вращаются в обратную сторону. Теперь я точно знаю, что это сон. Сон наяву!

Я снова переключаю внимание на мамонта, который задрал ногу у столба и писает на него — струя мощная, как из трубы. Все смеются.

Я хочу кое-что попробовать: кое-что, о чём я тоже читал в инструкции. Я отхожу от моих одноклассников и, пока они смотрят из окна, приподнимаюсь на цыпочки и велю себе:

— Взлететь, Малки, взлететь! — а потом действительно взлетаю, самую малость, как будто меня медленно поднимают за привязанную леску. Я начинаю смеяться, хотя, когда я взлетаю повыше, мне становится чуточку страшно: если я вдруг упаду, я врежусь в свою парту и стул и будет больно.

У меня получилось? Я взлетел?

От восторга у меня перехватывает дыхание. В голове бурлят мысли. Я что, правда только что смог управлять своим сном? Я правда сплю?

Мне совершенно не кажется, что я сплю. Чувство такое, будто всё по-настоящему — только я могу взлетать, если захочу.

— Ох, ну и ну! Посмотрите на Малкольма Белла! — доносится до меня голос с правильным произношением. Я перевожу взгляд вниз и вижу девочку с чёрными волосами и в голубом свитере — ту, из-за каменного забора. Она указывает на меня и улыбается, плотно сжав губы, и все начинают восхищаться:

— Ого!

И:

— Супер!

И:

— Гляньте на Малки Белла!

К тому времени, как моя голова касается каменного свода пещеры, я начинаю чуточку паниковать, поэтому велю:

— Вниз! — Но ничего не происходит. Я отталкиваюсь руками от потолка и немного снижаюсь, но потом снова подскакиваю вверх, как шарик с гелием.

Себ хватает меня за ботинок и тянет вниз, но стоит ему меня отпустить, как я снова взлетаю. На этот раз я здорово прикладываюсь головой о потолок пещеры.

Мне это не нравится.

— Вниз! — велю я. — Спуститься вниз!

Однако на этот раз я действительно этого хочу. Я спокоен. Я *ожидаю*, что это произойдёт. И это происходит. Я несильно помахиваю руками, опускаясь на парту, и исполняю небольшой танец, чтобы одноклассники посмеялись. Откуда-то появился мистер Спрингэм, наш завуч, и даже *он* улыбается.

Потом раздаётся вопль (это, скорее всего, две Дарси), и люди разбегаются от моей парты, указывая куда-то под неё. Стоя на столешнице, я вижу, как снизу появляется сначала бугристая серо-зелёная пасть здоровенного крокодила, следом за ней голова, а потом и всё жирное тело целиком.

Я озираюсь по сторонам: все исчезли. Остались только я и крокодил, которого я не видел много лет.

— Ты! — говорю я, и он в ответ кривит чешуйчатые губы.

Я с усилием сглатываю, гадая, сработает ли моя хитрость на этот раз. Я вытягиваю руку в сторону крокодила и, стараясь, чтобы голос не дрожал, говорю:

— Ка-Катберт.

И тут раздаётся школьный звонок, который звучит в точности как будильник на моём телефоне, и он всё звенит, и звенит, и звенит.

Катберт начинает съёживаться, а звонок всё звенит...

Работает!

Крокодил становится меньше и меньше.

Я чувствую прилив восторга, сил и уверенности...

Глава 14

… И просыпаюсь, моргая, в своей кровати, на телефоне звенит будильник, а через окно льётся солнечный свет.

У меня побаливает макушка в том месте, где я ударился о потолок — вот только это было во сне, так что, видимо, я приложился о стену за кроватью.

Повернув голову, я вижу Себа в лучах утреннего солнца — глаза закрыты, дышит ровно, изредка негромко посапывая.

Над моей головой висит Сновидатор, в утреннем свете сияние камушков почти не заметно. Он медленно вращается, хоть ветра нет и в помине. Может, это из-за моего дыхания: дышу я довольно тяжело, хотя усталости не чувствую.

Что, блин, за фигня сейчас случилась?

Это *действительно* случилось. Правда же? Я «управлял сном». Я как будто бодрствовал, но я точно спал.

Сколько длился сон? Не всю же ночь, конечно? Я целиком его помню? Смогу ли я это повторить?

Постепенно я осознаю, что прекрасно всё помню, и это само по себе необычно. Задумайтесь: как только вы пытаетесь вспомнить сон, он начинает ускользать. Это всё равно что пытаться поймать дым. Но вот я лежу и вспоминаю каждую деталь, как будто это правда случилось: большой собакомамонт писает, как из пожарного гидранта, Качок Билли говорит по-китайски, я парю, крокодил появляется под партой…

Моё дыхание выравнивается, солнечный свет становится ярче, и наконец я просыпаюсь окончательно и улыбаюсь. Я слышу, как мама встаёт и идёт в ванную, а потом заглядывает к нам в комнату.

— О, привет, Малки, — говорит она. — Ты проснулся! Выглядишь счастливым. Хорошо спал?

Это не совсем вопрос. К тому времени, как я отвечаю:

— Да вроде как, — её и след простыл.

Я смотрю на брата, который мог бы и землетрясение продрыхнуть.

— Себ! Себ! Эй — проснись — у тебя получилось?

Он потирает голову, взъерошивая волосы, зевает и проводит языком вокруг по-утреннему сухого рта. Потом смотрит на свой Сновидатор, задумчиво прикусывает губу и наконец говорит:

— Не уверен. Пытаюсь вспомнить.

— Тебе ничего не снилось?

Потом возвращается мама и говорит, что у неё на связи папа. (Это значит, что *ей* пришлось позвонить *ему*, чтобы напомнить пожелать нам удачи перед первым учебным днём, потому что вчера он позвонить забыл, как и в прошлый раз. Он очень забывчивый, наш папа. Не уверен, что это полностью его вина.)

Так что первым я всё рассказываю папе. Я рассказываю, что мне приснился ужасно странный сон, и он слушает, но особо не вникает. Я, должно быть, тараторю и несу какой-то бред, потому что в какой-то момент папа спрашивает: «Ты в порядке, Малки?». Но потом ему приходится закончить разговор, потому что он опаздывает, и он просит передать Себу привет и что он позвонит ему позже. Мы оба знаем, что он забудет.

Дальше идёт сплошная зубная паста, тосты, хлопья и потерянные кроссовки Себа. Я встал, оделся, спустился и уже завтракаю, когда Себ наконец появляется. Я ничего не говорил маме и до сих пор пытаюсь разобраться, что же за сон мне приснился и, если уж на то пошло, было ли это на самом деле.

Скорее всего, тебе всё просто приснилось, Малки.

В смысле: такое ведь возможно, правда? Мне могло присниться, что я бодрствовал во сне?

Себ садится за стол и начинает щедро намазывать масло на тост. В уголках его губ пляшет ухмылка, и мама это замечает.

— Что тебя так веселит сегодня, сынок? И не увлекайся маслом. Коровы у нас нет, — говорит она, насыпая ему в миску хлопья.

— Вспомнил свой странный сон, — шепеля-вит он, отчего изо рта у него летят прямо на стол крошки, и мама цокает. Я замираю, не донеся ложку до рта.

— Правда? Значит, ваша сонная штукенция сра-ботала! — говорит мама.

— Я был в классе с какими-то ребятами. И ещё там был наш сосед Билли. Он был нашим учите-лем, только говорил не по-английски.

На это мама улыбается.

— У него такой сильный ньюкаслский акцент, что мне и самой иногда кажется, что он говорит не по-английски! Звучит, как обычный безумный сон!

— Ага, и… и… — Себ пытается вспомнить. — Там была такая здоровенная собака, как… как ма-монфы в «Коби», и она описала всё футбольное поле или что там это было…

Теперь мне приходится отложить ложку. Я ра-зинул рот, ожидая, что услышу дальше, и одновре-менно точно зная, что он скажет.

Сейчас он опишет, как ты взлетел, Малки…

— … и ещё там был Малки, и он взлетел, прямо посреди пещеры, которая была классом. Ой, и ещё там был Коби из книжки! И Малки взлетал всё выше и выше, пока не стукнулся головой о пото-лок…

Я инстинктивно подношу руку к голове — то ме-сто, которым я стукнулся о стенку спальни, всё ещё побаливает.

— А потом, каждый раз, когда я пытался его опустить, он опять взлетал!

Мама смеётся, и я собираюсь уже сказать что-нибудь, когда с улицы доносится гудок, и мы начинаем спешить, а Себ хватает свои вещи и торопится в машину к близнецам, чья мама подвозит их в школу, где учится Себ.

— Пока, аллигатор! — кричит он и ждёт, что я отвечу.

— Увидимся... крокодил. — Я практически шепчу, настолько я погрузился в мысли. — Ма? — говорю я, когда входная дверь захлопывается, и Себ с близнецами уезжают. Мама не оборачивается, но рассеянно отвечает, убирая со стола:

— М-м-м?

Что ты собираешься сказать, Малки? Это же звучит бредово, ведь правда? Может, просто всё рассказать?

— Я... и Себ... прошлой ночью мы видели один и тот же сон.

— Ты взял чистые вещи для спортзала? О, взял? Как здорово!

— Нет, серьёзно — мы видели один и тот же сон, и...

— Я их тебе погладила, кстати говоря. Иногда у меня такое бывало с твоим дядей Питом.

Я смотрю на неё с удивлением.

— То есть вы видели один и тот же сон в одно и то же время?

Теперь мама поворачивается ко мне. Она вытирает руки полотенцем и слегка кривит губы.

— Эм… нет, Малки. Я понятия не имею, как *такое* возможно! Нет, я имела в виду, что нам снились похожие вещи, например…

Я перебиваю.

— Нет, ма, не похожие в смысле «почти одинаковые». Я имею в виду *совершенно* одинаковые. Себ был в *моём* сне, а я был в *его*!

Мама прищуривается, и по её усталому лицу медленно расползается улыбка. Она качает головой.

— Малки Белл! Если бы ты только мог направить это своё воображение на учёбу в этом году, твои учителя были бы куда счастливее, а у меня не было бы всех этих морщинок, а?

Она наклоняется и целует меня в макушку.

— И не забывай — ты подписал соглашение о поведении. Давай, беги — а то опоздаешь в первый же день.

Ох, точно. Школьное соглашение о поведении. Я не забыл. У меня появляется ужасное чувство, что впереди меня ждёт куча трудностей.

Сейчас

Глава 15

Четыре недели и множество снов наяву спустя я перевожу взгляд со своего младшего брата — рот открыт, тихо посапывает — на дверь спальни. Я уже несколько минут как проснулся, но Себа разбудить не могу никак. Отметина у него лице в том месте, где я его ударил, пытаясь растолкать, начинает краснеть. Из-за двери доносится мамин голос:

— В чём дело, мальчики?

— Ни в чём, ма. Плохой сон! — отвечаю я.

Я прокручиваю в голове сон, в котором мы только что побывали. Подливочное озеро, громадный человек, собаки...

А потом я убежал и оставил Себа неспособным вынырнуть из его сна.

Моего сна? Моего кошмара.

Я снова перевожу взгляд на Сновидаторы, а потом протягиваю руку и выключаю оба на тот случай, если они по-прежнему оказывают какое-то влияние. За окном уже светло, и я раздвигаю занавески, надеясь, что солнечный свет разбудит Себа, но он продолжает спать беспробудным сном.

— Давай же, давай, бро, — бормочу я, называя его так, как уже лет сто не называл. Потом снова начинаю его трясти, и тут входит мама.

— Что, ради всего святого, тут происходит, Малки?

Я стою посреди нашей маленькой спальни абсолютно голый. Мама нагибается поднять мою пижаму с пола. Она принюхивается к ней и говорит:

— Пижама мокрая, Малки. Что случилось? Себ… что не так?

Потом она тоже пытается его разбудить.

Как объяснить родителю на грани истерики, что у вас с младшим братом были одинаковые сны? Что на протяжении нескольких недель мы с Себом отправлялись в самые поразительные, реалистичные приключения благодаря странному устройству, которое я украл/позаимствовал/нашёл (различие становится всё менее и менее важным)?

Ответ: никак, потому что я уже пробовал. Беда в том, что это всё чересчур… поразительно. Мама попросту не может в это поверить. И никто не смог бы. Ну, кроме Сьюзен Тензин и её бабушки, чьи слова теперь крутятся в моей идущей кругом голове.

Как она там сказала? Что-то в духе: «Ты относишься ко всему этому как к видеоигре. Нажмёшь «переиграть», и всё будет хорошо, а? Что ж, ты играешь с огнём, мальчик! Рано или поздно — больше никаких тебе переигрываний. И придётся многое объяснять».

Но прямо сейчас мама вопит:

— Себ! Себастьян! — и нетерпеливо трясёт его.

Потом она вдруг становится очень спокойной и тихой. Себ лежит на боку. Время от времени он вздрагивает, а его глазные яблоки движутся под веками. Честно говоря, если не знать, можно было бы подумать, что он спит — а он, конечно, спит, вот только…

— Ну ладно, Малки — что произошло? Почему у Себа лицо красное? Вон там — гляди!

— Я не знаю, ма. Мы… мы спали…

Мама тычет пальцем в Сновидатор, висящий над Себовой подушкой.

— Если опять собираешься завести волынку про это, тогда даже *не* начинай, Малкольм. Сейчас вообще не время.

Она снова поворачивается к моему брату. Большим пальцем она приподнимает ему веко — из-под него невидяще смотрит зеленоватый глаз.

— Себ! Ох, пожалуйста, проснись! Иди принеси мой телефон с прикроватной тумбочки, Малки. *Живо!*

И вот двадцать минут спустя в нашей спальне уже стоят два врача скорой помощи, выполняя всю свою скоропомощную работу, как показывают по телику — измеряют пульс и давление, спрашивают маму, принимал ли Себ какие-то прописанные лекарства, были ли в доме какие-то другие лекарства, которые Себ мог выпить. Краснота на его щеке поблёкла, и про неё врачи не спрашивают. К нам пришёл наш сосед Качок Билли и теперь заваривает на кухне чай.

И я всё продолжаю слышать слова «в норме».

Типа «Кровяное давление, сто пять на семьдесят, в норме. Сердцебиение, восемьдесят пять, в норме. Дыхание — в норме».

Мама говорит:

— Прекратите говорить, что всё в норме. *Он не просыпается!* Это не норма!

А я просто стою посреди всего этого в халате, чувствую себя совершенно беспомощным и гадаю, что происходит в голове у Себа, во сне у Себа.

Вот только это был твой сон, не правда ли, Малки? Насколько он может его контролировать?

Тот главарь по-прежнему держит его в плену? Себ наверняка в ужасе. Если он по-прежнему видит сон. Бедняга.

Я начинаю плакать от жалости к нему — да и к себе, потому что это я во всём виноват.

Глава 16

Следующий час, честно говоря, проходит немного смазанно.

Вот я одеваюсь, потому что нам с мамой надо отвезти Себа в больницу. Вот Качок Билли несёт Себа вниз и укладывает его на носилки в скорую, а мама плачет...

Вот мы с мамой едем в машине с врачами следом за скорой в больницу.

Вот мама звонит папе и кричит: «Я не знаю, Том, *я просто не знаю!* И никто не знает...»

Вот люди в больнице — врачи? Медсёстры? Не знаю — они встречают скорую и поспешно заносят Себа внутрь, а потом уводят меня с мамой в какую-то боковую комнатушку...

Вот мама раз за разом спрашивает, всё ли будет хорошо с Себом, а люди её щадят и говорят всякое вроде «Мы ждём результатов» и «Мы делаем всё, что в наших силах», но даже я понимаю, что они *не* говорят «Да, с вашим сыном всё будет хорошо», потому что они не уверены в этом, не так ли?

Мы сидим в комнате с бежевыми стенами, разрисованными выцветшими картинками с персонажами «Хроник Нарнии».

Потом Себа увозят на анализы, а мама опять звонит папе, и бабуле, и дяде Питу, и своей кузине Барбро в Швецию и снова и снова пересказывает, что случилось.

Она много плачет, и от этого я тоже снова плачу, а потом опять начинаю думать, что происходит с Себом, и мне становится нехорошо.

А потом, спустя час или около того, к нам в комнатушку входит женщина в зелёной медицинской форме с короткими рукавами и закрывает за собой дверь.

Она нервно улыбается нам и представляется:

— Меня зовут Ниша. Я ординатор отделения неотложной травматологической помощи, и у меня…

Мама перебивает её.

— Он уже очнулся? *Можно мне его увидеть?* — Она вскочила на ноги и практически кричит.

— Пожалуйста, присядьте, миссис Белл. — Мы все садимся, и это как будто немного нас успокаивает. Доктор Ниша глубоко вдыхает, и у меня появляется ощущение, что сейчас она скажет, что он умер или что-то такое. — В настоящее время состояние Себастьяна стабильное, и его жизни ничего не угрожает.

Мама слегка выдыхает и крепко стискивает мою ладонь в своей.

— Значит, вы выяснили, что с ним не так?

Доктор Ниша делает паузу, и мне этого достаточно, чтобы понять: это значит «нет».

— Нам пришли результаты токсикологических анализов, и нет никаких оснований предполагать, что Себастьян отравился. Насколько мы можем судить на данном этапе, все его показатели соответствуют показателям глубоко спящего человека. Он не борется с какой-то явной инфекцией, которую мы могли бы обнаружить. Кровяное давление не повышено, сердцебиение не учащённое; уровень кислорода в крови в норме...

Вот опять эти слова. Она всё продолжает. ЭЭГ то, ультразвук это... Всего не упомнить. Потом она как будто замедляется, как заводная игрушка, которой нужно повернуть ключик, а под конец и вовсе замолкает. Комната погружается в молчание, по ощущениям, на целую вечность. Наконец мама подаёт голос.

— Вы видели что-то подобное раньше, доктор?

Доктор Ниша опускает взгляд, будто ей неловко. Она вдыхает и ненадолго задерживает дыхание, прежде чем ответить.

— Нет. Лично я не сталкивалась с подобными случаями. Мы предлагаем оставить Себастьяна здесь для наблюдения, и при первой же возможности его осмотрят невролог и сомнолог, чтобы установить точную причину, по которой вашему сыну не удаётся проснуться.

Минуты в бежевой комнате превращаются в ещё один час, пока мы ждём, и у меня есть куча времени, чтобы пялиться в окно на пустую мощёную площадь и на роспись с «Хрониками Нарнии» и пытаться вспомнить всё, что я знаю о Сновидаторах.

Знаю я немного. Но я точно уверен, что это никакая не магия. Это *определённо* не магия. Как это может быть магией? Магии не существует. Со всеми этими кристаллами, и пирамидками, и батарейками и всем таким прочим это больше походит на науку. Но я раньше никогда не слышал о такой науке.

Может ли что-то быть... одновременно магическим *и* научным? Как будто то и другое каким-то образом скомбинировали, и из-за этого Себ не может проснуться?

Хуже всего то, что меня предупреждали. Меня предупреждали Сьюзен Тензин и её бабушка, и всё *это* началось в то самое утро после первого сна наяву, когда я взлетел к потолку пещеры.

Беда в том, что я не слушал.

ЧЕТЫРЕ НЕДЕЛИ

НАЗАД

Глава 17

Первый день седьмого класса. Нет — на этот раз *на самом деле*, хотя какой-то части моего разума по-прежнему кажется, что я во сне наяву.

До школы идти неблизко, но машины у нас всё равно нет.

Я думаю о большом собакомамонте, писающем на столбы на поле для регби... о Качке Билли, говорящем по-китайски... о пещерном мальчике Коби с его странным мультяшным телом... о том, как я взлетел к потолку... о Катберте, появляющемся у меня под партой...

Но в основном я думаю о том, что *Себу приснился тот же сон, что и мне. Как такое вообще возможно?*

Однако есть и ещё кое-что.

Думаю, самое время признаться вам, что моё поведение в Марденской средней школе является, скажем так, «беспорядочным». Кажется, я говорил, что все убеждены, будто все мои неприятности из-за папиного срыва и родительского расставания, но это было сто лет назад, так что лично я не вижу связи. Кроме того, половина вещей, из-за которых у меня были неприятности, случилась не по моей вине. Однако стоит обзавестись определённой репутацией, и от неё уже просто так не отделаешься.

«Когда неприятности знают, где ты живёшь, Малки, — говорит Валери, школьная психологша, — они то и дело стучатся к тебе в дверь». По крайней мере, насчёт этого она права.

В общем, я пообещал всем — особенно маме, — что в этом году всё будет по-другому.

Поэтому я боюсь, что женщина, которая вчера вечером видела меня у себя на заднем дворе, пожалуется на меня в школу, ну или оставит моё описание. Ограбление? Кража? Жестокое обращение с животным? Последнее хуже всего, а я ведь даже не нарочно.

Я иду полубегом, чтобы не опоздать, и все эти мысли крутятся у меня в голове, когда я перехожу дорогу. Я слышу автомобильный гудок, визг тормозов и человеческий крик — как оказывается, мой.

Примерно в тридцати сантиметрах от меня притормаживает пыльный и ржавый внедорожник. Я поднимаю взгляд и ахаю. Кажется, в машине нет водителя. Боковое стекло с жужжанием опускается, я приглядываюсь и вижу, что на водительском месте всё же кто-то сидит, вот только этот кто-то такой маленький, что его макушка едва виднеется над рулём.

Из окна высовывается голова: это вчерашняя пожилая леди, та, что дала мне ячье масло. Мне кажется, что она собирается накричать на меня, но этого не происходит. Вместо этого она пристально смотрит на меня, прямо как вчера, и говорит:

— Убит!

Я замер посреди дороги; других машин поблизости нет.

— Я… Простите. Не смотрел по сторонам.

Она полуприкрывает глаза и кивает так, будто это всё объясняет. Потом грозит мне пальцем.

— Я чуть не убила тебя. Плохой мальчик!

Я быстро киваю. Мне приходит в голову начать умничать, ну, знаете: «Как вы вообще могли меня увидеть из-за руля?» и всякое такое, но что-то в ней меня останавливает. Я чувствую, что препираться с ней себе дороже, хоть она и такая крохотная и старая. Так что я говорю:

— Да, да. Простите.

Старушка сверлит меня взглядом. Если это выговор, то он самый странный, мягкий и одновременно самый впечатляющий из всех, что мне делали. Я чувствую, что у меня дрожат коленки.

— Простите! — повторяю я и слышу, как из глубины машины доносится что-то вроде «Мо-Ла!» и ещё какие-то слова, которых я не понимаю.

Выражение лица пожилой леди меняется, немного смягчаясь. Взгляд пристально сверливших меня глаз расслабляется. Она отрывисто кивает, выдавливает небольшую улыбочку и скрывается обратно в салоне, а окно сзади начинает опускаться.

Теперь голову наружу высовывает вчерашняя девочка с чёрными-пречёрными волосами — Сьюзен, кажется?

— Садись, Малкольм. Мы тебя подбросим!

— Да нет… нет… спасибо. Я прогуляюсь, — говорю я. Мне неудобно: я её не знаю, её бабушка меня пугает, и я по-прежнему погружён в свои мысли о сне, как-то связанном со Сновидатором, и…. обо всём прочем.

Пожилая леди недовольно говорит:

— Не будь глупым! Садись в машину! Быстрее, быстрее. — Она заводит мотор, и её злое выражение лица сменяется умиротворённой улыбкой. Она как будто щёлкнула каким-то невидимым выключателем — наблюдать за этим очень странно. Я обнаруживаю, что слушаюсь её, и сажусь на заднее сиденье рядом с девочкой.

Она выглядит ещё чище, чем вчера вечером, в новой форме Марденской средней школы: серая юбка, самые белые носки, которые я когда-либо видел, бордовый свитер — всё идеально. На полу лежит сияющий чёрный футляр от какого-то музыкального инструмента. (Там точно не скрипка — это всё, что я могу сказать.)

Голова пожилой леди едва виднеется над спинкой сиденья. Я вижу лишь её седую макушку.

— Как там твоя рана, а? Кровь остановилась? — спрашивает она меня, перекрикивая кашель мотора. Честное слово, меня как будто на тракторе подвозят.

— Спасибо. Да, гораздо лучше. — За ночь ссадина и правда подзажила. Я осторожно принял душ, и ячьим маслом от меня вроде бы не пахнет.

— Ячье масло. Ага? *Dri* — лучше всего, нет? Хорошо его втёр?

— Да, — отвечаю я. Свёрток всё ещё лежит у меня в комнате и всё ещё пованивает. — Я втёр его очень, эм… хорошо.

Я слышу, как Сьюзен со мной рядом негромко фыркает, а когда я смотрю на неё — прикрывает рот ладошкой. Она что, надо мной смеётся?

Надеюсь, что нет. Я даже не знаю эту девчонку. Пока что, по крайней мере.

Глава 18

В первый день после каникул из года в год происходит одно и то же.

Честно говоря, я не особо слежу за происходящим, потому что уже решил, что у меня определённо неприятности. Я просто жду вызова в кабинет миссис Фаррух, где (наверное) будет сидеть психологша Валери плюс полицейский, который приходит поговорить с нами о вреде наркотиков, безопасности в интернете и всяком таком, и женщина, которая вчера гналась за мной по переулку. В школу вызовут маму, а мама расскажет папе, и он заберёт телефон, потому что мне его подарили вроде как на условии, что я не буду влипать в неприятности...

А на экране моего телефона трещина — из-за Кез Беккер.

В этом году общешкольное собрание проходит на улице, на большой игровой площадке. Я пытаюсь слушать, но каждый раз, когда миссис Фаррух, стоящая на возвышении, вглядывается в толпу, я представляю, что она уже получила жалобу на-счёт вчерашнего и пытается высмотреть «мальчика среднего роста с волосами, как стог сена», и приги-баюсь, чтобы меня не заметили.

Хоть какая-то надежда.

Миссис Фаррух толкает речь на тему «Следуйте за своими мечтами».

— Мечтайте по-крупному, ученики Марденской средней школы! Делайте то, что другим и не сни-лось! — говорит она через потрескивающую си-стему оповещения. — И вы тоже сможете стать теми, чьи мечты изменили мир.

Большой экран за её спиной демонстрирует кар-тинки, которые нам не очень хорошо видно из-за яркого солнца, но она зачитывает вслух имена раз-ных людей и их достижения.

— Мартин Лютер Кинг мечтал положить конец расизму… Альберта Эйнштейна его мечты вдохно-вили на создание теории относительности… Пол Маккартни из «Битлз» написал песню «Пусть будет так», когда ему приснилась его мать, пришедшая поддержать его в трудные времена…

Я пытаюсь слушать, но я только что увидел в конце ряда восьмиклассников Кез Беккер.

Сказать ей про треснувший экран? Есть ли смысл? Всё равно будет отпираться.

Потом миссис Фаррух говорит:

— Давайте поприветствуем новую ученицу седь-мого класса. Сьюзен Тензин, покажитесь, пожалуй-ста, — и вот она, в центре переднего ряда, стоит смирно, сомкнув руки перед собой, и поворачивает голову, безмятежно улыбаясь всей школе и высоко задрав подбородок.

Мейсон Тодд пихает меня в бок:

— Наверняка фигова учительская любимица: у неё на лице написано, — фыркает он. Я ничего не отвечаю. Я не очень-то сосредоточен. — Чего с тобой такое? — шепчет Мейсон. — Ты вообще тут? Ты как будто до сих пор на каникулах.

Себ видел тот же сон, что и я.

— Что? Нет, я, эм… всё нормально. Ага — учительская эм…

Мейсон странно на меня поглядывает. Когда я только перевёлся в эту школу, я думал, что мы с ним станем лучшими друзьями, но — если верить Кез Беккер — его ма считает, будто я «грубый».

К ланчу ожидание, что на меня донесли, превращает меня в сплошной комок нервов.

Я стою в очереди в столовой и пытаюсь пересказать Мейсону свой сон. Это непросто. Вернее, очень трудно сделать так, чтобы это звучало интересно. С точки зрения Мейсона, я просто рассказываю ему какой-то странный сон, который мне приснился, а — как известно всем старше шести лет — никому не интересно слушать про чужие сны.

Про Сновидаторы я, ясное дело, умалчиваю из-за того, каким образом они у меня появились. Это я явно оставлю при себе, по самой меньшей мере до тех пор, пока не буду знать, что мне всё сошло с рук.

Мейсон уже поглядывает мне через плечо, ища какого-нибудь другого собеседника, когда я говорю:

— Слушай, приятель. Я делал всё это во сне. Я управлял сном. Я знал, что это был сон! — Я ещё даже не добрался до момента с Себом.

Он делает шаг назад, немного театрально, и смотрит на меня, полуприкрыв глаза.

— Ты *что*? Ты «управлял» сном? — говорит он, изображая пальцами кавычки. — И как это работает?

— Я... я не знаю, на самом деле. Я как будто спал и не спал *одновременно*?

Он повторяет за мной эту фразу, и я чувствую такое облегчение, что меня наконец-то хоть кто-то понял, и смеюсь.

— Да, приятель! Да! Именно это и произошло. Говорю же...

— Да ты чокнулся! Такое просто невозможно. Ты *спал*, Малки, приятель. Нельзя одновременно спать и не спать.

— Но это правда, Мейсон! Я был там. И мой брат тоже!

— Тебе приснился твой брат? Тоже мне!

— Нет! Я имею в виду, что мой брат...

Я уже собираюсь рассказать ему, что Себу приснился тот же сон, что и мне, одновременно со мной. Что мы с Себом *разделили* мой сон. Но, когда слова уже формируются у меня на языке, я осознаю, что окружающие повернулись послушать и что из-за этого меня станут считать ещё более чокнутым.

— ...Ну да. Ты прав, — спустя мгновение говорю я и замолкаю.

— Честное слово, Белл. Летние каникулы тебе мозги-то подплавили. — Мейсон протискивается в очереди вперёд мимо каких-то пятиклашек. Он как будто старается убраться от меня подальше, но, может, он просто проголодался. Но всё идёт к тому, что в первый учебный день обедать я буду один.

Себ видел тот же сон, что и я.

— Это называется «сны наяву», Малки, — произносит голос у меня за спиной. — И я тебе верю.

Глава 19

Я поворачиваюсь и вижу Сьюзен Как-Её-Там, которая всё это время стояла рядом со мной, а я и не знал.

— Что? — переспрашиваю я.

— Я слышала, что ты говорил тому мальчику. Я не думаю, что ты лжёшь.

Она отделилась от своей компании, чтобы встать со мной. Девочки, с которыми она была, — наверняка играют в школьном оркестре — не сводят с неё пристальных взглядов, и она понижает голос, пока её не становится невозможно подслушать за гомоном школьной столовой.

— Это называется «сны наяву», или «осознанные сновидения». Такое встречается чаще, чем ты мог бы подумать. — Вот оно опять: отчётливая, взрослая манера говорить. — Моя бабушка это умеет. Снова здравствуй, кстати.

Я отчасти ожидаю, что она протянет руку и скажет: «Как поживаешь?», но она этого не делает. Она тянется за куском киша, и до меня доносится её запах: стиральный порошок и яблоки. Прямые чёрные волосы скрывают половину её лица словно занавеской, и она заправляет их за ухо. Я невольно замечаю, что ногти у неё чрезвычайно аккуратные и чистые.

Я ничего не говорю, но иду за ней следом к дальнему столу, гадая, что подумают люди. Девчонки вроде неё и мальчишки вроде меня обычно не общаются, по крайней мере в нашей школе. Либо она этого не заметила, либо, что вероятнее, она больше никого не знает. Она садится и аккуратно ставит перед собой тарелку и стакан и раскладывает столовые приборы, а потом смотрит на них пару секунд, будто собираясь произнести молитву, но не произносит. Вместо этого она переводит пронзительный взгляд своих тёмных глаз на меня и говорит:

— Если ты можешь такое делать, Малкольм, это очень особое умение. *Воистину* очень особое.

Она говорит так, словно каждое произносимое ею слово важно и она ожидает, что её будут слушать.

— Это что...? — Я осознаю, что не знаю, как ловчее об этом спросить. — Это какая-то китайская фишка?

Она прищуривается.

— *Китайская* фишка?

— Ну... ну просто, знаешь, ты выглядишь... я подумал... вдруг твоя семья, знаешь... — Я обидел её? Сложно сказать. Сьюзен расслабляет глаза и улыбается.

— Нет. Не китайская, Малкольм. Тибетская. Хотя моя мамуля китаянка, мой папуля с Тибета. Как и Мола, с которой ты уже познакомился. Это тибетское слово, означающее бабушку.

Я с умным видом киваю, как будто когда-то слышал о Тибете, и одновременно думаю —*мамуля и папуля*? Кто так говорит вообще? Ей придётся завязать с такими словечками, если она собирается выжить в Марденской средней школе.

— Ты знаешь, где находится Тибет? — спрашивает Сьюзен, будто ведя «светскую беседу», как взрослые. Она кладёт в рот кусочек киша.

— Что? А! А, Тибет? Ну да, ясное дело. Она там, эм... возле, ну знаешь, того места...

Сьюзен даёт мне перебирать слова — намеренно, я думаю. Потом говорит:

— Ничего страшного. Многие люди не знают, где это.

Я киваю и хмурюсь, делая вид, что поддерживаю разговор.

— Он совсем маленький, правда?

— Примерно в пять раз больше, чем Соединённое Королевство. — Она даёт мне время осознать услышанное. — Он располагается между Непалом и Китаем. Ты, наверное, слышал о горе Эверест, самой высокой горе в мире. Половина его расположена в Тибете.

— *Половина?*

— Да. Граница между Непалом и Тибетом пролегает через вершину Эвереста, хотя мы называем

100

его *Джомолунгма* — Божественная Мать Мира. Теперь Тибет — часть Китая, но раньше всё было иначе. Мой папуля считает… впрочем, неважно.

«Да-да, — думаю я. — Я про сны хочу узнать».

— Что касается снов? — говорит Сьюзен, без усилий возвращаясь к теме разговора. — Не могу сказать, что это отличительно тибетское умение. — Она прожёвывает ещё один кусок и задумчиво смотрит вверх. — Я так не думаю. Но моя Мола практикует форму тибетского буддизма под названием «бон». Много лет назад она росла в городе под названием Шаншунг. Это очень далеко от столицы.

— А её сны?

Сьюзен глотает, улыбается и утирает рот бумажной салфеткой.

— Иногда такое происходит, когда она медитирует или даже когда спит. Она просто время от времени спускается с утра и говорит, что бодрствовала во время сна и что это было весело или «поучительно». Она называет это «йога сна». Говорит, что эти сны даже лучше старых фильмов, которые она любит смотреть! А что случилось в твоём сне?

И я рассказываю ей всё, и её тёмные глаза восхищённо сияют — что, по сравнению с реакцией Мейсона Тодда, большой прогресс. Я старательно избегаю упоминать Сновидаторы, потому что не хочу отвечать на вопрос, откуда я их достал. И про то, что Себу снился тот же сон, не говорю, потому что это звучит слишком уж безумно.

(Также я упускаю тот момент, что она тоже была в этом сне, потому что это прозвучит как-то стрёмно.)

Несколько минут мне кажется, что весь шум школьной столовой утих и остались лишь я и эта странная серьёзная новенькая. Под конец я говорю:

— Так что, ты не думаешь, что я чокнулся?

Она подмигивает мне так, как мог бы подмигнуть кто-то гораздо старше, отчего я внезапно чувствую себя очень маленьким.

— Ты заскакиваешь ко мне в сад, истекая кровью; едва избегаешь смерти под колёсами машины моей Молы, а потом признаёшься, что ни с того ни с сего увидел сон наяву? И всё это меньше чем за день? Это абсолютно нормально, Малкольм Белл! — Потом она плавно уходит, улыбаясь себе под нос странной улыбкой человека, осознающего своё превосходство, и шум столовой возвращается.

— Подожди! — кричу я ей вслед. Я хочу спросить, видела ли она сама когда-нибудь «сны наяву», но она меня не слышит. Кроме того, я вижу, как в моём направлении протискивается Кез Беккер, а мой путь к отступлению блокирует тележка для отходов.

Первый учебный день, а дела уже идут хуже некуда.

Глава 20

«Когда неприятности знают, где ты живёшь…» — говорила школьная психологша Валери. И вот они постучались ко мне — в легкоузнаваемой форме Кез Беккер.

— Достал чонить, Белл? — спрашивает она, распихивая пятиклассников и втискиваясь рядом со мной на то место, где до этого сидела Сьюзен. Позади неё стоит Джона Бёрдон, и они оба самодовольно улыбаются. — Вчера вечером? Мне пришлось совершить тактическое отступление, сам понимаешь.

Я смотрю на Кез, делая лицо настолько невыразительным, насколько можно, и равнодушно пожимаю плечами.

— Нет. Я не понимаю.

Её это, кажется, не волнует. Она поворачивается к Джоне.

— Видел бы ты его рожу! Совсем перепугался — какой-то малюсенькой собачки!

Джона хрюкает.

Я говорю:

— Откуда тебе знать, какая у меня была рожа? Ты к тому времени уже убежала. Ой, прости, совершила тактическое отступление.

На это Джона Бёрдон хохочет.

— Он прав, Кез — тут он тебя подловил! Молодец, Белл! Вот это прикол. Гы-гы! — Он поднимает пятерню, и я без особого энтузиазма отбиваю её.

Кез это совсем не нравится. Они сощуривается.

— Ты хош сказать, что я вру?

Я не понимаю, думаю я. Как кто-то может быть твоим другом, а через минуту вести себя так ужасно? (Наверное, поэтому у Кез Беккер не так много друзей. Это никак не связано с тем, что её папа работает с мертвецами, и целиком связано с тем, что она такая двуличная.)

— А на это что скажешь? — говорю я, доставая телефон и показывая ей экран. — Ты его разбила! Гляди, какая трещина!

Джона Бёрдон поджимает губы и цокает.

— О-о, молодой Белл проводит шикарную контратаку! — говорит он, как будто комментирует футбол. Ему всё лишь бы к спорту свести.

— Не тупи, — говорит Кез. — Она была там и до этого!

— Не было её! — Я слышу, что мой голос становится громче и выше, и чувствую, что лицо краснеет. Джона Бёрдон продолжает комментировать, а люди начинают поворачивать головы.

— События принимают противоречивый поворот! Беккер отрицает это заявление! Что же будет дальше?

— Заткнись, Джона, — бросает ему Кез, не сводя с меня взгляда. — Он точно был разбит. Я сразу увидела, как только ты мне его одолжил.

— Я тебе его не одалживал, и *он не был разбит*! — я уже кричу и сую телефон ей в лицо, чтобы доказать, и тут моя рука задевает кружку с водой на её подносе, и она опрокидывается, заливая тарелку и брызгая Кез на одежду. Кез вскакивает с места, врезаясь в маленькую Поппи Хиндмарч, отчего та с грохотом роняет свой поднос. Это, в свою очередь, заставляет всех оглядываться и восторженно вопить и, не успеваю я этого осознать, как мы с Кез дерёмся, топчась в подливке Поппи. Все свистят, и тут...

Между нами встаёт завуч.

Несколько секунд спустя он уже ведёт нас из столовой в кабинет миссис Фаррух под смех всей школы. Краем глаза я замечаю Сьюзен. Она просто стоит в сторонке, улыбаясь безмятежной полуулыбкой, — как будто ничего на свете не представляет важности — или, наоборот, всё чрезвычайно важно. Сложно сказать. Она следит за нами взглядом, и я начинаю слегка паниковать.

Судя по всему, я уже влип в неприятности.

На столе перед миссис Фаррух лежит копия моего соглашения о поведении, подписанная мной в конце прошлого семестра после того, как я случайно разбил стекло в шкафчике со школьными наградами в день награждения. Долгая история. Я был не виноват. (Ну, *не совсем* виноват.) В общем...

— Я очень разочарована, Малкольм, — говорит миссис Фаррух. — Я так хотела, чтобы вы хорошо начали этот семестр. Нам необходимо направить вашу импульсивную энергию в правильное русло, но ещё слишком рано, чтобы спешить с негативными выводами...

Она уже некоторое время разглагольствует, так что я понемногу отключаюсь, но постойте-ка...

Она не хочет спешить с негативными выводами. Думаю, это значит, что я помилован. *Думаю,* это значит, что она не собирается меня наказывать.

— ...Однако у меня есть кое-какая обескураживающая новость, Малкольм.

Звучит не очень хорошо. Я выпрямляюсь и натягиваю на лицо самое невинное выражение.

Она смотрит из окна на поле для регби, повернувшись ко мне широкой спиной.

— Этим утром мне поступил телефонный звонок от одной из жительниц Тайнмута, которая считает, что кто-то из наших учеников незаконно проник на её задний двор и в процессе так ранил её собаку, что той понадобилась помощь ветеринара. Вы знаете, что такое незаконное проникновение, Малкольм?

— Нет, мисс. — К «невинности» на лице я добавил нотку «озадаченности», одновременно пытаясь скрыть «облегчение», потому что я знаю, что незаконное проникновение — что бы это ни было — скорее всего, не хуже, чем кража, или ограбление, или жестокое обращение с животным…

— Незаконное проникновение, Малкольм, — это пребывание на или в чужой собственности без разрешения хозяина. — Она поворачивается и пристально смотрит на меня. Я не шевелюсь. Кажется, я даже не моргаю.

Моргни, Малки, иначе будешь выглядеть дерзко, а значит, виновато.

Я несколько раз моргаю, а потом для полноты картины выдавливаю улыбочку.

— Также она предоставила мне описание нарушителя. — Миссис Фаррух на секунду замолкает, чтобы до меня дошёл смысл её слов. Потом она молчит ещё секунду, и ещё — как мне кажется, для пущего эффекта, — прежде чем продолжить: — Но…

Я начал потеть. Я чувствую, как под мышкой у меня стекает ручеёк. Я снова моргаю.

— Но, по её собственному признанию, уже темнело. Она не была уверена, что сможет узнать его — или, если уж на то пошло, её. Однако, судя по возрасту нарушителя и по его одежде, можно с почти полной уверенностью сказать, что он — или она — был учеником нашей школы.

Миссис Фаррух не сводит с меня взгляда. Она прислоняется к своему столу, и её зад расплющивается по его краю.

— Я предпочитаю поддерживать хорошие отношения с общественностью, Малкольм. Я предположила, что, вероятно, всё было вполне невинно. Возможно, этот посторонний просто хотел забрать свой мяч или что-то подобное. Но причинение вреда животному, каким бы ненамеренным оно ни было, это совсем другой разговор. Мне не нравится мысль, что кто-то из наших соседей может считать наших учеников какими-то, кроме как замечательными. Понимаете меня?

— Да, мисс.

— Хорошо. — Следует долгая пауза. Потом она вздыхает так, что копна её седых волос слегка трясётся. — ОПТ, Малкольм. Общественно полезный труд. Мы подведём черту под сегодняшним инцидентом с Кезией Беккер и больше не будем об этом заговаривать, и не станем даже сообщать вашей маме, идёт?

— Да, мисс. — Я не могу поверить, что вышел сухим из воды.

— Но — и это очень большое но...

Обычно, услышь я от крупной и смахивающей на лошадь миссис Фаррух слова «очень большое но», я прыснул бы от смеха. Однако сейчас я так нервничаю, ожидая, что будет дальше, что мне вообще не до шуток.

— *Но* — вы должны пообещать мне, что примете участие в ОПТе. Я уже поговорила с Кезией — она тоже к нам присоединится. Вы согласны, Малкольм? Это прелестная группа трудолюбивых, полных энтузиазма учеников, занимающихся очень стоящей деятельностью. Я отправлю вашей маме имейл. Она должна будет подписать разрешение, но что ей сказать — решите сами, хорошо?

Я не уверен, что когда-либо слышал от учителя что-то *менее* заманчивое, но какой у меня выбор? Я киваю так торжественно, как только могу.

Она тепло улыбается мне и хлопает в ладоши.

— Превосходно! Начнём через пару недель. Я поставлю вас в пару со Сьюзен Тензин. Она новенькая: может, вы видели её на собрании, и она уже вызвалась доброволицей. Вам всё ясно, Малкольм?

— Да, мисс.

Опять Сьюзен Тензин. Сьюзен Тензин с её суперчистыми ногтями, пахнущими яблоком волосами и умиротворённой улыбкой, от которой чувствуешь себя тупицей. Я начинаю её недолюбливать. Однако прямо сейчас мне некогда слишком уж об этом беспокоиться, потому что…

Себ видел тот же сон, что и я.

И мне нужно поговорить с ним об этом.

Глава 21

В те дни, когда мама работает, предполагается, что я должен быть дома, когда Себ возвращается из школы. Так что я жду его. Обычно я не стал бы этого делать, но сейчас я уже налил ему стакан молока и порезал яблоко, когда он заходит в дом.

— Ой, привет, Малк...

— Вчера ночью, — говорю я, пока он с подозрением косится на перекус.

— Знаю, — говорит он и, сделав осторожный глоток (на тот случай, если я опять насыпал в молоко соли — я тогда *просто пошутил*), залпом осушает стакан. — Было *фупер*! Я всем в классе рассказал. Они все думают, что я вру. Но мне всё равно: это же было, правда, Малки? Мы были в одном и том же сне. Так и *должно* было быть? Этого не было в инструкциях. Или было? — Он от души рыгает, вытирает рот рукавом и принимается за яблоко.

Я качаю головой. Этого определённо не было в инструкциях, но это точно случилось. Я смотрю, как он лопает яблоко с открытым ртом, и вместо того, чтобы почувствовать раздражение, чувствую зависть: ему всё равно, что подумают одноклассники.

— Думаю, сегодня надо снова это проверить, согласен? — спрашиваю я. — Просто чтобы убедиться.

— Фупер! — повторяет Себ, и я снимаю с волос кусочек пережёванного яблока.

Тем вечером я беру мамин ноутбук и ищу «осознанные сновидения» — фразу, которую использовала Сьюзен и которая была в инструкциях. Поисковик выдаёт бесконечные страницы с постами людей, описывающих, как они это делают: обычно на это уходит уйма практики и подготовки, вроде медитаций, налаженного режима сна, особой температуры в комнате, «дневников сновидений» и даже специальной еды. Вскоре меня это утомляет, и я ищу слово «сновидатор», только чтобы обнаружить, что это название какой-то поп-группы, и никаких тебе упоминаний устройства для создания осознанных сновидений в любое время.

Не говоря уже об *общих* сновидениях.

Наконец, несколько нервничая, я набираю «опасности осознанных сновидений», и, кажется, все сходятся во мнении, что единственная опасность — это кошмары, из которых, если вы видите осознанный сон, можно проснуться, когда пожелаете.

Тогда всё нормально. В инструкциях говорилось: «Возможно, идеального результата удастся достигнуть не сразу», так? Очевидно, ко мне это не относится: Малки Белл, Суперсновидец!

Той ночью мы с Себастьяном засыпаем под нашими Сновидаторами.

И они снова срабатывают.

И на следующую ночь тоже.

И на следующую.

Глава 22

Честно говоря, мне сложно описать, как совершенно прекрасно не спать во время сна. Однако я всё же постараюсь, потому что если вы не поймёте, то весь дальнейший рассказ потеряет всякий смысл.

Знаете, как бывает, когда вы спите и сон кажется реальным? Только когда вы просыпаетесь и пытаетесь его вспомнить, оказывается, что большую часть вы забыли, а оставшееся скомкано и нелепо, да и к тому времени, как вы спускаетесь на кухню, сон уже совсем вылетает у вас из головы.

Так вот наши с Себом сны наяву совсем не такие. Мы помним их до мельчайших подробностей: как будто они происходили на самом деле. Я помню людей, которые мне снились, и что они говорили; помню звуки, запахи, вкусы.

Но лучше всего: я могу сделать так, чтобы произошло в точности то, что я хочу. Я управляю целым миром сновидений. Я могу сделать всё, что мне угодно. Это всё равно что быть премьер-министром, президентом И королём одновременно!

Пока что не было практически ничего, что я не смог бы сделать. Как там сказала миссис Фаррух в первый учебный день:

«Мечтайте по-крупному, дети, и воплощайте в жизнь самые поразительные свои сны!»

Вот только на этот раз это не обычная учительская болтовня, а реальность.

Реальная реальность. За несколько следующих ночей мы с Себом выясняем, что работает, а что нет.

Например, Себ может попасть в мой сон, а я в его — нет. Не знаю, почему: просто вот так оно. Если Себ приходит в мой сон и *не* хочет его со мной делить, то ничего страшного. Он просто уходит в свой собственный сон.

Мы выясняем, что чтение книг о всяком-разном или просмотр телевизора перед сном помогает создать желаемый сон. Себ вечно хочет видеть сны про пещерного мальчика Коби, потому что это его любимая книжка.

Однажды, когда я собирался ложиться, мама смотрела по телику новости, и я немного посмотрел вместе с ней. Той ночью мне приснилась какая-то война, и хоть я и попытался что-то изменить, было как-то невесело, так что я разбудил себя. А потом опять уснул.

Что самое важное — это работает *не всегда*. Способность поменять сон, управлять им как будто ослабевает, чем больше ей пользуешься. Под конец нам снится просто обычный сон.

Так что не то чтобы во сне перестало происходить всякое неожиданное: постоянно происходит.

Есть минутка? Давайте расскажу вам про некоторые из наших снов.

Глава 23

Леди и джентльмены, мальчики и девочки, представляю вам…

Топ общих снов наяву Малкольма и Себастьяна Беллов

Это займёт примерно минутку — я обнаружил, что дольше люди про чужие сны слушать не могут.

1. Пещерный мальчик Коби

О нём я уже рассказывал. Этот сон бывает у нас чаще всего, и работает он лучше всех, хотя я начинаю от него подуставать. Мы живём в пещере и ходим на охоту, но все животные разбегаются от нас, и мы никого не можем поймать, так что нам приходится воровать мясо у соседнего племени, со всеми вытекающими приключениями. Пейзаж в этом сне — обычно что-то среднее между картинками из книжки и Тайнмутским пляжем. Себ считает, что они с Коби и его семьёй — друзья. Я предлагал организовать в этом сне машину (я уже делал так в других снах, я очень хорошо вожу), но Себ отказался, сказал, что тогда это будет не «по-настоящему», и раз уж этот сон был его идеей, я его слушаюсь, что с моей стороны очень мило. Но против дирижабля в форме рыбки, который часто появляется в небе, он ничего не имеет. Мы оба думаем, что это круто.

2. Битва на «Санта-Ане»

«Санта-Ана» была кораблём испанской армады, флота, с которым Англия сражалась несколько сотен лет назад, и мы с Себом в этом сне были моряками, участвующими в перестрелке, где пушечными ядрами служили здоровенные рождественские пудинги. Управлять этим сном было весьма трудно. Чем больше людей и объектов (вроде кораблей) задействовано, тем больше вероятность, что произойдёт какая-нибудь странная, типичная для снов ерунда, которую нужно контролировать. Например, капитаном на главном английском корабле, с которым мы сражались, был Качок Билли, но мой экипаж начал отбивать наши пудинговые пушечные ядра ногами, так что мне пришлось это исправить, а то нам было бы нечем стрелять.

3. Забивание победного гола в финале Лиги чемпионов

Значит, тут мы с Себом (иногда — он обычно на воротах) играем с разномастными противниками: знаменитостями, ребятами из нашей школы...

Всё, минутка вышла.

Понимаете, о чём я? Я могу целую вечность рассказывать, но не стану. Я мог бы рассказать вам о том разе, когда уменьшился до размеров садового гнома; или когда мы с Себом могли дышать и говорить под водой; или когда мы оба взбирались на заснеженную гору в пляжной одежде, и у Себа была здоровенная шляпа...

Но, понимаете ли, никому не интересно *настолько*, потому что безумные сны снятся всем.

И тот факт, что я могу выбирать, что произойдёт во снах, менять их и проигрывать заново, тоже никому не интересен, потому что никто мне не верит. Вернее, никто, кроме Сьюзен Тензин.

Я ещё парочку раз пытался объяснить маме, что происходит, но она думает, что я либо:

а) шучу;

б) либо проявляю недюжинное воображение и креативность и что мне «следует записать какие-нибудь из этих приключений, Малки: ты можешь стать знаменитым писателем!»; либо, из самого недавнего...

в) вру. «И ты поощряешь врать Себа, Малки. Сбавь обороты, а? Люди подумают, что ты рехнулся».

Так что всё это было более-менее нашим с Себом не совсем секретным секретом... хотя я не предполагал, что во всё это ввяжется бабуля Сьюзен Тензин.

Глава 24

Прошла уже пара недель нового семестра, и, если Сьюзен Тензин проезжает мимо меня на своей старой дребезжащей машине, она *всегда* останавливается и предлагает меня подбросить.

Отказаться практически невозможно, хотя поездка всегда выходит пугающая: бабушка Сьюзен постоянно резко сворачивает и притормаживает и произносит слово, звучащее наподобие «къякпаа» — наверное, это значит «ты идиот» или что-то такое.

Другие ребята, например, Мейсон, Каллум и Кез Беккер заметили, что мы со Сьюзен иногда разговариваем, и Мейсон как-то раз съехидничал, спросив меня, не собираюсь ли я записаться в школьный оркестр. Поэтому я всегда прошу Молу остановиться у начала дороги, чтобы остаток пути я мог пройти пешком и мы со Сьюзен не подходили к школьным воротам вдвоём, как будто мы лучшие друзья. Кажется, она не возражает. В любом случае, она всегда улыбается.

В общем, этим утром я слышу, как сзади ко мне с тарахтением несётся их машина, и бежать мне некуда. Машина с кашлем притормаживает практически на том же месте, где они подобрали меня в первый раз, и Мола перегибается через пассажирское сиденье и кричит в окно:

— Эй! Эй! Сонный мальчик! Садись!

Сонный мальчик? Что за...?

Я подхожу к машине, и Мола грозит мне пальцем.

— Нет, нет! На переднее кресло садись! Особое отношение к особому мальчику!

Честное слово, она так широко улыбается, что её глаза совсем теряются в морщинах. Сьюзен с заднего сиденья сморит на меня извиняющимся взглядом.

— Я рассказала ей про твои сны наяву, Малкольм. Это весьма сильно взволновало её.

— Взволновало? Да! Ты очень особенный! Вот, у меня для тебя кое-что есть. — Она протягивает руку и открывает бардачок, отчего машина резко виляет и едва не сбивает велосипедиста. Я не уверен, как на всё это реагировать. С одной стороны, все любят, когда им говорят, что они особенные. С другой, мне не нравится, что Сьюзен рассказывает об этом направо-налево.

— Мола! Аккуратнее! — говорит Сьюзен. — Прости, Малкольм!

Мола вручает мне пластиковый контейнер.

— Давай! Съешь это! — велит она. Я распахиваю крышку — пахнет знакомо, но я никак не могу понять, чем. Внутри лежат куски бледного, плотного на вид, на вид пирога с орехами.

— Спасибо, — говорю я слегка растерянно.

Сьюзен наклоняется ко мне и говорит:

— Это масляный пирог. Мы называем его *tu*. Это тибетское блюдо. Тебе оказана большая честь.

Запах немного напоминает протухшее ячье масло (которое я в конце концов выкинул, когда оно растаяло и немного измазало старый школьный свитер), только… не такой протухший, пожалуй. Я откусываю маленький кусочек, но Молу это не впечатляет.

— Нет! Кусай больше! *Большо-о-ой* кусок! — Она хихикает и жмёт на гудок без какой-то видимой мне причины. Так что я делаю как велено. Это просто объедение. Терпко, масляно, молочно.

— Настоящая вкуснятина! — говорю я, и Мола светится от удовольствия.

— Видишь ли, люди, которые видят сны наяву без усилий, очень редкие. Очень редкие! Я бы сказала, что у них особый дар! Они благословлены. Прочь с дороги — *kyakpaa!* Я, у меня такое только иногда выходит. Это большая честь — встретить такого человека и смотреть, как он ест мой *tu*. А теперь, Сонный мальчик, рассказывай, что ты видел прошлой ночью, а я расскажу, что видела я!

Так что, слегка неохотно, я рассказываю ей сон про Каменный век и как я ходил на охоту с пещерным мальчиком Коби. Я упускаю тот момент, что Себ вообще-то делил этот сон со мной, потому что это по-прежнему звучит слишком уж странно, но Мола поухивает от восторга и заставляет меня съесть ещё пирога.

Я ем ещё кусочек, и к тому времени как мы притормаживаем у школы, я здорово наелся. Я уже берусь за ручку двери, когда Мола говорит:

— Стой! Я ещё не рассказала тебе свой! — и я сажусь обратно. Она глушит мотор, складывает руки на коленях и на некоторое время прикрывает глаза.

— Мне снилось ничего, — наконец говорит она.

Это меня озадачивает.

— Ох, — отвечаю я. — Не повезло.

Она поворачивается и улыбается мне.

— Нет. Это хорошо.

Потом она снова закрывает глаза и это вроде как закрывает и разговор тоже. Мне как-то неловко, но это длится всего пару секунд.

— Будь осторожный, Сонный мальчик, — говорит она, снова открывая глаза. Она наклоняется ко мне со своего сиденья, быстро стучит мне по лбу морщинистым указательным пальцем и смеётся, видя моё встревоженное лицо. Потом её выражение снова моментально меняется, как у неё часто бывает, и она яростно смотрит мне в глаза. — Твоя голова внутри больше, чем снаружи, Сонный мальчик. Там легко потеряться.

Наконец, выбравшись из машины и чувствуя себя слегка напуганно, я говорю Сьюзен:

— Что она такое имела в виду про мою голову внутри? И кто захочет, чтобы ему *ничего* не снилось?

Она заправляет прядь тёмных волос за ухо, смотрит вверх и некоторое время размышляет.

— Это буддистское понятие. Шуньята называется. Это одна из целей медитации. Это не столько «ничего», сколько «всё». Кажется, так... по-моему.

— Хм, — отвечаю я. — Звучит скучновато. Я бы вот предпочёл на мамонта охотиться.

Сьюзен кивает в ответ, умудряясь выглядеть так, будто она одновременно согласна и не согласна.

Вот такая уж она. Но это бесит не так сильно, как можно было бы подумать.

Глава 25

За время этих поездок, между приступами ужаса от манеры вождения Молы, я многое узнаю о Сьюзен — в основном потому, что она почти никогда не затыкается. Она училась в интернациональных школах в Сингапуре и Дубае. Она говорит со мной о музыке (ясное дело, она играет в школьном оркестре — в футляре у неё флейта-пикколо); о премьер-министре (его мама с ним знакома) и о событиях, которые происходят в странах, о которых я и не слыхал никогда.

Честно говоря, это меня несколько утомляет, и я начинаю думать, что она так делает, только чтобы я почувствовал себя тупым. (Как-то в ответ я сообщил ей, что разом посмотрел четыре выпуска «Звёздного шоу» одна за другой, и спросил, видела ли она серию, в которой телерепортёра Джейми Бейтса столкнули в воду, а она равнодушно улыбнулась мне и сказала: «О, это мило». Честно говоря, мне кажется, она и не слышала никогда о «Звёздном шоу». У неё и телика-то, поди, нет.)

Мола больше не заговаривает о своих пустых снах, и это приносит мне некоторое облегчение. В прошлый раз было как-то неловко. Это было всё равно что сказать кому-то, что ты любишь комиксы, а в ответ услышать, что собеседник предпочитает Шекспира. Или, например, как то, что Сьюзен никогда не смотрит «Звёздное шоу». Она говорит, что её мама работает в университете, а я отвечаю, что моя ма тоже там когда-то работала.

— Правда? На какой кафедре? — спрашивает она.

— В столовой. Правда, больше не работает. А твоя?

— На кафедре политологии. Она старшая преподавательница.

Умная, значит. Ну кто бы сомневался.

— А твой папа?

— О, у него всё хорошо, — отвечает Сьюзен, но это кажется странным ответом на мой вопрос, и я поворачиваю к ней голову. Она немедленно начинает вглядываться в окно машины и говорит явно отрепетированную заранее фразу: — Мой папуля ещё в Китае, но мы надеемся, что, если всё будет хорошо, он скоро сможет приехать к нам сюда, в Соединённое Королевство.

Настроение в машине как-то поменялось, но я не понимаю, отчего.

— Когда ты виделась с ним в последний раз? — спрашиваю я. — Он там работает?

Сьюзен по-прежнему таращится в окно и с усилием сглатывает.

— Нет. Он, эм…

Внезапно машина виляет к обочине и резко останавливается.

— Виза! — рявкает Мола через плечо. — Ему нужна виза, вот и всё. Приехали. Вылезайте.

В машине словно надули громадный колючий шар неловкости, и я с удовольствием вылезаю наружу, а следом за мной Сьюзен — как раз в тот миг, когда впереди нас переходит дорогу Кез Беккер. Мы вроде как вынуждены пройти через ворота все вместе. Сьюзен глубоко вдыхает через нос.

— Ты в порядке?.. — начинаю я.

— Да. Да. Увидимся позже, — торопливо говорит Сьюзен. — И… и с тобой тоже, Кезия.

Кез собиралась нас проигнорировать, но теперь уже не может.

— А со мной-то зачем? — бурчит она.

— Собрание ОПТа! Миссис Фаррух раздаст нам задания.

ОПТ! Я не то чтобы совсем забыл об этом, просто старался не вспоминать. Кез лишь закатывает глаза и уходит. Сьюзен собирается направиться в ту же сторону, как вдруг останавливается и поворачивается ко мне.

— Три года назад, — говорит она, и я озадаченно смотрю на неё. — Ты спрашивал. Я видела моего папулю три года назад. Моего «папу». — Потом она порывисто отворачивается и шагает вперёд, оставляя меня гадать, что, блин, я сказал не так.

Время ланча. Миссис Фаррух стоит в передней части класса — сторожит печенье. («По две штуки в руки, пожалуйста, Малкольм!») Кез здесь нет — не могу сказать, что удивлён. Конечно, она как-нибудь отвертелась — может, папа ей помог, позвонил в школу или что-нибудь такое. Говорят в основном двое студентов предуниверситетского колледжа, который находится выше по улице, они же раздают списки с заданиями.

В общем, короче говоря: мы со Сьюзен Тензин должны навестить какого-то старого хрыча на Коллингвуд-террас. Я поднимаю руку.

— Да, Малкольм? — говорит миссис Фаррух.

— Сколько нам придётся... в смысле... сколько мы должны у него провести? — Я собирался сказать «придётся у него провести», но на полпути сообразил, что может сложиться впечатление, будто мне это в тягость. Разницы никакой: миссис Фаррух меня прекрасно понимает и поджимает губы.

— Думаю, Малкольм, вам стоит провести там столько, чтобы успеть неспеша выпить чашечку чая. Это слишком изнурительно для вас?

Я не уверен, что такое «изнурительно», но мотаю головой и говорю:

— Нет, мисс, — и она, кажется, довольна.

— Хорошо. Мистер Маккинли будет очень рад вас видеть. Вас *обоих*, — добавляет она, одаривая Сьюзен Тензин тошнотворной улыбочкой.

Я смотрю на бумажку:

Мистер Кеннет Маккинли

Коллингвуд-террас, 12

Это было у меня под носом с тех самых пор, как раздали бумажки. Как я этого не заметил? Но, когда миссис Фаррух произносит его имя вслух, я, кажется, едва не подпрыгиваю на месте.

Мистер Маккинли.

Маккинли. Это имя было на коробке, которую я украл!

Кто-то зовёт меня, и я поднимаю голову.

— Малкольм! Пожалуйста, не отвлекайтесь. Он будет ждать вас обоих завтра утром. Вам всё ясно?

У меня что, воображение разыгралось? Или у миссис Фаррух правда хитроватый взгляд?

Я снова смотрю на бумажку. Коллингвуд-террас. Миссис Фаррух даже распечатала маленькую карту и фото улицы. Позади этих домов проходит тот переулок, в котором я ошивался с Кез Беккер, когда взял Сновидаторы. Меня начинает слегка подташнивать.

Меня отправляют навестить того самого человека, которого я обокрал.

Глава 26

Тем вечером Себ очень взволнован. Сон про Каменный век удаётся нам всё лучше, и Себ хочет прокатиться на спине «мамонфа», но у меня что-то нет настроения: слишком я переживаю из-за завтрашнего дня.

Мама прибиралась; она достала коробку, в которой лежали Сновидаторы, из-под моей кровати и положила на стул. Я сижу на краешке кровати и снова смотрю на эту коробку: большие цветные буквы и изображение мужчины, глядящего поверх очков.

Той ночью мне едва ли удаётся поспать. И снов я точно не вижу. Всё, о чём я могу думать, лёжа в темноте, — это завтрашний визит к Кеннету Маккинли.

Дом у нас крошечный, а стены тонкие, и я слышу, как мама внизу говорит по телефону. Качок Билли ушёл домой. Я знаю, что мама разговаривает с папой. Обычно я стараюсь не слушать, когда они начинают что-то «обсуждать», но потом до меня доносится слово «сны», и уши у меня невольно напрягаются, как сайт, пытающийся загрузиться на медленном соединении.

— Зловеще? Жутко? Мы про сны говорим, Том, вот и всё...

— ...Бога ради, Том, ты сам-то себя слышишь? Это *мобили*, знаешь, что это? Нет, не такие. Их включать нужно. Ну как те, которые над колыбелью вешают...

— ...Конечно, это чепуха, Том. *Безобидная* чепуха...

Следует довольно продолжительная пауза, и я знаю, что мама расхаживает кругами по гостиной, как делает всегда, когда злится. Я слышу, как под ковриком в середине комнаты скрипят половицы.

— ...Нет, послушай меня, Том. Чем бы это ни было вызвано, спят они хорошо, ложатся без пререканий и не ссорились уже целую вечность — даже не спорили. Смеются и шутят, как будто на самом деле *любят* друг друга, а это первый...

— ...Нет, Том, ты отказался от права говорить, как мне их воспитывать, три года назад...

— ...Да, ну что ж, не повезло тебе, Том. Когда дело касается их двоих, будет так, как я говорю, а я говорю... что? Сосед Билли? Вот только *его* сюда не приплетай...

«Три года назад», сказала мама. Как раз столько прошло с тех пор, как папа ушёл. И Сьюзен говорила то же самое: три года назад она последний раз *виделась* со своим папой. По крайней мере я со своим вижусь. Не часто, но всё же…

В конце концов я кладу подушку себе на голову, чтобы заглушить свои мысли и родительские препирательства, и погружаюсь в потный сон.

Сейчас

Глава 27

«Следующие сорок восемь часов являются критическими», — сказала папе доктор, и папа продолжает повторять мне эту фразу — или её вариации — всю дорогу от больницы до дома. Сорок восемь часов, два дня...

— Я знаю, пап, — говорю я так мягко, как только могу.

Я не видел его несколько месяцев, если не считать созвонов по ФейсТайму. Он «пытается разобраться со своей жизнью», объясняет нам мама: она изо всех сил старается не говорить о нём плохого при нас с Себом, но я знаю, что это всё её тоже расстраивает.

Один час — и он приехал из Мидлсбро, где сейчас живёт, как только услышал, что Себ в больнице. Его девушка Мелани с ним не поехала, и я весьма этому рад. В смысле, она нормальная — просто мне больше нравится, когда папа без неё. Он отпустил бороду, в которой виднеется седина, на нём новые джинсы и дорогие очки. (Честно говоря, мне они кажутся вполне обычными, но я слышал, как мама говорила дяде Питу по телефону «чёртовы дизайнерские очки», так что, видимо, они и впрямь дорогие.)

Мама осталась в больнице с Себом. Персонал привёз ей кровать на колёсиках, чтобы она смогла сегодня переночевать, так что она может не отходить от него.

Папа переключает передачи, прикладывая слишком большую силу и со злостью дёргая рычаг. Его губы сомкнуты в тонкую линию, как будто он очень старается не расплакаться. Он часто плакал, когда жил с нами, но тогда ему было не очень хорошо. Сейчас ему гораздо лучше.

— Самое худшее — это неизвестность, — говорит он.

Неизвестность — это тяжело. Тяжело? Да просто мучительно. Я *пытался* объяснить доктору Нише всё насчёт наших снов, наших приключений в Каменном веке. Вышло не особо гладко.

Доктор Ниша села со мной рядом, отложив ручку, планшет и айпад — как бы давая мне понять, что она вся внимание. Маме с папой она сказала: «Мне бы хотелось переговорить с Малкольмом наедине, если вы не возражаете?», и они пошли перекусить.

Мы были в бежевой комнате с твёрдыми диванами и рисунками из «Хроник Нарнии», на которые я к тому времени таращился уже целую вечность и решил, что они мне не нравятся.

— Итак, Малкольм, — начала доктор Ниша, — ты живёшь в одной комнате с братом, верно?

Я кивнул.

— И это именно ты обнаружил, что он не просыпается?

Я опять кивнул.

— В какое примерно время это произошло?

Я уже говорил, но ответил ещё раз.

— Примерно в шесть. Этим утром.

— Ясно. И что ты стал делать сразу после того, как обнаружил это? — Голос у неё был мягкий и спокойный. Я посмотрел в её глаза — большие и доверчивые. Стоит ли рассказывать ей? Стоит ли утруждаться?

Не то чтобы я об этом не думал. На самом деле я едва ли думал о чём-то ещё. *Что* мне сказать? Может, правду?

Правда есть правда. Правда — это то, что произошло. Если я расскажу правду, это могло бы — *возможно* — помочь Себу. Я же не знаю, что могут эти доктора, так? Поэтому я решил рассказать в точности то, чем я занимался до того, как всё случилось.

— Я… Я пытался украсть мясо… А они начали размахивать своими копьями на нас и, — звучит тупо, знаю, — и Коби. — Я посмотрел на Нишу и добавил: — Мне это снилось.

Её терпеливая улыбка стала шире.

— Хорошо, Малки, я имею в виду не…

— И Себ там тоже был. Большие люди поймали его, и…

— Да, да. Вот так сон тебе приснился.

— Но нам снился *один и тот же* сон, понимаете? — Я подождал, чтобы убедиться, что она внимательно меня слушает, а потом добавил: — И он до сих пор там. Как мне кажется.

Доктор Ниша прикрыла глаза и искоса посмотрела на меня.

— Нет, Малкольм. Не уверена, что *до конца* понимаю. Но мне вряд ли нужно напоминать тебе, что это очень важно. Мне нужно, чтобы ты был серьёзным.

Я подавил порыв повысить голос, как всегда делаю, когда раздражён, и глубоко вдохнул.

— Я *и так* серьёзен. Честное слово. Мы с Себом... мы можем видеть одинаковые сны. В смысле... мы можем находиться в одном и том же сне в одно и то же время. Понимаете...

— Постой — что? — Доктор Ниша отстранилась от меня и выпрямилась, сложив руки на груди.

— Наши сны. Мы договариваемся заранее: читаем и смотрим всякое-разное, чтобы настроиться, а потом засыпаем под нашими Сновидаторами, и тогда...

Мама с папой вернулись с багетами из магазина на первом этаже. Глаза у мамы покраснели от слёз, и я замолкаю, потому что папино мнение насчёт Сновидаторов мне известно. К сожалению, он услышал мою последнюю фразу.

— Ох, простите, доктор. Он опять треплется про эту проклятую штуку для сна? — Папа со злостью потряс головой, как пытающийся увернуться от осы пёс. — Это просто игрушка, бога ради. Детский мобиль, который висит у него над кроватью, а он считает... — Он умолк и повернулся ко мне с мольбой на усталом лице. — Малки, приятель. У доктора Ниши полно дел, и это всё очень серьёзно. У неё нет времени слушать эти бредни.

— *Папа!* — возразил я, и на этот раз мой голос всё-таки стал высоким и громким. — Я там был!

— Малки, ещё одно слово...

— Мистер Белл. Прошу вас. — Доктор Ниша встала. — Малкольм пережил огромное потрясение. Я никогда не слышала об этом, этом... «сновидаторе», и я определённо не думаю, что он может работать так, как описывает Малкольм. Но...

Она сделала паузу. Спиной она стояла ко мне, так что её лица я не видел. Не исключено, что она делала так, как делают взрослые — лицом изображала что-то полностью противоположное своим словам, подмигивала там или что-то такое. Не знаю.

— ...почему бы вам не принести это устройство мне, чтобы я взглянула? Я могу изучить его и определить, повлияло ли оно на состояние Себастьяна. Сейчас мы всё равно что пробираемся на ощупь в темноте. Любая помощь, любая информация может пригодиться. К тому же это может успокоить Малкольма. Думаю, ему кажется, будто это он отчего-то виноват.

— Потому что так и *есть!* — взвыл я.

У меня было чувство, будто я взобрался на вершину холма, а потом кубарем скатился вниз. Я впервые рассказал кому-то всю правду, и меня не попытались заткнуть. А потом вернулись мама с папой и... столкнули меня с холма.

Также это был первый раз за кучу времени, когда они в чём-то согласились.

Они согласились, что я несу чушь. Очень жаль, потому что прямо сейчас мне нужно, чтобы мне поверили.

Глава 28

Прежде чем папа отвёз меня домой, я прошёл по длинному коридору в палату к Себу. Он крепко спал, подсоединённый проводами к какому-то прибору. Этот прибор не издавал ни звука, но на панели со всякими рычажками и тому подобным мелькали циферки. Мама с папой стояли в коридоре, беседуя с кем-то ещё из докторов.

Себ выглядел нормально — лежал на спине, приоткрыв рот. Зелёная футболка была сложена на полке. Медсестра, присматривавшая за ним, опустила жалюзи, так что в палате было прохладно и сумрачно. Когда я приблизился, то разглядел, что веки у него подрагивают и время от времени он шевелит губами, будто бормоча что-то, но когда я поднёс ухо к его рту, то ничего не услышал. Ему определённо что-то снилось.

— Себ! Себ! — позвал я, но медсестра мягко шикнула на меня:

— Тише. Доктора считают, что, возможно, лучше дать ему спать. Если того требует его организм.

— Он уже много *часов* проспал, — возразил я, но больше не пытался его будить. Вместо этого я сел на стул, взял его за руку и тихо сказал: — Просыпайся, бро, просыпайся.

Потом я положил лоб ему на ладонь и полежал так несколько минут. Медсестра вышла из палаты.

Это тупо, но я отчасти ожидал — или, может, надеялся — что Себ приоткроет один глаз и скажет: «Эй — мы их обдурили!» Конечно, ничего такого он не сделал. Просто лежал, и у него изредка подёргивались лицо или ладонь, которую я держал.

Я посмотрел на его руку и увидел что-то, чего не замечал раньше. Красноватое пятно на запястье, напоминающее сыпь. На другой руке было то же самое. Красное и слегка болезненное на вид.

Эти отметины были как раз в тех местах, где здоровенный человек завязал грубую верёвку.

Я отпустил руку Себа и попятился назад, опрокидывая стул. Тот с грохотом упал на пол, и доктор Ниша заглянула в палату.

— Всё в пор… Малкольм, что случилось?

Я ткнул пальцем.

— Его… его запястья. Смотрите!

Она взяла в ладонь левое запястье Себа и внимательно осмотрела его. Потом включила светильник на прикроватной тумбочке.

— Сестра! Принесите мне лампу усиленного света, пожалуйста.

Она покачала головой.

— Это может что-то значить, а может и не значить ничего. Что бы это ни было, серьёзным оно не выглядит, но мы определённо будем пристально следить за этим. Малкольм, у тебя такой вид, будто ты хочешь что-то сказать.

— Это… в этом месте Себа связали. За запястья. Верёвкой.

— И когда это произошло?

— В… в нашем…

— Даже не смей говорить «в нашем сне», Малки, — сказал папа за её спиной, так что я не закончил предложение.

Вернувшись домой, я наблюдаю, как папа сдирает Сновидаторы с крюков над кроватями.

— Я увезу это в больницу, хоть я и понятия не имею, зачем, — тихо говорит он. — Тебе повезло, что я всё равно туда собирался.

Он спускается на первый этаж, но замирает посреди лестницы, задумавшись. Потом разворачивается и возвращается. Он улыбается мне отважной безрадостной улыбкой и говорит практически шёпотом:

— Малки, сынок. Мне лучше многих известно, как опасно заигрывать с разумом, понимаешь?

Я киваю и жду, пока он медленно кивнёт в ответ.

— Я заплатил свою адскую цену. Это стоило мне твоей ма, твоего брата, тебя. Я до сих пор расплачиваюсь. — Папа снова делает паузу, и мне

142

кажется, что он продолжит, но это всё. — Я вернусь через пару часов, Малки. Никуда не уходи. Телефон не выключай.

Я остаюсь сидеть на кровати — так и не заправленной с утра. На подушке Себа — вмятина от его головы. Потом я беру коробку из-под Сновидаторов.

Кеннет Маккинли? Я мысленно возвращаюсь к тому дню, когда впервые его встретил. Это было всего три дня назад, но по ощущениям — прошло гораздо, гораздо больше времени, возможно, потому, что за один-единственный день столько всего случилось.

Три дня назад

Глава 29

Утро субботы, побережье Тайнмута. Над заливом короля Эдуарда парят чайки, вереща на бушующие серо-белые волны. Иногда тут катаются на сёрфах, но сегодня никого нет.

Я плохо спал. Сегодня мне придётся навестить человека, чьё лицо изображено на коробке Сновидаторов и чей сарай я ограбил.

Вот только я его не грабил и не воровал у него, ничего такого, ладно? Я просто незаконно проник к нему во двор и взял кое-какие вещи, которые теперь не могу отдать, не признавшись, что это был я.

Маме пришлось подписать какое-то разрешение для школы, чтобы я мог сходить к этому Маккинли, и она считает, что это замечательно, как будто я был «избран» и это большая честь, и, конечно, я не могу рассказать ей правду. Она заставляет меня расчесаться дважды, а Качок Билли, который с некоторых пор начал завтракать с нами, говорит, что я больно уж аккуратный, и опять взъерошивает мне шевелюру, и мама цокает и смеётся.

В общем, я опаздываю, а Сьюзен Тензин уже ждёт меня на Коллингвуд-террас у дома с видом на устье Тайна и руины старого монастыря на скале в отдалении.

— Ну что. Одна нога здесь, другая там, ага? — говорю я, запыхавшись от бега.

Сьюзен поднимает сумку.

— Доброе утро, Малкольм. Пробудем столько, сколько потребуется, чтобы выпить чаю с масляным пирогом. — Жаркая ночь сменилась прохладным осенним днём, и Сьюзен одета так, будто собирается на какое-то торжественное мероприятие. В неизменную юбку и гольфы, а также ослепительно белые кеды и аккуратную тёмно-синюю курточку, застёгнутую на все пуговицы. Хоть мама и заставила меня надеть мои лучшие джинсы и чистое худи, я немедленно чувствую себя человеком второго сорта.

Кроме того, я напялил старую бейсболку, на тот случай, если кто-нибудь в этом доме меня узнает.

— Он ждёт нас, — говорит Сьюзен. — У него есть сиделка, которая живёт с ним. Миссис Фаррух уже заглядывала к нему, чтобы проведать.

Сиделка? Это наверняка та женщина, которая гналась за мной в тот вечер, когда я украл Сновидаторы. Я смотрю на высокий дом и огромную чёрную дверь с отслаивающейся краской. Сьюзен поднимается на крыльцо, а я остаюсь стоять внизу, по-прежнему настороженный.

— Так если старуха Фаррух уже тут была, почему она не могла, ну знаешь, посидеть у него сама?

Сьюзен бросает через плечо:

— Она и посидела, но общественно полезный труд — это ценная возможность для учеников Марденской средней школы поддерживать связи с местным пожилым населением. — Она явно это вызубрила. — Ты же знаешь, какая миссис Фаррух. Думает, что мы живём в пузыре соцсетей и должны изредка выходить на улицу и знакомиться с местными жителями. На самом деле, не могу сказать, что я не согласна.

Я скорчиваю за её спиной рожу. Сьюзен нажимает на звонок: круглую кнопку в центре резного камня на колонне сбоку. Я слышу, как в доме раздаются шаги, а потом дверь распахивается — за ней стоит…

Крупная женщина средних лет с большими круглыми серёжками и короткой причёской в стиле афро. По её силуэту я понимаю, что это именно она гналась за мной по переулку.

Узнает ли она меня? Сердце бешено колотится, и я избегаю её взгляда, пониже надвигая козырёк бейсболки. Я пытаюсь в очередной раз напомнить себе, что когда это случилось, на улице уже темнело, и я был к ней спиной, и всё же…

— Здравствуйте! — говорит женщина. Судя по голосу, она улыбается, но я стараюсь не поднимать глаз. — Ты, должно быть, Сьюзен? И…

Она переводит взгляд на меня. Сьюзен говорит:

— Это Малкольм. Он тоже участвует в проекте.

Я всё ещё не поднимаю лица.

— Меня зовут Андрина. Я сиделка мистера Маккинли. Зовите меня Анди. — Голос у неё по-прежнему такой, будто она нам рада. Она приглашает нас в просторный коридор с высокими потолками, начищенными до блеска полами и широкой лестницей. У первой двери она останавливается и указывает на пузырёк, стоящий на столике.

— Обработайте руки, пожалуйста. Мистеру Маккинли девяносто, и недавно он перенёс жуткую простуду.

Пока мы это делаем, она достаёт из кармана рабочего халата какое-то устройство и приподнимает его. Я тем временем оглядываюсь в поисках собаки, но пока что её не вижу.

— Сними, пожалуйста, кепку, Малкольм. Мне нужно измерить тебе температуру.

Я медленно и неохотно стягиваю кепку, но лица по-прежнему не поднимаю.

— Ну же, — говорит Анди. — Не стесняйся! — Она протягивает руку и осторожно берёт меня за подбородок, чтобы я поднял лицо, а потом прикладывает термометр мне ко лбу. Делая это, она пристально на меня смотрит.

И вот если бы несколько недель назад меня спросили, может ли, по моему мнению, кто-нибудь читать мысли, я бы ответил «Ясное дело, нет». Но с тех пор как я начал делить сны с Себом, я уже не так в этом уверен. А теперь, когда лицо этой женщины находится всего в паре сантиметров от моего? Я настолько убеждён, что знаю, о чём она думает, что это всё равно как если бы она со мной говорила.

Я знаю, что тем вечером это был ты, маленький ты негодник. Я бы эту соломенную копну где угодно узнала. Так что ты можешь загладить свою вину, навестив умирающего старика и послушав его россказни.

Анди смотрит на термометр, потом на меня и качает головой, цокая.

— Ох господи! — говорит она и с мрачным видом умолкает. А потом снова начинает улыбаться. — Просто шучу! Всё с тобой нормально. Входите. Ему не терпится с вами познакомиться. Только обувь снимите, пожалуйста. — Она оживлена, но во взгляде её прищуренных глаз я читаю что-то, что меня нервирует.

Из-за толстой двери доносится классическая музыка: такую обычно играют оркестры, хотя звучит она не очень мелодично — но и я, с другой стороны, не специалист. Сердце у меня по-прежнему колотится как сумасшедшее.

Мы замираем, и сиделка подгоняет нас к двери.

— Входите, входите. Вам повезло: у него сегодня хороший день. Хотя предупреждаю… — Она делает паузу, и мы выжидающе смотрим на неё. — Даже в хорошие дни он очень устаёт и от этого может сделаться несколько вспыльчивым.

Ну класс. Усталый сварливый старикан.

Который, как выяснится, изменит мою жизнь.

И не то чтобы в лучшую сторону.

Глава 30

Комната оказывается громадной и чересчур тёплой, потолки здесь высокие, эркерное окно выходит на сквер, за которым виднеются монастырь и река Тайн. Две из стен скрывают высящиеся от пола до самого потолка полки, как попало забитые книгами, бумагами и папками; на других двух стенах наклеены обои с ярким, но выцветшим симметричным узором. Ещё тут стоят длинный сервант и такой же длинный блёкло-зелёный диван с пуговицами.

Подняв голову, я вижу десятки огромных шёлковых узорчатых шарфов разных цветов, свисающих с потолка, а между ними — самые разные болтающиеся подвески: бамбуковую музыку ветра, два больших круглых стеклянных диска, поблёскивающих на свету, и кучу синих бабочек, связанных вместе едва видимой нитью. Ощущение такое, будто я попал в волшебную разноцветную антикварную лавку.

Также тут стоит кресло с высокой спинкой, повёрнутое к окну.

Несмотря на душный тёплый воздух, подошвами ног через носки я ощущаю холод плитки. Мы мнёмся в дверном проёме. Здесь музыка гораздо громче: классические скрипки и духовые — такое наверняка нравится Сьюзен.

— Ну, коли заходите — заходьте, и дверь закрыть не забудьте! Не выношу шквожняков!

Голос глухой и невнятный и доносится из кресла. Когда я приближаюсь, то вижу скомканный клетчатый плед, под которым сидит, слегка сгорбившись, старик. Рядом с креслом на тележке стоит большой серебристый цилиндр. От него к пластиковой маске, надетой на лицо старика, ведёт резиновая трубка.

Когда мы со Сьюзен подходим поближе, он ёрзает в кресле, выпрямляясь. И только тогда я осознаю, что это не плед, а огромный сине-зелёный клетчатый кардиган. Старик снимает с лица кислородную маску и худой трясущейся рукой приглаживает седые волосы, которых у него довольно много. На лице у него больше морщин, чем я у кого-либо видел, и он подозрительно разглядывает нас сквозь фиолетовые очки, водружённые на крупный испещрённый прожилками нос. Это точно то же лицо, что и на коробке со Сновидаторами, только гораздо более старое и определённо не улыбающееся.

— Не так близко! — говорит Анди, когда мы подходим ещё немного, но старик отмахивается от неё.

— А, плюньте на неё! Подходьте так близко, как вам охота. У ваш же нет вшов, а?

Вшей? Я чувствую, как краснею. У нас с Себом в прошлом семестре были гниды.

— Нет, но…

Сьюзен перебивает.

— Нет, мистер Маккинли. У нас *точно* нет вшей.

— С ними всё нормально, Кеннет. Правда. Ведите себя прилично. — Анди достаёт из длинной коробки какой-то рулон.

— Ох, ошшень хорошо. Сядьте-ка на еёшнюю бумагу. Зачем оно надо, я понятия не имею. Вы же не шобираетесь *обмаратьшя*, а?

— Это чтобы вы не умерли раньше времени, Кеннет, — с улыбкой говорит Анди, отрывая от рулона длинный кусок мягкой широкой бумаги и кладя её на диван для нас. Мы осторожно усаживаемся. Старик отвечает гортанным бульканьем: он явно думает, что попытки сохранить ему жизнь — пустая трата времени.

Кроме музыки, я теперь замечаю ещё один звук: клацанье, исходящее от старика, когда он говорит.

— Надеюсь, мы дошлушаем до конца эту часть? Я нахожу, что мистер Брукнер — не тот композитор, которого можно слушать в шпешке. — И вот опять этот звук: *клац-клац*.

Старик закрыл глаза, но его руки двигаются под аккомпанемент странной музыки, как будто он дирижирует невидимым оркестром. Анди пересекает комнату и подходит к старомодному проигрывателю, на котором крутится чёрная виниловая пластинка, а потом нажимает на кнопку, и музыка резко замолкает.

Услышав внезапную тишину, старик открывает глаза. Дальше происходит просто поразительная трансформация. Прямо на наших глазах мистер Маккинли как будто молодеет. Он, конечно, не молодеет, но говорить начинает куда бодрее. Речь становится разборчивее, он выпрямляется, поднимая морщинистую шею из сутулых плеч, как черепаха.

— Ну ладно тебе, Анди. Не обязательно было так делать, — говорит он.

— Мистер Брукнер подождёт, Кеннет. У вас гости, — отвечает Анди. — Сьюзен Тензин и Малкольм…?

— Белл.

— Малкольм Белл. К тому же Сьюзен принесла пирог.

Старик прочищает горло, и одновременно у него словно прочищается разум. Его глаза, практически скрытые под зарослями седых бровей, чуточку расширяются.

— Ох, да. Я вас ждал. Добро пожаловать в мою махонькую обитель. Анди — мы попьём чай прямо тут, пожалуй. — И опять этот звук: *клац-клац*.

У мистера Маккинли лицо человека, который совсем недавно сидел на очень строгой диете. Моей тётушке Джине как-то пришлось сидеть на такой — выглядела она ужасно. Щёки у старика обвисли, с подбородка до самого чёрного шёлкового шейного платка, заправленного в кардиган, свисает кожа. Кажется, что штаны, блестящие от старости, великоваты для его тощих ног.

Руки у него длинные, худые, с выступающими суставами и синими венами. На одном пальце сияет большое броское золотое кольцо с крупным фиолетовым камнем. Оно сидит слегка свободно. Я смотрю на старика, он двигает челюстью, и опять раздаётся этот звук: *клац-клац*.

Старик снова прочищает горло и говорит:

— Ох, ладно: это хорошо. Я очень рад, что вы не *говорливые*. Не выношу говорливых людей. Как я всегда говорю, лучше держать рот на замке и показаться дураком, чем открыть его и развеять все сомнения! Согласен, Малкольм? Отличное шотландское имя, кстати говоря!

Я его не до конца понимаю, но всё равно улыбаюсь и киваю, и он улыбается в ответ, демонстрируя белые зубы, которые, должно быть, моложе него по крайней мере лет на шестьдесят. Когда клацанье раздаётся снова, до меня доходит, что зубы у него искусственные и, видимо, смещаются время от времени — отсюда и звук. Голос у него хриплый, говорит он нараспев и с явным шотландским акцентом. Я как будто слушаю, как кто-то полощет горло галькой.

Он поворачивается к Сьюзен, и в этот момент в комнату возвращается Анди, катя тележку с позвякивающими чашками и блюдом с масляным пирогом.

— Скажи мне, Сьюзен, — говорит старик. — Можешь ли просветить меня поподробнее, кто ты такая? Зачем пришла сюда?

Он неловко улыбается. Ощущение такое, что брюзгливого человека, которым он был минуту назад, подменили кем-то, кто изо всех сил старается быть обаятельным. Я вспоминаю слова с упаковки от Сновидаторов: «Возможно, вы видели мои выступления на сцене, по радио и телевидению…» Этот человек явно привык разыгрывать представления.

Пока Сьюзен толкает ему речь про программу общественно полезного труда Марденской средней школы, я оглядываю удивительную комнату с разноцветными украшениями, болтающимися на потолке. Тёплый воздух резко пахнет какой-то мазью, дезинфекцией, полиролью для дерева и… застарелым табаком? Но есть и другой запах: кислая, капустная вонь, которая постепенно окутывает нас. В течение десяти секунд она становится всё хуже.

Сьюзен делает паузу и закашливается, когда вонь добирается до неё.

— Ох батюшки, — наконец говорит мистер Маккинли. — Боюсь, что этот весьма, а… поразительный аромат издаёт Деннис. Деннис, старая ты гадкая скотина…

Деннис? Да конечно же, нет…?

Да конечно же, да. Услышав своё имя, из-под стола, накрытого длинной скатертью, возникает

156

чёрно-рыжий пёс и, прихрамывая, выходит вперёд. Передняя лапа у него перевязана фиолетовым бинтом. Пёс останавливается и поворачивает седеющую морду в мою сторону.

— Нынче он в основном спит, прямо как я, — говорит мистер Маккинли. — Но сторож из него по-прежнему неплохой, а, старик? Прогнал недавно со двора каких-то ворюг, а? Правда, поплатился за это. Один из сопляков защемил ему лапу калиткой. Чуть коготь не оторвал. Хотя всё уже заживает.

Меня снова захлёстывает воспоминание о том вечере с Кез Беккер. Деннис тем временем начал низко порыкивать. Нет никаких сомнений, что он меня запомнил.

Я стою, почти не шевелясь. Конечно, всем должно быть очевидно, что это был я?

Я с усилием сглатываю.

Глава 31

—Деннис! — говорит мистер Маккинли, и я испуганно вскидываю голову. — А ну прекрати. Это мои гости.

Но Деннис всё продолжает рычать, обнажив зубы и не сводя с меня янтарных глаз.

— Анди, — просит мистер Маккинли, — выведи Денниса, будь так добра? И, Малкольм, не откажешься ли ты распахнуть створки, пожалуйста? — Он видит моё непонимающее лицо и переводит: — Открой окно, будь так добр, паренёк?

Анди уходит, уводя за собой Денниса.

На чуточку ватных ногах я пересекаю комнату и с усилием поднимаю окно, чтобы выпустить наружу Деннисову вонь. Влетающий в комнату бриз запутывается в шёлковых шарфах и играет свисающей с потолка музыкой ветра. Я всё ещё отчасти ожидаю, что кто-нибудь закричит «Ловите вора!» или «Это тот мальчишка, который поранил Денниса!» Конечно, никто этого не делает: в комнате нас всего трое.

Обратно на своё место я возвращаюсь кружным путём. На стене висит коллекция чёрно-белых фотографий мистера Маккинли в молодости — на всех он позирует с разными людьми. Я не до конца уверен, но на одной он как будто бы пожимает руку королеве — она там гораздо моложе, чем сейчас; а на другой он стоит с группой из четырёх молодых мужчин в одинаковых костюмах и с табличкой, гласящей «FAB». Ниже, на деревянном столике, стоит фотография в рамке, на этот раз цветная, на которой мистер Маккинли запечатлён с мальчиком примерно моего возраста — они обнимают друг друга за плечи, как будто они лучшие друзья, а на их лицах сияют одинаковые улыбки.

Мистер Маккинли заметил, что я разглядываю фото.

— Это мой сын. Когда было сделано это фото, он был, наверное, примерно твоего возраста.

Я указываю на фото с королевой.

— А это…?

— Агась. Так и есть, это Её Величество. Личная аудиенция. Балморал, 1968. — Он громко прочищает горло. — А теперь скажите-ка мне вот что. Кто-нибудь из вас слышал обо мне когда-нибудь?

Сьюзен качает головой:

— Нет.

Я говорю то же самое, только в моём случае это неправда. Сердце начинает колотиться чуточку сильнее. Я снова сажусь. Он что, правда собирается нам всё рассказать?

Или он знает, что я натворил?

— Кеннет Маккинли. Мистик Северо-Шотландского нагорья, как меня называли. Вы точно уверены, что не знаете, кто я? Сколько тебе, Малькольм?

— Одиннадцать, — отвечаю я. — Почти двенадцать.

Он закрывает глаза, будто что-то мысленно подсчитывая.

— Вполне логично. Видите ли, всё это было давным-давно. Я бы сказал, что я разочарован, но не совсем уж удивлён. Вы же не журналисты какие-то?

— Конечно нет. Мы дети, — говорит Сьюзен.

— Ох, да нынче не поймёшь, — говорит он. — В прошлом я доверял людям, а они писали про меня всякую гнусную ложь.

Из-за наших спин Анди — которая вернулась в комнату, уже без Денниса — встревает:

— Кеннет. Они из местной школы. Я говорила вам, помните? Они пришли проведать вас в рамках программы по общественно полезному труду.

— Ох, точно. Вы же только что это говорили, а? — Он замолкает и прикрывает глаза. Это продолжается так долго, что я начинаю подозревать, что он уснул, и пихаю Сьюзен в бок. Но потом старик снова поднимает голову. — Анди! Ещё чаю, пожалуй. Будь добра.

Он дожидается, пока Анди выйдет, а потом поворачивает голову и снова откашливается.

— Пришла мне одна махонькая мыслишка. Скрути-ка мне сигаретку и продолжим.

— Скру... скрутить вам *сигаретку*? — Я поражён. Глаза Сьюзен за стёклами очков удивлённо округляются.

— Да. Эти пальцы больше на такое не способны. Артрит. — Он демонстрирует старые шишковатые ладони и указывает большим пальцем на плоскую меховую сумку, свисающую на кожаном ремне со спинки кресла. — У меня в *спорране* лежит пачка табаку. Анди запрещено крутить мне сигаретки. Видите ли, это неблагоприятно для моего здоровья — а я плевал на него с высокой колокольни! Машинка тоже там. Я тебе объясню.

Я открываю сумочку — спорран — и замечаю, что рядом, в начищенных кожаных ножнах на ремне, висит нож сантиметров пятнадцати длиной. На его рукояти вырезан узор, напомнивший мне татуировку на руке Качка Билли. Старик видит меня краем глаза.

— Я могу прочесть твои мысли, паренёк, — хрипит он.

Правда *может*? О нет. Я затаиваю дыхание, ожидая обвинений, которые мне вот-вот предъявят.

— И ответ — да, — продолжает он. — Он острее острого. Аккуратнее с моим *дирком*!

Я выдыхаю. Несколько минут я вожусь с сигаретной машинкой на коленке, а мистер Маккинли командует: «Нет — многовато табаку, паренёк. Нет, да не так!», пока в конце концов Сьюзен не говорит:

— Давайте *я* попробую.

И тридцать секунд спустя из машинки возникает почти идеальная сигарета. Мистер Маккинли говорит:

— Роскошная работа, девица! — а меня отчего-то разбирает злость, как будто Сьюзен меня обставила.

Маленькая мисс Совершенство скрутила маленькую совершенную сигаретку.

Мистер Маккинли снова ёрзает, усаживаясь прямо.

— А теперь подайте мне зажигалку да распахните окошко пошире. И держитесь подальше от дыма. Вам это вредно. И музыку включите, а? Только потише. Расскажу вам кой-чего интересненькое.

Глава 32

Старик Кеннет Маккинли неглубоко затягивается скрученной Сьюзен сигаретой, выдыхает дым прямо в окно и снова закрывает глаза. Потом поднимает голову и смотрит сначала на нас, потом на удлиняющийся столбик белого пепла на кончике сигареты.

Я подхожу к проигрывателю и кое-как отыскиваю кнопку включения. Чёрная пластинка вращается, похожая на руку штуковина опускается, и странная нестройная музыка начинается снова. Мистер Маккинли дожидается, пока я усядусь.

— На самом деле я не совсем курю, знаете ли, — говорит он. — Лёгкие у меня уже не те. Мне просто нравится запах. Он помогает мне думать. — В подтверждение своих слов он не суёт сигарету обратно в рот, а держит между пальцами, позволяя дыму завитками подниматься к покрытому пятнами потолку.

Потом он начинает говорить, и ощущение такое, будто он выступает с речью, которую уже произносил раньше.

— Были времена — не так давно, впрочем, — когда казалось, что мир был открыт к новым идеям. — Он делает паузу, потом кидает на нас пристальный взгляд сквозь круглые стёкла очков. — Вы слушаете?

— Да, — хором отвечаем мы со Сьюзен, и это правда. Есть в его манере речи что-то заставляющее слушать.

— Что ж, именно в таком мире я вырос. Всё менялось; всё было в новинку. Реактивные самолёты, пересадки сердца, космические полёты, иностранные праздники, карманные калькуляторы, центральное отопление, цветное телевидение, лекарство от той и от этой болезни, компьютеры, ох — сколько шуму навели компьютеры!

Мистер Маккинли взмахивает сигаретой под носом и возобновляет своё небольшое выступление.

— После жуткой войны с Гитлером мы думали, что создаём идеальный мир! И всё это время мы игнорировали то, что находилось прямо перед нами. Прямо *внутри* нас. *В нас!* Хм-м? И поглядите на нас теперь, э? Мы больше заинтересованы в том, чтобы как можно дольше оставаться в живых, чем проживать ту жизнь, что нам отведена.

Я ёрзаю на диване, и бумага подо мной шуршит. По всем признакам, эта речь может затянуться надолго, но мне всё равно. Мне кажется, я знаю, к чему всё идёт, и я хочу, чтобы он добрался до Сновидаторов. Сьюзен подалась вперёд и с энтузиазмом кивает.

164

— Границы сознательного разума, мои махонькие друзья, никогда не были обнаружены. Что же касается *бес*сознательного... что ж, оно вполне может не иметь границ вовсе. — Старик вздыхает. — Но никто не хочет знать. Нынче не хочет.

Он метко пуляет сигаретой в окно.

— *Мы* бы хотели узнать, мистер Маккинли! — говорит Сьюзен. Скажи это кто угодно другой — и оно прозвучало бы слишком восторженно, даже жутковато. Но Сьюзен искренна, и это очевидно. Думаю, дело в упоминании сознательного и бессознательного разума: это имеет какое-то отношение к её медитациям.

Тут в комнату с шумом возвращается Анди и начинает принюхиваться, цокать и махать посудным полотенцем в сторону открытого окна.

— Ох, Кеннет! — сердито говорит она. — Вы, видно, думаете, что я вчера родилась! Это и вам-то вредно, а этим двоим куда вреднее, а я имею право на рабочее место без дыма! Он вас попросил это сделать? — спрашивает она нас со Сьюзен.

— Нет, — машинально вру я.

— Да, — отвечает Сьюзен — наверняка так же машинально. Мистер Маккинли клацает челюстью — он явно недоволен, что его прервали.

Я не хочу уходить. Я хочу узнать побольше, но Анди возится с чайным подносом и говорит:

— Остатки своего пирога заберите домой.

Сьюзен поднимается и смотрит на свои аккуратненькие наручные часики.

— Думаю, мы отняли у вас прилично времени, — говорит она, как обычно строго и по-взрослому. — Нам было очень приятно. — Я отчаянно пытаюсь сказать ей лицом и взглядом «нет», но она на меня не смотрит.

В этот момент раздаётся громкий звонок, а я так напряжён, что буквально подпрыгиваю, и Сьюзен удивлённо поворачивается ко мне.

Мистер Маккинли протягивает тощую руку к древнему телефону — такому, с трубкой, которая лежит на коробкоподобном аппарате, — стоящему на столе с ним рядом, поднимает трубку и прикладывает её к уху.

— Это же ты, а, Ури? — говорит он, и по его лицу расползается тёплая улыбка. — Подожди минуточку. — Мистер Маккинли прижимает трубку к груди и смотрит на нас. — Это мой сын, Ури. Было чудесно с вами познакомиться. Спасибо, что пришли. Продолжим в другой раз, идёт? До свидания.

Он возвращается к телефону и начинает болтать, а мы уходим из комнаты. Всё просто взяло и закончилось.

Глава 33

Внутри меня кипит ярость на Сьюзен — видите ли, уйти ей не терпится. Я слышу, как дальше по коридору раздаётся рык и неравномерное цоканье когтей по плитке — ко мне ковыляет старый Деннис. Анди бежит за ним и кричит:

— Деннис! Деннис! Нельзя!

Она хватает его за ошейник и тащит назад на кухню, а Деннис начинает очередную газовую атаку — звук такой, будто у велосипеда шину про-кололи.

— Ох, Деннис, как гадко. Сами выйти сможете, ребята? Мне нужно увести собаку.

Анди утаскивает Денниса вдаль по коридору на кухню. Поднос для чаепития она оставила на столе в гостиной, и я вспоминаю, что хотел унести остатки масляного пирога Себастьяну. Не-сколько недель назад я бы даже утруждаться не стал, но в последнее время он ничего.

— Подожди меня, — говорю я Сьюзен. — Я только на минутку.

Я поворачиваюсь, а входная дверь захлопывается за моей спиной. Я остался один. Ну, не совсем один, но Кеннет болтает по телефону со своим сыном в гостиной, а Анди шумит на кухне блендером. Никто не знает, что я здесь — чувство странноватое.

От чайного подноса меня отделяет длинный выложенный плиткой коридор, ведущий мимо комнаты, дверь в которую слегка приоткрыта.

Не судите меня. Я просто хочу заглянуть. Одним глазком, понимаете. Да и дверь не заперта, так что вряд ли там хранится что-то суперсекретное, правда?

Никто не знает, что я здесь. Я толкаю дверь, и она тихонько шуршит по толстому ковру. Мне становится видно изножье кровати. Я просовываю голову внутрь и оглядываю комнату целиком. Это просто стариковская спальня. На полу лежат тапочки, со стула свисают сложенные брюки, в углу стоит трюмо с щёткой для волос и расчёской. А над кроватью, вращаясь от лёгкого бриза из открытого окна, висит Сновидатор.

Он больше, чем те, что у нас в спальне, но это точно он. Я подхожу поближе, и мои глаза округляются.

Сновидатор Кеннета Маккинли — поразительная вещь, и он так же сильно отличается от моего, как Роллс-Ройс от старого помятого внедорожника Молы. Если мой сделан из полого пластикового обруча и дешёвой на вид пирамидки-«крыши»

168

с проводами и нитками, то этот выполнен из бледного проверенного временем бамбука, согнутого в круг так, что не видно места стыка. В дерево вделаны кристаллики поблёскивающего пирита. На обруче вырезаны крошечные орлы, цветы, загадочные символы и какие-то письмена, которые я не могу распознать.

А на одной из сторон пирамидки виднеются три буквы: УРИ.

Это разве не имя, которое старик произнёс, когда отвечал на звонок? Имя его сына?

Внутри обруча тонкими нитями, словно сделанными из чистого золота, выплетен тугой замысловатый узор из вновь и вновь повторяющихся кругов со вставленными в ячейки бусинами и камнями. С длинных верёвочек, тоже оплетённых золотыми нитями, свисают шикарные чёрные перья с крупными синеватыми кристаллами на кончиках. Даже отсек для батареек украшен резьбой и камнями.

Пожалуй, это одна из самых прекрасных вещей, что я когда-либо видел.

— Я могу тебе чем-то помочь?

Я взвизгиваю и резко оборачиваюсь. В дверях стоит Анди.

— Это у тебя привычка такая? — спрашивает она.

Я шевелю губами, но из горла не доносится ни звука — там вдруг пересохло, как в пустыне.

Глава 34

— Суёшься куда заблагорассудится, — продолжает Анди. — Вынюхиваешь. — Она останавливается и прислоняется к косяку, преграждая мне путь. Наконец она говорит: — Возможно, ты уже догадался, но... Я знаю, что это был ты тем вечером. Доказательств у меня, конечно, нет, но я знаю.

— Я... Я... Я искал кухню. Эм... масляный пирог. Я его забыл.

Анди складывает руки на груди и продолжительное время смотрит на меня.

— Ясно, — говорит она, не сводя глаз с моего лица. — Это спальня Кеннета. Лучше подожди у входной двери. Я принесу тебе пирог.

Я уже собираюсь протиснуться мимо неё к выходу, но она ногой закрывает дверь спальни за своей спиной.

— Вообще, прежде чем ты уйдёшь, скажи-ка мне кое-что, Малкольм, — говорит она. — *Что* ты делал тем вечером?

Отпираться бессмысленно — ну знаете, отрицать свою вину и всё такое. Она даже не кричит. Так что я напускаю на себя извиняющийся вид и говорю:

— Это был спор такой. Притвориться грабителем или вроде того.

Анди прикусывает щёку, будто буквально пережёвывая мой ответ. Затем кивает.

— Ты же понимаешь, что из-за этого у тебя могли быть огромные неприятности? Людям такое не нравится. Ты в курсе, что я сообщила в твою школу?

— Я знаю. Простите. — На этом этапе мне, конечно, следует попросить прощения и за то, что я взял Сновидаторы, но тут меня медленно осеняет: *кажется, её всё устраивает*. В смысле, если бы она знала, что я их взял, она сказала бы что-нибудь вроде «Может, хочешь признаться в чём-нибудь ещё?». Но она этого не говорит.

Она даже не знает, что они пропали.

Вместо этого Анди хмыкает и говорит:

— Ты ему понравился. Я вижу. Насколько ему вообще может кто-то нравиться. Думаю, ты напоминаешь ему сына.

Мне немного неловко, так что я просто говорю:

— О? Того, который только что звонил? — и она тихонько вздыхает.

— Кеннет, он непростой человек. Он глубоко мыслит. Слишком глубоко, если хочешь знать моё мнение. — Она кидает взгляд на Сновидатор, висящий над кроватью, а потом снова смотрит на меня. — И он пережил много печалей. От этого у него в голове всё здорово путается. Но, если захочешь прийти снова, думаю, ты порадуешь этим одинокого старика в его последние дни.

— Его… его последние…?

Она пожимает плечами.

— Кто знает? А теперь иди и жди у входной двери.

Некоторое время спустя Анди возвращается и вручает мне пластиковый контейнер с пирогом. Она медленно кивает и тепло улыбается. Прежде чем закрыть дверь, она спрашивает:

— Мы увидим тебя снова?

Это не совсем вопрос, и она ждёт от меня только одного ответа.

— Да.

Глава 35

— Батюшки-светы! — говорит Сьюзен, когда мы идём по дороге, и я, пожалуй, впервые слышу эту фразу от кого-то в реальной жизни. — Разве это не было просто… чудесно, Малки! Я совершенно пропахла дымом, но мне всё равно!

— Ага, наверно, — мямлю я, но всё, о чём я могу думать, — это Сновидатор над кроватью мистера Маккинли. — Но зачем тебе понадобилось так быстро уходить? — Я до сих пор сержусь на неё за это.

— Ой, ну мне показалось, что тебе стало скучновато слушать эти разговоры про бессознательный разум и так далее.

Скучновато? Что-что, а скучно мне точно не было! Если у меня на лице ничего не было написано, так это потому, что я заслушался.

Я ничего не отвечаю, но долго молчать у меня не получится. Сьюзен всё продолжает трепаться, прямо как чья-нибудь мамочка. Мы миновали монастырский парк и вышли к дороге у бухты, когда она говорит:

— Хочешь как-нибудь снова пойти? Миссис Фаррух это понравится, я думаю.

Ещё бы мне не хотелось. Я бурчу в ответ что-то в духе «хм, ну да». Такой ответ здорово бесит взрослых. Потом я возвращаюсь в омут своих мыслей.

Сновидатор старого мистера Маккинли…

Анди сказала — «его последние дни»…

— Ты в порядке, Малки? Ты что-то притих.

— Да, нормально.

Может, сказать ей? Я обнаруживаю, что мне хочется с ней разговаривать — не только про мои сны, но и спросить про её папу, рассказать про моего…

Стоит ли пустить эту странную взрослую девочку ко мне в голову?

Проблема в том, что она раздражает до чёртиков. Маленькая мисс Совершенство. Вообще не из тех, с кем я мог бы подружиться. Больно правильная для меня.

И она опять что-то говорит.

— У тебя есть планы на вечер субботы?

Сам не знаю почему, но я делаю глубокий вдох и отвечаю:

— Ага, мы с Себом собираемся в Каменный век!

Сьюзен ничего не известно о том, что мы с Себастьяном видим одинаковые сны. И всё же после встречи с Кеннетом Маккинли и «признания» Анди я чувствую себя отважнее.

— С Себом? Твоим братом? — Она хмурится.

Проклятье. Думай, Малки, думай. Просто скажи, что это какая-нибудь дурацкая игра.

Потом в моей голове появляется другой голос, он спорит со мной.

Почему бы просто не рассказать ей правду, Малки? Может, всё будет нормально, знаешь?

Так что мы садимся на скамейку, глядя, как серое море рассекают лодки местного парусного клуба, и я первым делом беру со Сьюзен обещание, что она не расскажет *никому* в школе. То, как она смотрит на меня, давая это обещание, обнадёживает. Маленькие тёмные глаза за стёклами очков округляются, и она серьёзно кивает, заправляя волосы за оба уха, будто готовится услышать нечто важное. Я собираюсь с духом, чтобы рассказать ей про Сновидаторы, думаю, потому что — в самый первый раз — я осознаю, что меня ни в чём не подозревают.

Я же, конечно, могу ей рассказать? Она же не донесёт... конечно? Сперва я расскажу о том, что мы с Себом видим одинаковые сны. И только тогда, в зависимости от её реакции, расскажу про наши Сновидаторы и про тот, что я видел в спальне мистера Маккинли.

Хороший план, Малки.

И я начинаю. Сьюзен притихает. Впервые, пожалуй, за всё время, что я её знаю, она не вставляет своё мнение, не перебивает меня, не умничает и не заставляет чувствовать её превосходство. Она просто даёт мне рассказывать. Когда я говорю, что Себ бывает в моих снах, Сьюзен подаётся вперёд и слегка наклоняет голову, будто это самая поразительная вещь, которую она когда-либо слышала, и не фыркает и не обвиняет меня в чрезмерной фантазии.

Время от времени Сьюзен хихикает, и это хихиканье напоминает мне звяканье чайных чашек на подносе Анди. История про корабль «Санта-Ана» ей нравится. Я слегка преувеличиваю, и она снова смеётся, прикрывая рот ладонью. Когда я добираюсь до рождественских пудингов, она опускает ладонь, улыбается во весь рот и смеётся уже громче, и тогда я осознаю, что никогда до этого не видел её зубов: она всегда улыбается с закрытым ртом.

(Зубы у неё маленькие и белые и, безо всяких сомнений, очень, *очень* чистые. Если вам вдруг интересно.)

Потом, спустя несколько секунд, Сьюзен перестаёт смеяться. Она поворачивается и кладёт обе ладони мне на предплечье — видимо, выражая таким образом участие. Я видел, как так делают взрослые.

— Но Малки, — говорит она, внезапно сделавшись серьёзной, — мне кажется, это не всецело безопасно.

«Всецело безопасно»? Кто так говорит вообще? Я немедленно жалею, что решил с ней поделиться.

— Безопасно? — повторяю я, внезапно чувствуя раздражение и вырывая руку из её ладоней. — С чего бы это было небезопасно? В смысле… это ж не *по-настоящему*.

Это сбило меня с мысли, это уж точно. Я как раз подбирался к Сновидаторам, а Сьюзен опять начала важничать. Она складывает ладони на коленях, закрывает на миг глаза, а потом тихо говорит:

— Это сны, Малки. Но это не значит, что всё не по-настоящему.

— Э? Конечно, значит!

— Откуда тебе знать? Моя Мола сомневается даже, что *это* по-настоящему. — Она машет рукой, стучит кулаком по деревянному забору и смотрит на море. — Всё это. Может оказаться, что это всё сон. Иллюзия. Прямо как мистер Маккинли говорил. Углубляться в подобные вещи может быть… опасно, полагаю. В голове может что-нибудь повредиться. Подумай об этом. Серьёзно, подумай об этом *хорошенько*, Малки.

То, как она произносит «хорошенько», как будто подразумевает, что я ни о чём толком не думаю, и мне это не нравится.

Какое-то время мы сидим молча, а когда с Фронт-стрит доносится звон церковных часов, Сьюзен говорит:

— Время ланча, чаю я!

Серьёзно, что ли. Кто вообще говорит «чаю я»?

Мы встаём и идём, ничего не говоря, пока не оказываемся на вершине тропы, ведущей от пляжа к Фронт-стрит — улице, которая пересекает всю деревеньку Тайнмут. На углу стоит относительно новое здание — это «Беккер и сыновья», похоронное бюро. Оно выкрашено в бело-синий, окна большие, похожие на витрины, и мне кажется, что хозяева пытались сделать его дружелюбным и современным, но в окнах виднеются всякие штуки вроде надгробий и статуй ангелов, которые ставят на могилы, так что мне всё равно становится не по себе.

Как раз в тот момент, когда мы со Сьюзен добираемся до бюро, из боковой двери выходит Кез Беккер. Она живёт в квартире наверху со своими родителями и старшими братьями. Я не поднимаю головы, но мне никогда не удавалось сливаться с местностью.

— Эй, эй, Блонди Белл! — говорит она, будто примеряет новое прозвище, и шагает к нам, засунув руки глубоко в карманы.

Я выдавливаю улыбку и бормочу:

— О нет, ну началось.

Глава 36

— Привет, Кезия. Как дела? — говорит Сьюзен — опять как взрослая.

Кез смотрит сквозь неё, будто не замечая, и обращается ко мне:

— Вижу, ты завёл себе друзей из высшего класса, Белл. — Слово «класс» она произносит, растягивая «а», как Сьюзен. Это неприкрытая насмешка. В ответ я пожимаю плечами.

На эту беспричинную нападку Сьюзен удивлённо моргает. Кез заметила её дискомфорт, как львица замечает нервную газель.

— Знаешь, Кез, я тут спешу, так что… — говорю я и пытаюсь улизнуть. Кез встаёт перед нами, преграждая нам путь — но как бы невзначай.

— Ох, да что ты говоришь? *В самом деле?* Что, собираешься на *ча-а-аепитие?*

Я не знаю, почему делаю то, что делаю: то, что меняет всё. Хотя вообще-то знаю: в целях самосохранения.

Я смеюсь.

Знаю, знаю. Сейчас вы меня возненавидите, да? Но вы просто не знаете Кез Беккер. С ней лучше не ссориться, а иногда для этого приходится делать непростой выбор. Так что я смеюсь над тем, как Кез нелепо передразнивает произношение Сьюзен. А потом, что того хуже, добавляю кое-что от себя.

— А потом на урок пикколо? — И как только слова слетают с моих губ, я чувствую себя гнусно и виновато и немедленно хочу взять их обратно, но уже поздно: я принял сторону Кез. Я поспешно выдавливаю «ха-ха!», чтобы подстраховаться, потому что знаю, что через несколько секунд мне придётся говорить: «Это была шутка, Сьюзен!»

Сьюзен останавливается прямо посреди улицы и, не обращая на Кез ни малейшего внимания, всем телом поворачивается ко мне, обиженно и удивлённо моргая. Она буквально заикается — настолько она огорчена. Губы у неё дрожат.

— Ты… ты знаешь, в чём твоя проблема, Малки Белл?

Я невольно перехожу в наступление, хоть и осознаю, что задел её.

— Нет, Сьюзен Тензин. И в чём же моя проблема? — Тон у меня сердитый и дерзкий.

— Ты сноб.

Что ж, это меня удивляет.

— Это я-то сноб? Говорит мне напыщенная девчонка, которая играет на пикколо и у которой огромный сад?

— Вот именно. И ты только что это доказал. Ты смотришь на меня свысока из-за моего происхождения, из-за того, как я говорю! Всё это *никак* не относится к тому, кто я есть на самом деле, но ты решил, будто ты лучше меня. Разве не так поступают снобы?

Я злился на Сьюзен, но обижать её не хотел.

— Я не думаю, что я лучше тебя.

— Да, ещё как думаешь! Ты подшучиваешь над моим акцентом, думаешь, что я живу в хорошем доме и что я полагаю, будто превосхожу тебя, хотя я всего лишь пытаюсь быть дружелюбной. Ты даже стыдишься, что кто-то увидит, как ты вылезаешь из моей машины. Ты и понятия не имеешь, Малки, сколько в школе таких людей, как ты. *О-о, поглядите на неё, маленькая мисс Совершенство!* Судят других, ничего о них не зная! И что же я делаю? Я делаю, как говорит мне папуля: не высовываюсь, усердно тружусь и вступаю куда только можно. В оркестр, в библиотечный клуб, в ОПТ — куда угодно. Я думала, ты не такой, Малки. Я правда так думала. Я думала, мы *друзья*. Но это не так: ты такой же сноб, как все остальные, и я тебя ненавижу!

Она не повышает голос, а последнюю фразу почти что шепчет. Но я вижу, что глаза у неё влажные. Хотел бы я взять свои слова обратно. Я правда не собирался *обижать* Сьюзен.

А всего пять минут назад мне нравилось, как она ловит каждое моё слово.

— Я… я просто пошутил, — бормочу я.

— Ты что-то утаиваешь, Малки Белл. Я думала, ты собираешься мне рассказать, думала, ты доверяешь мне, но знаешь что? Мне больше неинтересно. А твои сны? Не только ты можешь так делать, знаешь ли. Ты вовсе не такой уж особенный.

Я не успеваю попросить прощения, потому что она разворачивается и бежит через дорогу и по переулку к своей улице.

Мы с Кез смотрим ей в спину. Потом Кез цокает.

— Девицы из элиты, друг мой Белл. Одни проблемы от них. А чего она там про сны говорила?

— А, да ничего. Она чокнутая.

Я уже собираюсь уходить, когда Кез говорит:

— Постой-ка. А ты думал над моим Хэллоуинским испытанием? Только я его усовершенствовала, и…

Я её перебиваю.

— Нет, Кез. Не думал. Мне вообще кажется, что это ужасная идея!

И где была эта смелость две минуты назад, когда я должен был вступиться за Сьюзен Тензин?

Кез делает шаг вперёд и достаёт руки из карманов.

— Ты просто трусливый, как цыплёнок, а, Белл? — Она начинает хлопать руками, изображая цыплёнка, когда позади нас раздаётся низкое рычание мотоцикла, и мы отскакиваем с дороги. Мотоцикл резко притормаживает между нами, и мотоциклист поднимает визор на шлеме.

Это оказывается папа Кез. Он кивает мне, а потом говорит:

— Вот ты где, Кезия! Твоя ма тебя зовёт. Я поехал на берег. — Он ждёт. Кезия не двигается. — Живо, Кез. Шагай. Топ-топ.

Именно это мне и нужно. Папа Кез жмёт на газ, и мотоцикл с рычанием срывается с места и несётся по Фронт-стрит, а я быстренько иду в ту же сторону, куда ушла Сьюзен. Кез с разъярённым видом остаётся стоять перед витриной похоронного бюро; из-за её плеча выглядывает каменный ангел.

Потом выражение её лица сменятся ухмылкой, и она снова машет руками, как крыльями.

Я топаю домой. «Просто молодчина, Малки», — с горечью думаю я. Кажется, я больше ничего в жизни не контролирую, а ещё даже не обед.

Скорей бы лечь спать.

Глава 37

Вечером Качок Билли опять приходит к нам. Он приготовил салат — по крайней мере, это радует маму, она даже зачем-то накрасилась. Хотя она и без макияжа хороша, как по мне.

Поскольку Билли приготовил еду, мама говорит, что он может выбрать, что мы будем смотреть, и он, конечно же, выбирает что-то про Вторую мировую войну.

У нас нет денег на подписку на «Нетфликс» и всякое такое, так что он принёс DVD-диск с какой-то комедией о человеке, притворяющемся Адольфом Гитлером, — мне не особо по душе, но мама с Билли смеются и даже Себу вроде бы нравится.

Не успевает фильм закончиться, как я говорю, что иду спать, и Себ тут же увязывается следом.

— Ты в порядке, дружок? — спрашивает мама. — Ты какой-то очень тихий. Так и не рассказал, как вы сегодня сходили в гости от школы.

— Всё нормально. Завтра расскажу.

Билли встаёт и садится на диван поближе к маме, потому что оттуда лучше видно экран.

— Он просто устал, ага, приятель? Ну давай, иди ложись! — Что ж, то, что Билли отсылает меня спать, — это странновато, но я всё равно уже на полпути в спальню.

Как только мы поднимаемся, Себ заявляет, что во сне нам нужно убить Адольфа Гитлера.

— Это будет *фупер*! — говорит он. — Мы будем мальчиками, которые совершат убийство массового убийцы! — (Попробуйте выговорить это без передних зубов, слабо?)

Мы стоим наверху лестницы. Я слышу, что фильм закончился; раздаётся хлопок винной пробки, и теперь мама с Качком Билли обсуждают, что нужно покрасить забор между нашими задними дворами, и смеются. (Понятия не имею, что такого смешного в покраске забора.)

— Нет, — твёрдо говорю я. — Мы никого убивать не будем, Себ. Даже во сне. Ты это знаешь.

Лицо у него грустнеет.

— Подумай вот о чём. Сны у нас настолько реальны, что почти не отличаются от настоящей жизни, ага? — Он кивает. — Так что, ты серьёзно хочешь знать, каково это — убить человека? Пусть даже такого, как Гитлер? В *семь* лет? Это ужасно. В голове может что-нибудь повредиться.

Я только что сказал ту же фразу, которую сказала мне Сьюзен, но на этот раз всё иначе, потому что Себ — мой младший брат.

Он нехотя соглашается. А потом предлагает напасть на Гитлера с бластерами Нёрф. Это всё ещё грандиознее всего, что мы когда-либо делали. Может, я становлюсь дерзким.

Но звучит и впрямь заманчиво.

Предполагалось, что сегодня днём мы увидимся с папой, но он написал, что не сможет приехать. Мама цокнула языком и сказала: «Такое ощущение, что он в Мексике живёт, а не в Мидлсбро».

Так что, когда мы приходим в нашу спальню, я звоню папе по ФейсТайму на своём треснутом телефоне. Как только он отвечает, то немедленно спрашивает:

— Это те штуковины для сна у тебя за спиной? Я много про них слышал.

Я слышал, как мама с папой говорили по телефону, и знаю, что папа считает, будто это всё подозрительно. Но тут ко мне на кровать вскакивает Себ и восторженно выхватывает у меня телефон.

— Да! — говорит он. — Хочешь посмотреть?

— Хочу, — отвечает папа.

— Ладно. — Себ встаёт, включает Сновидаторы, приходит в ещё больший восторг и, не успеваю я его остановить, сообщает: — А что лучше всего, мы с Малки можем видеть одинаковые сны! Правда, Малки?

Я должен был предвидеть, что так будет. Я-то помалкивал, ведь мне известно — потому что я гораздо старше Себа, — что люди отнесутся с недоверием, или посмеются, или просто не поймут.

Но Себ этого не осознаёт. Он просто выкладывает всё как есть, пока папа сидит с непроницаемым лицом. Себ достаёт одну из коробок из-под Сновидатора и тычет ею в телефон, показывая папе.

— Сновидатор? — переспрашивает папа загадочным тоном.

— Слышал о таком когда-нибудь? — спрашиваю его я и уже собираюсь рассказать, что сегодня утром познакомился с его изобретателем, но подозрительность в его голосе меня останавливает.

— Что-то знакомое, — отвечает папа. — Только не помню, откуда.

Тут папу зовёт его девушка, и он отключается. А я всё не могу отделаться от мысли, что слово «Сновидатор» всколыхнуло что-то в папиной памяти, о чём он не хочет — или не может — мне рассказать.

Глава 38

Прошло уже несколько часов, а я никак не могу уснуть. Для сентября ночь выдалась ну очень тёплой. Я откинул одеяло и лежу, слушая сопение Себа.

— Не спится, Малк? — шепчет он.

— М-хм.

— Мне тоже. Мы будем делать тот сон, с бластерами? Застрелим Гитлера?

— Если уснём, то да.

— Класс. — Он снова ложится. — Почитаешь мне «Коби»?

Я со вздохом включаю свет. Себ уже сидит с книгой в руках. Я прислоняюсь спиной к подушке и начинаю читать.

— В тенях большой пещеры мерцает красный пламень,

И Коби отдыхает, пристроившись на камень...

Я дочитал уже до середины — до его любимого места.

— Катание на мамонте? Нужна тут
сила духа!

По хоботу он лезет и держится
за ухо...

Но Себ уже спит. Я закрываю книгу и вижу кое-
что, чего раньше не замечал. На внутренней стороне обложки мелким корявым почерком написано:

Себу от папы. Будь смелым, как Коби. Целую

Вот только это явно не папин почерк. Это почерк Себа.

Себа, который почти и не говорит о папе. Я выключаю свет и плюхаюсь на горячую подушку
с каким-то странным чувством внутри. Мне как
будто хочется защитить моего брата?

Это что-то новенькое, и оно мне не нравится.

И это ещё не всё. Потому что несколько часов
спустя я увижу сон, который всё изменит.

Глава 39

Не забывайте: это была идея Себа. По крайней мере в этом я его обвинить могу. Это он придумал напасть на Адольфа Гитлера.

Всё начинается в пещере Коби. Весь этот сюжет с Коби начинает меня *чуточку* утомлять, если честно, но я хотя бы знаю, что он работает, и умею им управлять как следует. Это напоминает первые уровни компьютерной игры: когда забываешь сохраниться, можешь быстренько их пройти и добраться туда, куда тебе надо.

Снаружи пещеры стоит куча мальчишек — моих ровесников, все в одинаковой форме. Я без проблем сольюсь с ними, но всё равно нервничаю.

На пляже собралась толпа людей, и они начинают шуметь. Позади них, у самой кромки воды, как всегда стоят мамонты, но на них никто не обращает внимания. До меня доносятся выкрики:

— *Er is hier!*

и:

— *Er kommt!*

— что, как мне известно с уроков немецкого мисс Линтон, означает «Он здесь!» и «Он едет!»

Я оглядываю себя и остаюсь не очень доволен увиденным. На мне выглаженная коричневая рубашка и шейная повязка, как у бойскаутов, только чёрная. Мешковатые шорты подпоясаны блестящим кожаным ремнём, а на голове у меня убор под названием «фуражка» — я знаю это, потому что как-то собирал информацию для школьного проекта.

Я в форме Гитлерюгенда.

Шум толпы усилился, и всё больше людей рвётся вперёд, но их удерживает сурового вида полицейский.

Потом возникает Себ — одет он совершенно неправильно. Шейный платок у него ярко-зелёный, а не чёрный, и сделан из той же ткани, что и его любимая вратарская футболка. И всё же никто как будто и не замечает. Я мог бы избавиться от него. Он бы ушёл, если бы я велел. Но я начинаю понимать, что лучше не перебарщивать с контролем в таких ситуациях, если этого можно избежать. Мне как будто отведено некоторое количество контроля, которое может закончиться, как заряд батарейки.

Я вспоминаю мамину песню и решаю — просто «пусть будет так...»

— Давай, Себ — посмотри вниз. Оружие с собой?

— Ага! А у тебя?

А у меня? Я смотрю вниз — да, вот мой бластер Нёрф. Я похлопываю по кобуре, висящей у меня на ремне, и открываю её: я готов.

— Вперёд!

Мы проталкиваемся сквозь плотную толпу так деловито, как только можем. Никто на нас не смотрит.

Краем глаза я замечаю машину, метрах в ста от нас, и чтобы разглядеть её поближе, велю:

— Взлететь! — и начинаю парить над головами людей из толпы, но никто совершенно не замечает этого. Кузов машины отполирован и напоминает чёрное зеркало, медленно движущееся по пляжу.

Это самая длинная машина из всех, что я когда-либо встречал: Мерседес-Бенц с открытым верхом — чтобы люди в толпе могли видеть сидящих на трёх рядах сидений, хотя интересует всех лишь один из них.

На заднем ряду сидят двое солдат в серой форме, подозрительно взирающих на толпу. Перед ними, в среднем ряду, два офицера. А впереди, рядом с водителем, едет мужчина, которому все и радуются. Он встаёт, не улыбаясь, и отдаёт толпе рукой своё фирменное приветствие, и толпа приветствует его в ответ с улыбками и радостными воплями.

Сердце бешено колотится в груди. Он ужасно знаком мне по бесконечным фотографиям, видео с Ютуба, фильмам и телепередачам — и вот он передо мной собственной персоной, едет в машине по берегу прямо к нам с Себом.

— Ты готов? — снова спрашиваю я Себа, и он кивает.

— Готовее некуда! — отвечает он.

Мы спокойно выходим из толпы и поднимаем синие пластмассовые бластеры, готовясь войти в историю.

Малкольм и Себастьян Беллы: британские мальчишки, которые застрелили Адольфа Гитлера из бластеров Нёрф.

Глава 40

Первым нас замечает водитель большого чёрного Мерседеса — раньше сидящих позади него офицеров и раньше Гитлера, глядящего вперёд и ухмыляющегося теперь ликующей толпе.

Я смотрю на водителя, и на его лице появляется озадаченное выражение. Машина едет небыстро, так что у него достаточно времени, чтобы замедлиться. Из-за внезапного торможения Гитлера бросает вперёд, и он хватается за ветровое стекло и сердито смотрит сначала на своего водителя, а потом на нас с братом.

Вряд ли осталось много людей, которые видели Адольфа Гитлера живьём. (Знаю, вы, наверное, думаете: «Ну так и ты его живьём не видел», но чувство у меня такое, будто видел, да ещё как.) Он ниже, чем я ожидал, а лицо у него мясистое и бледное. Однако квадратные усики вполне узнаваемы, а в его холодных голубых глазах читается ярость: как это кто-то посмел прервать его парад.

Следующие несколько мгновений происходят будто в замедленной съёмке.

Водитель со злостью жестикулирует рукой и что-то рявкает нам, но я не понимаю ни слова: наверное, это такие слова, которым мисс Линтон никогда не станет нас учить. В то же самое время двое офицеров выскакивают из машины и шагают к нам с Себом.

— Сейчас! — ору я. — Огонь!

Мы одновременно нажимаем на спусковые крючки наших бластеров, и в мужчину, которого называют *фюрер*, летит шквал оранжевых поролоновых дротиков. Вот только целимся мы фигово: большинство дротиков отскакивает от ветрового стекла машины, оставляя Гитлера удивлённым, но явно невредимым. По толпе прокатывается аханье.

— Смотри в оба! — кричу я Себу. А потом: — Перезарядиться!

По моей команде бластеры автоматически перезаряжаются, и мы поворачиваемся и палим в надвигающихся на нас солдат. В этот раз мы целимся получше: мужчины падают, хватаясь за головы от боли.

Только во сне поролоновые дротики могут быть настолько эффективны!

Настроение толпы поменялось на глазах. Они восхищённо наблюдают, как мы с Себом подбегаем к машине, стреляя из игрушечного оружия в одетых в форму офицеров, которые вытащили свои собственные пистолеты, но явно не уверены, как противостоять двум мальчишкам. Один из них смотрит на Гитлера, будто ожидая указаний, но Гитлер продолжает таращиться на нас в безмолвном изумлении.

Это даже веселее, чем я ожидал! Я кошусь на Себа: он уже уложил офицера СС залпом оранжевых снарядов и готов атаковать Гитлера.

Я поднимаю свой бластер, целясь прямо в Гитлеровы усы.

— Ладно, Адольф — сейчас получишь прямо в морду! — кричу я.

Я уже жму на крючок, когда откуда-то сзади возникает огромная рука в зелёном рукаве и резко опускает ствол моего бластера, и залп оранжевого поролона обстреливает землю. Другая рука моего противника хватает меня за горло и вырывает у меня бластер, отбрасывая его в сторону.

Меня поймали, и я немедленно думаю о протоколе Экстренного Пробуждения. Но не успеваю я ничего сказать, как слышу из-за огромной машины крик Себа:

— Отцепись от меня!

Моего брата, молотящего ногами по песку, волочит огромный солдат, зажав ему рот ладонью. Он подтаскивает его ближе, и вот мы вместе стоим перед большой чёрной машиной, из которой выходит Адольф Гитлер. Он медленно направляется к нам, сложив руки за спиной, с холодной полуулыбкой на влажных губах. Чуть позади него шагает угрюмая женщина-офицер СС, надвинув фуражку так низко, что её лицо оказывается в тени. Она одета в знакомую чёрную форму, а на руке у неё красно-белая повязка с ненавистным нацистским символом — свастикой.

Она заговаривает первой.

— Молчать! *Ach so!* У нас иметься парочка англичан, *ja*? В униформе *wunderbar* Гитлерюгенда! — Она указывает на меня. — Вы видите это, *mein Führer*?

Гитлер торжественно кивает, смеривая меня взглядом.

— *Ja*, капитэн Беккер. *Jawohl!*

Просто здорово. Эти люди разговаривают в точности так, как офицеры СС из фильма Качка Билли. Для полного эффекта женщина-офицер должна щёлкнуть каблуками…

И она щёлкает. Потом снимает фуражку и недовольно встряхивает крашеными фиолетовыми волосами. Я прыскаю от смеха, осознавая, что она выглядит *в точности* как Кез Беккер, и Гитлер сверлит меня взглядом.

Себ склоняет голову набок и показывает фюреру язык.

— Я тебя не боюсь! Ты просто здоровенный хулиган с дурацкой причёской и тупыми усами и… и не-нелеповым приветствием! Смотри! — Себ изображает нацистское приветствие, а потом дико машет пальцами, для полного счастья издавая губами непристойный звук — без передних зубов это ему здорово удаётся.

Бледное лицо Гитлера розовеет. Он сжимает губы, сощуривается от ярости и рявкает какой-то приказ.

Женщина-офицер подаётся вперёд и указывает на буквы SS на её воротнике.

— Ха-ха, майн маленький дрюг! Ты знаешь, что означайтен эти буквы?

Я знаю — благодаря помешательству Качка Билли на Второй мировой войне. Они означают Schutzstaffel, Шутцштаффель — жуткая военизированная полиция Гитлера. Но я не знаю, знает ли Себ. (И вообще мне не нравится происходящее. Смелость и восторг — это, конечно, здорово, но я на волоске от того, чтобы закончить всё Экстренным Пробуждением.)

Себ таращится на буквы и напускает на лицо невинное выражение.

— СС? — переспрашивает он и для комичности выдерживает паузу. — Вы что, члены Секретной Семёрки?

Пару секунд до женщины доходит, что он сказал, а потом она вопит «нет» по-немецки — что по-английски звучит в точности как «девять»:

— *Nein!*

— А вот и нет. Я читал книжки, — говорит Себ. — Я уверен, что их было всего семь.

— Какая наглость! — шипит она. — *Mein Führer!* Нужно наказайтен этих англичан, чтобы другим было неповадно!

Гитлер торжественно кивает и буднично машет рукой, будто говоря: «Ну так займитесь этим!»

— Очень хорошо. Выводите его.

Женщина обходит Мерседес и распахивает багажник. Некоторое время ничего не происходит, а потом оттуда на землю плюхается крокодил, выпрямляясь во всю немалую длину и вертя головой, пока не оказывается мордой ко мне.

Я немедленно узнаю его, и по моему телу от макушки до пальцев ног пробегает холодок.

Катберт.

Этого в плане *не* было.

Глава 41

Я смотрю на крокодила из своих детских кошмаров.

Этого не должно было случиться!

С другой стороны, мне не терпится увидеть лицо Гитлера, когда здоровенный крокодил превратится на его глазах в плюшевую игрушку. По толпе прокатывается бормотание, и Гитлер отворачивается, будто не хочет наблюдать, что будет дальше.

Всё хорошо, Малки. Ты знаешь, что делать. Помнишь, как было в прошлый раз?

В прошлый раз я видел Катберта в самом первом сновидаторном сне: том, где я был в классе, а он вылез из-под парты, на которой я стоял. Прямо как в тот раз, я вытягиваю руку и говорю:

— Катберт! — а потом: — Стоп!

Это не срабатывает.

Вместо того, чтобы на моих глазах превратиться в плюшевую игрушку, монстр встаёт на свои короткие лапы и начинает надвигаться на меня.

Гитлер поворачивается к своим офицерам и смеётся. Потом обращается ко мне.

— Это не работайтен, так ведь, маленький английский мальчишка? Ты думайт, что ты такой умный. Ты забыл: я Адольф Гитлер, самый огромный злодей, который только жиль на сфете! Ха-ха-ха-ха! Катберт — фас!

Я пробую снова:

— Катберт! Стоп! Стоп!

Но крокодил всё приближается. Я не понимаю: мои способности управлять сном должны были продлиться гораздо дольше. Но рисковать я больше не собираюсь.

— Экстренное Пробуждение! — ору я Себу. — Готов?

— Так точно, сэр!

ХЛОП!

В мгновение ока крокодильи челюсти смыкаются на моей протянутой руке мёртвой хваткой. Крокодил вгрызается в мою плоть, явно собираясь оторвать мне руку.

— Проснуться! — кричу я. — ПРОСНУТЬСЯ! Ничего не происходит.

Глава 42

— Проснуться! — снова кричу я.

Я вдыхаю полной грудью. Потом стискиваю губы и задерживаю дыхание. Мои щёки надуваются. Я напрягаюсь сильнее, и у меня закладывает уши.

Тем временем крокодил продолжает глубже вгрызаться в мою руку, подбираясь к плечу. Другой рукой я зажимаю нос, чувствуя, как выпучиваются глаза и сильнее раздуваются щёки, а потом наконец выдыхаю с громким «пха-а-а-а!». И открываю глаза.

Я лежу в кровати и тяжело дышу, вспоминая, как мою руку жевал крокодил. Я теперь знаю, что если зажмурюсь, картинки из сна несколько секунд будут стоять перед глазами, прежде чем померкнуть. Так я и делаю — просто чтобы проверить.

И вот он, крокодил — сомкнул челюсти на моём запястье. Руку пронзает боль, пока я опять не открываю глаза, и крокодил исчезает. Я проснулся, лежу в своей кровати. Я поворачиваю голову — Себ крепко спит в своей.

Вот только рука у меня по-прежнему болит. Не *ужасно*. Не адски, так-как-будто-мою-руку-откусывает-крокодил, но ощутимо побаливает. Я немного жду, пока моё дыхание выровняется, и смотрю на висящий надо мной Сновидатор.

«Никаких больше кошмаров!» — говорилось в инструкции. Даже в детстве, ещё до того, как мы назвали крокодила Катбертом, он никогда не кусал меня. Я вылезаю из кровати. Я включаю свет в ванной и справляю малую нужду, а потом закатываю рукав пижамы, чтобы посмотреть на руку. Боль утихает, но всё же чувствуется, и… мне что, кажется? Я приглядываюсь.

Быть не может.

На том месте, в которое впивался крокодил, виднеются отпечатки, маленькие розовые отметины. *В точности* там, где были его зубы. Я верчу рукой — следы вполне отчётливые. Потом с лестницы доносится какой-то шум, и ручку ванной начинают дёргать. Наверняка Себ прискакал попить.

Я стою лицом к зеркалу, в котором отражается дверь ванной. С тихим скрипом дверь медленно открывается. Я смотрю в зеркало, готовясь поздороваться с Себом, но в отражении никого не видно. Это странно: дверь будто открывается сама по себе.

Я не хочу поворачиваться. Не хочу видеть, что открывает дверь, потому что оно наверняка на полу, но я всё же заставляю себя посмотреть…

…и да, он здесь, стоит на плитке на своих коротких лапах. Он наполовину внутри, наполовину в коридоре. Громадный крокодил делает два шажка в мою сторону, и я кричу:

— Нет! — а он широко разевает пасть и медленно закрывает.

Потом изнутри твари доносится скрежещущий, гулкий рык, будто кто-то волочит пустой металлический бак по камням. Крокодил приоткрывает челюсти, ухмыляется и произносит низким аристократическим голосом, цедя слова, как офицер британской армии из одного из фильмов Качка Билли про войну:

— Ну и ну. Только поглядите, кто это. Здравствуй, Малкольм!

Как такое возможно? Я в ужасе зову маму и пячусь к раковине, а крокодил медленно приближается.

— Ма! Себ! *Ма-а-а-а!*

Катберт уже у моих ног, и я взгромождаюсь на край раковины задом, чтобы приподняться с пола. Я брыкаюсь, пытаясь не подпустить приближающуюся тварь, и вижу, как сияют его зубы, когда он медленно смыкает челюсти и опускается на пузо, втаскивая заднюю свою часть в ванную, пока наконец не оказывается внутри целиком, а потом ударом шишковатого хвоста захлопывает дверь, полностью отрезая мне путь к отступлению. Он явно собирается от души насладиться процессом.

— Ма! — снова кричу я. — *Ма-а-а-а!* Помоги!

— Ой — мы что, зовём мамочку? — щерится Катберт. — Толку от этого не будет, знаешь ли.

Крокодил моргает, терпеливо глядя на меня, и облизывает зубы, будто примеряясь к новой закуске. Я влезаю дальше на раковину и шарю вокруг себя, ища, что бы в него бросить. От его морды отскакивает щёточка для ногтей, стакан, зубная щётка, потом я нащупываю тюбик зубной пасты и смотрю на него. Название какое-то странное.

КЛОГЙЕТ

Потом буквы как будто перемешиваются.

ЛОГТЕЙК

Стоп. Что? Почему тут написано не «КОЛГЕЙТ»?

В голове что-то всплывает. Я вспоминаю, как читал инструкцию к Сновидатору.

Во сне цифры на циферблате и печатные слова обычно перепутаны или неразборчивы.

И, если уж на то пошло, крокодилы не разговаривают, да и не моргают. И языка у них нет — по крайней мере, такого, какой можно высунуть.

Этого просто *не может* происходить.

Я всё ещё сплю.

— Проснуться! — кричу я. — *Просну-у-у-уться-а-а-а!* Проснуться! Ох, пожалуйста, проснуться! — Катберт делает выпад, атакуя, я дико и отчаянно пинаюсь, всхлипывая, крича и изо всех сил стараясь вдохнуть воздуха в сопротивляющиеся лёгкие.

И вот я снова в постели, одеяло запуталось в ногах, отбрыкивающихся от...

...пустоты.

Глава 43

Себ проснулся и стоит надо мной, тряся меня за плечи.

— О, ты очухался! Что с тобой случилось? Я никак не мог тебя разбудить! Что случилось, Малки?

Я не могу ему ответить. Я не осмеливаюсь закрыть глаза. Я лежу на спине, грудь у меня тяжело вздымается, и чувствую, как со лба стекает ручеёк пота.

— Это… это сон? — спрашиваю я. В темноте мне не видно лица Себа — только неясный силуэт у моей кровати, освещённый сиянием висящих над нами голубых кристаллов.

— *Сон?* Нет, конечно. Что с тобой такое? Я же был во сне про Гитлера, ага?

Я киваю и утираю со лба пот рукавом пижамы. Себ говорит:

— Ладно, в общем, я проснулся, а ты был здесь, но ещё спал. Лицо у тебя дёргалось. Я пытался тебя разбудить. Уже собирался звать ма.

Моё дыхание выравнивается.

— Ого. Это было мощно. Я думал, что не спал. То есть, я… я думал, что проснулся. Но я не проснулся, и… и…

Звучит тупо.

Себ плюхается обратно на свою кровать. Потом я слышу, как он фыркает от смеха.

— Ты *видел* рожу Гитлера?

Он перекатывается на другой бок и через пару минут снова засыпает, а я просто лежу. Боль в руке не прошла. Я провожу пальцами по ряду отметин от зубов — и всё ещё их чувствую. Самую малость. Но они всё ещё здесь.

В спальню заглядывает мама.

— Ты в порядке, милый? — шепчет она. — Я слышала, как ты кричал.

Я кричал?

— Опять Катберт? — спрашивает она.

— Ага.

Мама входит в комнату, протискивается между нашими кроватями и садится на краешек моей. Она протягивает руку и гладит меня по волосам.

— Ох, дружок. Ты насквозь вспотел. Совсем жуть приснилась, а?

Я киваю, а она продолжает ласково гладить меня по голове. В темноте я вижу, как она поднимает глаза, пока не утыкается взглядом в Сновидатор, а потом снова смотрит на меня.

«Пусть ваши сновидения сбываются!» — было написано на коробке. Про кошмары там не говорилось.

Я отворачиваюсь, чтобы мама не видела, что глаза у меня открыты. Я не хочу опять засыпать: мне страшно. Рука по-прежнему болит.

Потом мама начинает напевать свою песню, совсем негромко, чтобы не разбудить Себа. Я целую вечность её не слышал и до сих пор не знаю всех слов.

— *Пусть будет так, будет так...*

Через некоторое время мама выключает Сновидаторы и возвращается к себе.

Я засыпаю, но мне ничего не снится, кажется.

Если бы я остановился тогда, хуже бы не стало. Но я не остановился, не так ли?

И всё стало хуже: гораздо хуже.

Глава 44

За следующую пару дней я теряю счёт вопросам «Ты в порядке, Малки?»

Слушайте, катались вы когда-нибудь на очень быстрых американских горках? Два года назад мама возила нас с Себом в парк аттракционов, и там была одна горка под названием «Скорожуть», для которой Себ был слишком мал, так что я прокатился на ней один, пока они с мамой смотрели, и было круто, но…

Когда я сошёл, я был словно в тумане. У меня не кружилась голова, не подкашивались ноги, ничего такого. Я просто чувствовал себя немного… ошалело. Долго это не продлилось — просто около минуты мне казалось, будто я хожу по вате.

Вот и тут примерно так же, только это чувство меня не покидает. Я без конца трогаю отпечатки зубов Катберта на левой руке. Они уже не болят и их почти не видно, но они есть.

Мама замечает, что я касаюсь руки.

— Что с твоей рукой, Малки?

Меня воображаемый крокодил укусил, ма.

Я опускаю рукав.

— Ничего. Просто чешется чуть-чуть.

Я даже со Сьюзен не могу поговорить, потому что мы поругались. Да и к тому же она уехала на какой-то конкурс школьных оркестров в Лидс.

А потом мне снится новый сон, и он… что ж, лучше просто расскажу. Потерпите. Это смешно.

Вроде как.

Я опять в столовой. Всё выглядит обычным. Звуки и запахи тоже обычные. Однако я не рискую. Я подхожу к Мейсону Тодду, который смотрит на меня с подозрением — это тоже правдоподобно, пожалуй. Я несколько недель почти не общался с ним в реальной жизни.

— Эй, Мейсон, — говорю я. — Я сплю?

Он оглядывает меня с ног до головы, как незнакомца.

— Конечно, да! — Потом добавляет: — Чудила. — Он возвращается к разговору с Тилли Сайкс, и та фыркает от смеха в ответ на что-то, что он ей бормочет.

Понимаете, вот что здорово во снах. Обычно я не стал бы делать того, что делаю дальше. Но перед этим я провожу ещё одну «проверку реальности» — просто на тот случай, если Мейсон врёт. Цифры на старых электронных часах над окошком раздачи хаотично мелькают — ещё один верный признак того, что я в Стране снов.

— Эй, Мейсон! — говорю я достаточно громко, чтобы все, кто стоит рядом, меня услышали, хотя в столовой довольной шумно. Мейсон поворачивается. — Это правда, что вы с Тилли втайне встречаетесь?

Они оба краснеют.

— Нет! — говорит Мейсон.

— Ну, так мне сказали, но она не решается тебе сказать, что любит Джону Белла, вот только *он* любит Кез Беккер!

Ясное дело, я всё выдумываю, потому что это сон и я могу! Люди начинают хихикать, и тут я слышу, как кто-то стучит меня по плечу. Я разворачиваюсь и вижу Джону Белла — на лице у него ярость.

— Ты что-то сказал? — рычит он.

Я не боюсь его и от души наслаждаюсь происходящим.

— Да, сказал, Жирдяй, — говорю я прямо ему в лицо. — Ты тупой, и если с тобой кто-то и тусуется, так это потому, что они ещё тупее тебя!

Теперь люди открыто смеются; ощущение власти великолепно. Я могу сказать что угодно кому захочу! Я расталкиваю каких-то пятиклассников, сидящих на скамейке, и залезаю на стол, по пути отпихивая ногой посуду и столовые приборы. Они падают на пол с громким звоном и хрустом, так что все, кто ещё не успел заметить переполох, поворачиваются посмотреть, откуда доносится шум.

Тут я вижу Сьюзен Тензин — она стоит в другом конце столовой со стайкой своих оркестровых друзей и в ужасе прижимает ладонь ко рту. Мне всё ещё обидно, что она обозвала меня снобом, и вот мне представился шанс безопасно с ней поквитаться.

— Видишь? — кричу я ей. — Теперь тебе с твоими идеальными друзьями есть над чем посмеяться вдоволь?

Краем глаза я замечаю, что из-за учительского стола встаёт мистер Спрингэм.

— Я вас не *бою-ю-юсь*! — нараспев заявляю я мистеру Спрингэму, тыча в него пальцем и отплясывая на столе, роняя на пол новые тарелки. Люди перестали смеяться и теперь сидят с удивлённо разинутыми ртами.

Я вспоминаю, как Себ обзывал Адольфа Гитлера, и решаю взять с него пример.

— Вы ненавидите меня с тех пор, как я сюда перевёлся, правда? Что ж, это чувство взаимно, вы... вы лысая картофелина! А ещё у вас рубашки узкие и зад колышется!

На это со всех сторон громко ахают. Я как будто на сцене — перевожу взгляд вниз и смотрю на глазеющих на меня людей.

— Довольно! Немедленно спускайтесь! — рявкает мистер Спрингэм. От меня его отделяет всего пара столов. Я беру миску со школьным трайфлом. Я собираюсь кинуть её так, чтобы она приземлилась ему на голову, дном вверх, как в мультике, но миска выскальзывает у меня из пальцев, и я наблюдаю — почти как в замедленной съёмке — как

212

она летит по воздуху, и мистер Спрингэм отбивает её рукой. Трайфл брызгает ему на рукав и немного попадает на лицо. Попадание не прямое, что немного разочаровывает, для сна-то, но мне слишком весело, чтобы беспокоиться об этом.

На этот раз толпа громко и изумлённо стонет:

— О-о-о-о-ох!

Это задерживает его всего на секунду-другую. Он почти что добрался до меня, так что я прекращаю отплясывать и вытягиваю руки вдоль тела, как статуя.

— Взлететь! — велю я. — Взлететь вверх!

Я жду ощущения словно поднимающей меня лески. Оно запаздывает, так что я встаю на цыпочки.

— Взлететь, — повторяю я громче. — *Взлететь!*

Мистер Спрингэм уже совсем рядом. Он вытирает трайфл с лица ладонью и насмешливо-терпеливо складывает руки на груди. Меня раздражает, что мне никак не удаётся взлететь. Я не привык, что способность управлять сном пропадает так быстро.

Обычно голос у мистера Спрингэма низкий и громкий. Теперь же он пугающе спокойный.

— Малкольм Белл, — шипит он. — Слезайте сию же минуту.

Я оглядываюсь на двойные двери столовой и снова говорю:

— Скоро сюда явится крокодил — только не бойтесь! Катберт! Давай выходи!

Но крокодил не приходит. Я начинаю чувствовать некоторое отчаяние.

— Взлететь! Ну же, взлететь! — Я хочу взмыть высоко-высоко над этими людьми, высоко над мистером Спрингэмом.

Теперь я размахиваю руками и слышу, как кто-то говорит:

— Он пытается улететь!

Кто-то ещё смеётся:

— Малки Белл совсем двинулся! — и остальные присоединяются к нему и начинают передразнивать меня, хлопая руками.

Так что я прекращаю. Я опускаю руки. В столовой воцаряется тишина, и я делаю несколько глубоких вдохов. Я смотрю на собравшихся — все глядят на меня, некоторые так и не донесли вилки до ртов — и на необычно спокойного мистера Спрингэма — руки скрещены на груди, с уха, как дешёвая жёлтая бижутерия, свисает заварной крем.

Не знаю, сколько я так стою. Несколько секунд? Минуту? Сложно сказать, когда видишь сон, правда?

А я же *вижу сон*... Правда?

Проходит ещё несколько секунд.

— Проснуться! — кричу я. Я ужасно хочу проснуться в своей кровати. Я задерживаю дыхание, надуваю щёки и резко выдыхаю: *пха-а-а-а!* По столовой прокатывается бормотание. Мистер Спрингэм поднимает руку, веля всем умолкнуть.

В хвосте очереди стоящих с подносами я замечаю Сьюзен. Когда наши глаза встречаются, её взгляд наполняется печалью, и она медленно качает головой.

Теперь мне становится дурно, потому что я не сплю, правда? Я только что сделал это всё по-настоящему.

Я только что кинул миску с трайфлом в самого жуткого школьного учителя — сразу после того, как назвал его лысой картофелиной. Я станцевал на столе и попытался вызвать крокодила по имени Катберт.

Я предпринимаю ещё одну попытку.

— Земля — поглоти меня целиком немедленно, — тихо молюсь я, закрыв глаза. Конечно, этого не происходит. Я всё ещё стою на столе в столовой, а мистер Спрингэм по-прежнему ждёт. Если бы это был сон, у меня, наверное, повалил бы пар из ушей.

Но в реальной жизни такого не бывает, правда?

Глава 45

Часом позже я сижу в кабинете миссис Фаррух.

Здесь я, миссис Фаррух и мистер Спрингэм (в свежей рубашке, без следов трайфла, а его немногочисленные волосы влажные, будто он их помыл).

Меня просят объясниться, но единственное объяснение, на которое я способен, это: «Я думал, что вижу сон», а я не могу так сказать, потому что это звучит безумно, так ведь?

Меня отправили в Комнату Тишины «подумать» и звонят маме, но она не может уйти с работы.

Кое-что я понял. Когда я спросил Мейсона Тодда, не сплю ли я, он ответил «Да, спишь» с сарказмом — это неудивительно. А когда мистер Спрингэм выводил меня из столовой, я посмотрел на часы над окошком раздачи. Они по-прежнему мигали и то и дело показывали разное время, как… ну, как сломанные часы.

Что *произошло?*

Я стоял в очереди за ланчем и потом *решил, что сплю*. Мозг отчего-то заглючил. Я размышляю над этим и вспоминаю, что было до. Я стоял в очереди… На мне был старый школьный свитшот, избежавший стирки… Помню, как я посмотрел на рукав и понял, что на нём осталось ячье масло. Я понюхал его и… бац! Вот *тогда* я и решил, что сплю.

Должно быть, я схожу с ума, и это жутко.

Я поднимаю глаза. На меня смотрят директриса и завуч.

Кажется, одного «простите» будет недостаточно. Все ждут объяснения. А я не могу ничего объяснить, не сойдя за чокнутого.

А может, я и правда чокнулся. Разве Сьюзен не предупреждала меня, когда мы сидели на скамейке и смотрели на лодки? «От этого в голове может что-нибудь повредиться, Малки».

Как я мог так ошибиться?

— Вам есть что сказать? — спрашивает миссис Фаррух.

— Эм, — мямлю я. — Не знаю.

Мистер Спрингэм вздыхает.

— Давайте восстановим события, — говорит миссис Фаррух. — Мистер Спрингэм?

Мистер Спрингэм пересказывает произошедшее со своей точки зрения. Он не преувеличивает, ничего такого: просто рассказывает правду, но она и сама по себе ужасна. А он ведь даже не слышал, как я назвал Джону Белла тупым жирдяем или что я там ему наговорил. За это я поплачусь позже, это я точно знаю.

И всё это время я полунадеюсь, что вот-вот проснусь.

В голове у меня вместо мозга как будто образовался густой туман, и я жду, что с моря налетит бриз, развеет его и разбудит меня. Хотелось бы мне, чтобы это было сном, но это не так.

Слово берёт миссис Фаррух — опять завела свою обычную волынку. Какое-то время я этого всего не слышал, но ничего не поменялось.

— С вами трудно, Малки... пагубное влияние... я надеялась, что в этом семестре что-то изменится... это нельзя оставлять безнаказанным... встреча со школьным психологом... вы подводите сами себя...

Потом она замолкает, и оба садятся. Мистер Спрингэм прочищает горло, так что я думаю, что он собирается подхватить тираду миссис Фаррух, но вместо этого он пристально смотрит на меня и спрашивает, очень тихо:

— Всё ли хорошо, Малки? Я имею в виду... дома и так далее?

Для меня это странновато: мистер Спрингэм — и вдруг такой заботливый. Я ничего не отвечаю, и он продолжает:

— Послушайте, я знаю, что мы не всегда ладим, но я обеспокоен, *мы* обеспокоены...

Тут в дверь стучат. Мистер Спрингэм нетерпеливо рявкает:

— Кто там? — и в кабинет заглядывает Кэрол, школьная секретарша.

— Тут кое-кто хочет вас видеть, миссис Фаррух. Она говорит, это очень важно.

Кэрол отходит в сторонку — в дверном проёме стоит с кротким и печальным лицом Сьюзен Тензин.

Глава 46

— Я очень удивлена и разочарована, Сьюзен, — говорит миссис Фаррух примерно пять минут спустя. — Я правда думала, что мы могли ожидать от вас лучшего. *Спор*, говорите?

Сьюзен кивает.

— Я... я подумала, будет забавно. Понимаете, все вокруг думают, что я ужасно скучная. Меня даже называют «Скучная Сьюзен». Прямо в лицо. — Её нижняя губа начинает подрагивать.

Должен сказать, что никогда не слышал, чтобы кто-нибудь её так называл. Но она говорит очень убедительно. Голос Сьюзен немного надламывается, когда она добавляет:

— Это... это всё равно как если бы меня травили.

Я замечаю, что миссис Фаррух и мистер Спрингэм переглядываются. Через секунду я бросаю взгляд на Сьюзен, и в это краткое мгновение она мне подмигивает.

Всё верно. Сьюзен меня покрывает. *Она притворяется!* Я не могу в это поверить, но приходится.

Она глубоко вдыхает через нос, будто сдерживая слёзы.

— Я не осмелилась сделать этого сама. Но я поспорила с Малкольмом, чтобы он так сделал. И… и он увлёкся.

Упомянуть травлю было умно. Все знают, что учителя боятся травли как огня. По всей школе развешаны плакаты, проводятся регулярные собрания и так далее. И всё же я не до конца уверен, что мистер Спрингэм и миссис Фаррух уже полностью поверили Сьюзен.

— Это правда, Малкольм? Вы сделали это «на спор»?

Я ничего не отвечаю.

— Ну так что? Говорите! — велит мистер Спрингэм, и я едва заметно киваю, будто преисполненный стыда.

— Но то, что он говорил о вас, Сьюзен, — начинает миссис Фаррух. — Как вы могли…

— Это всё было спланировано, правда, Малки? Он это говорил не серьёзно. Он просто… прикалывался. — Она говорит это так, будто впервые произносит иностранное слово.

Мистер Спрингэм прищурился и подозрительно переводит взгляд с меня на Сьюзен, будто он не совсем уверен, кому верить. Полагаю, он просто не может понять, с чего Сьюзен добровольно брать на себя вину за что-то, к чему она не имеет ни малейшего отношения. Однако он ничего не произносит.

В конце концов миссис Фаррух вздыхает и говорит:

— То, что я сегодня же сообщу обо всём вашим родителям в самых решительных выражениях, — это однозначно. Так называемый спор или нет, Малкольм, это не то поведение, которое мы станем терпеть в стенах Марденской средней школы. Само собой разумеется, что вы немедленно будете исключены из проекта ОПТ, а вы, Сьюзен, немедленно отстраняетесь от должностей библиотечного старосты, лидера оркестра и координатора Зелёной команды...

И так далее, и тому подобное. Снова всплывает имя школьной психологши Валери. Ох, вот это да.

В целом, впрочем, мне всё сошло с рук.

Я совершил, пожалуй, самый худший поступок за всю историю школы. Об этом будут говорить не один год... а меня даже не наказывают.

И всё благодаря Сьюзен Тензин.

Конечно, я дожидаюсь, пока мы выйдем в коридор, прежде чем улыбнуться ей. И когда она улыбается мне в ответ, внутри у меня что-то подпрыгивает.

Глава 47

Сьюзен отпускают на урок музыки.

Меня до конца дня оставляют в «курируемой изоляции» — на деле это означает, что я делаю домашку по французскому, пока мисс Биггс, с которой я никогда раньше не пересекался, проверяет какие-то работы и — судя по смешкам и хихиканью — сидит в Фейсбуке или где-то ещё.

Я должен выучить перфект.

J'ai dormi — Я спал.

J'ai rêvé — Я видел сон.

Je suis devenu fou — Я сошёл с ума.

Я снова нащупываю отметины на руке — вроде как заверяя себя, что я не совсем чокнулся. Их больше нет, как бы пристально я ни вглядывался. Мне что, всё это показалось, как показалось, что мне снится сон?

— Малкольм, — говорит мисс Биггс, — ваше домашнее задание написано у вас на руке?

Я опускаю рукав и снова смотрю на пятно на ткани: большая клякса неправильной формы.

Запах по-прежнему не выветрился: слабый, но отчётливый.

Я задумываюсь над всем этим и так глубоко погружаюсь в мысли, что вздрагиваю, когда слышу звонок.

15.30. Я свободен. Первое, что я вижу, когда включаю телефон, — сообщение от мамы.

Только что получила имейл от миссис Фаррух. Вечером поговорим.

Даже без «целую» в конце. Всё серьёзно.

По дороге к выходу я прохожу мимо библиотеки, и оттуда немедленно появляется Сьюзен. Я догадываюсь, что она ждала меня. Я не знаю, что сказать, кроме как:

— Привет.

Мы идём домой по Тайнской тропе, и долгое время никто ничего не говорит. Сьюзен как будто ждёт, но без нетерпения. Она, наверное, целыми днями может ждать. Она идёт достаточно близко ко мне, чтобы я мог почувствовать яблочный аромат её волос.

— Спасибо, — наконец говорю я, после того, как молчание начало казаться мне слишком уж неловким. Она кивает и снова ждёт. — Почему... почему ты всё это сказала? — спрашиваю я. — Ну знаешь, соврала ради меня? Я не думал, что ты можешь врать. Буддистские правила и всякое такое.

— Это не правило, Малки. Это рекомендация. А соврала я потому, что беспокоилась за тебя.

— Думаешь, я сошёл с ума?

Сьюзен выдерживает паузу, достаточно долгую, чтобы я понял, что «Да» — по меньшей мере часть её ответа. Но всё же она качает головой и говорит:

— Нет, — и это очень по-доброму с её стороны.

Потом она добавляет «но», но тут позади нас раздаётся голос, и это «но» остаётся висеть в воздухе.

— Привет вам обоим! Кеннет — глядите, кто это!

Мы разворачиваемся и видим Анди, которая толкает кресло-коляску со старым Кеннетом Маккинли. Рядом с ними лениво семенит Деннис.

— Кеннет. Видите, кто это?

Старик поднимает подбородок с груди и вглядывается в нас.

Анди говорят:

— Это дети, которые приходили на выходных, Кеннет. Сьюзен и Малкольм.

Услышав моё имя, он ещё немного приподнимает голову и повторяет то, что говорил в первый день нашего знакомства:

— Малкольм? Отличное шотландское имя, а, парень?

Говорит он тихо и неразборчиво.

— Сегодня у него не лучший день, правда, Кеннет?

В ответ старик кряхтит, а Анди наклоняется застегнуть ему плотную флисовую куртку. Я пытаюсь не смотреть в глаза Деннису, который при первой же возможности шлёпнулся на пузо, но явно подозрительно на меня поглядывает.

— Рады снова увидеться с вами, мистер Маккинли, — громко говорит Сьюзен.

— Я же не глухой, девица. Мне девяношто, но слышу я тебя отменно. — Он как будто опять превратился в ворчливого старикана.

Сьюзен, впрочем, это нисколько не смущает. Она приседает рядом с его креслом, берёт его костлявую руку в ладони и глядит ему в лицо, склонив голову на бок. Она говорит:

— В прошлый раз вы начали нам что-то рассказывать. Перед тем, как ваш сын — Ури — позвонил. Вы говорили о границах сознательного разума. Я надеялась послушать об этом побольше.

Старик косится на неё. Потом протягивает руку и стаскивает с себя очки с лиловыми стёклами. Вот только дужка очков цепляется за его большое ухо, и они отскакивают обратно. Он как будто пытается быть драматичным, но у него не до конца выходит.

— Я так рад, что вы помните, — говорит он, приосаниваясь и глядя на нас. Чувство такое, будто вокруг него рассеялась пелена тумана. — Ваша учительница сказала, что вы любознательны и усердны. Я уже начал сомневаться. Я дошёл до предупреждения? Дошёл?

Предупреждения? О чём он нас предупреждал? Мы мотаем головами.

— Хм-м. Что ж, хорошо, Анди — думаю, этих двоих мы прихватим с собой. Пусть маленечко поглядят на барахло в сарае. То есть — до сих пор никто не проявлял никакого интереса, и может статься... может статься...

Остаток фразы теряется в приступе такого мощного кашля, какого я никогда не видел. Этот кашель исходит не из горла и даже не из груди: бедняга сотрясается *всем* телом, поднимая ноги с подставок для ног и пунцовея, всё кашляя, и кашляя, и кашляя, громче и громче. Он машет руками, будто пытается взлететь.

Анди держит его за узкие плечи, приговаривая:

— Ну, ну, Кеннет...

Покашляв ещё некоторое время, он затихает, и я искренне беспокоюсь, не умер ли он прямо на моих глазах, но проходит пара секунд — и старик со стоном делает глубокий вдох. Он откидывается в кресле, а Анди достаёт с полочки под сиденьем маленькую канистру кислорода, подносит маску к его лицу и говорит:

— Ладно, ладно, вот так.

И всё это время я чувствую липкий холод.

Барахло в сарае. Не мог же он иметь в виду?..

А что, блин, ЕЩЁ он мог иметь в виду, а, Малки?

Нет, нет. В сарае лежали и другие вещи. Он мог говорить о чём угодно. Горшки, лопата, банки со старой краской...

Нет, он имеет в виду пакет с тем, что ты украл, Малки. Ясное дело. Потому что у него над кроватью висит Сновидатор. Тебя выведут на чистую воду…

Пока старик жадно глотает кислород, Анди поворачивается к нам с печальным выражением лица.

— Простите, ребята. Вы, должно быть, перепугались. Через минутку он будет в порядке.

— Что с ним такое? — спрашивает Сьюзен, озвучивая именно тот вопрос, который мучал и меня.

Прежде чем ответить, Анди смотрит на Кеннета — он всё слышал. Он слегка кивает — видимо, давая разрешение, и Анди нам всё рассказывает. Я едва ли что-то понимаю: у него что-то «пульмональное», и «острое», и какой-то там «синдром», и много других слов.

Сьюзен сочувственно кивает, и я беру с неё пример.

Анди со стариком снова обмениваются взглядами. Анди говорит:

— Вам стоит знать и то, что прогноз, скажем так, не самый оптимистичный.

Кеннет стягивает маску с лица — которое стало нормального цвета. Он слабо улыбается.

— Многовато у меня именин было, вот в чём беда. Но все мы рано или поздно там будем, э? Но до этого я бы хотел ещё разок рассказать свою историю. На этот раз — новому поколению. Анди — сейчас мы пойдём домой, а ты, пожалуйста, достань пакеты из сарая.

*О нет. Это оно. Вот только он сказал «пакеты».
Во множественном числе. Может, он о чём-то другом говорит?*

Анди пристально смотрит на меня.

— Ты в порядке, сынок? Ты что-то побледнел.

Она знает.

— А, да, я в порядке. Просто я немножко, знаете…

— Испугался? Понимаю. Не волнуйся, сейчас с ним всё хорошо. Правда, Кеннет?

— *Кхм.* О да. Я огурцом. А теперь пойдём, будь так любезна. Вы идёте, дети? Я хочу вам кое-что показать.

— *Сейчас?* — спрашиваю я.

— Ну конечно, — говорит Кеннет. — Как я сказал, времени у меня осталось немного.

И они ведут нас со Сьюзен к нему домой.

Глава 48

По дороге к дому Кеннета Маккинли я мысленно перебираю все возможные варианты развития событий. Сьюзен взяла поводок Денниса и даже не жалуется, когда ей приходится собирать огромную кучу его какашек в маленький чёрный пакетик, который даёт ей Анди. Честное слово — тут по размеру лучше подошёл бы пакет из супермаркета. Сьюзен гладит Денниса по голове и называет «хорошим старым мальчиком», а Деннис стучит хвостом по её ногам. Я для надёжности держусь от него подальше.

Мы со Сьюзен вместе с мистером Маккинли и Деннисом ждём в гостиной, а Анди уходит в сарай. Я в ужасе.

Она возвращается, держа в руках бумажный пакет.

— Принесла, Кеннет!

Голос у неё радостный. Она притворяется? Я вглядываюсь в её лицо, но по нему невозможно ничего прочитать. Они переговариваются —

не то чтобы шёпотом, но довольно тихо, как будто мы со Сьюзен не должны ничего подслушать.

— Только один? Если я правильно помню, было два. Я ещё не совсем свихнулся.

— Да. Только этот — с видеокассетой.

— А другой? Со Сновидаторами?

Это слово! Меня словно током пронзает.

Я кошусь на Сьюзен — она разглядывает фотографии на столике. Пожалуй, впервые за всё время нашего знакомства она не сосредоточена на происходящем вокруг, а увлеклась чем-то посторонним.

— Не видела его, Кеннет. — Голос Анди звучит несколько безразлично. Теперь я уверен, что это наигранно. Она поправляет подушку под спиной старика. — Вряд ли он где-то далеко. Завалился за полку, скорее всего. Потом отодвину вещи и достану.

Кеннет недовольно кряхтит.

— Уж надеюсь. Это были два последних в мире экземпляра, насколько мне известно. Ну, если не считать оригинала... — Он умолкает и опять начинает кашлять, а потом ненадолго закрывает глаза, ничего не говоря. Открыв их, он снова раскашливается и наконец произносит: — Боюсь, я очень, *очень* устал. Чувствую я себя совсем не хорошо, если быть до конца честным. Спасибо, что пришли. Возьмите кассету с собой и маленько посмотрите, э? Продолжим в другой раз. Анди вас проводит.

— Мистер Маккинли? — говорит Сьюзен. Она взяла со столика какую-то фотографию. — Это вы? С... «Битлз»? — Я смотрю на выцветший снимок: молодой Кеннет Маккинли, с длинными светлыми волосами и в мешковатой хлопковой одежде, стоит среди других людей, у большинства из которых бороды, усы и бусы... Может, я и не узнал «Битлз», но Сьюзен такие вещи подмечает.

Старик слабо кивает.

— Да. Я периодически пересекался с ними. Особенно с Джорджем. Он очень интересовался моей работой. В 1962-м я ездил с ними в тур. Я был в гостях у Пола, когда он написал ту песню, «Пусть будет так». Возможно, я стал первым, кто её услышал... — Его голос превращается в почти неслышный шёпот, а потом в новый приступ кашля, и тут вмешивается Анди:

— Вам двоим пора.

В коридоре Анди указывает на плакат в рамке:

— Ему есть что рассказать тем, кто хочет слушать.

ДОМ КУЛЬТУРЫ ГОРОДА КЕРКОЛДИ
ТАНЦЕВАЛЬНЫЙ МАРАФОН ДЛЯ
МОЛОДЁЖИ!
23 октября 1962

С УЧАСТИЕМ
РИККИ ГРОМА И
ВСПЫШЕК МОЛНИЙ

плюс
новые поп-звёзды из Англии
БИТЛЗ

А ниже, гораздо мельче, написано:

На разогреве

ГАРМОНИКИ ДЖЕРРИ МУРАДА
'Сумасбродная музыка из США'

КЕННЕТ МАККИНЛИ
«Мистик Северо-Шотландского нагорья»

Анди протягивает пакет Сьюзен.

— Он хочет, чтобы вы это посмотрели. — Внутри лежит старая видеокассета — чёрный пластиковый футляр с прозрачным окошком, через которое виднеется плёнка. — Это VHS. У вас есть плеер, чтобы это включить?

Сьюзен кивает.

— Да. Моя бабушка смотрит старые фильмы на таких кассетах. Что на ней?

Анди пожимает плечами.

— Никогда не смотрела. Я бы особо не вникала. Скорее всего, его старые мистические хипповские бредни.

Глава 49

С того момента, как я спросил Сьюзен, не сошёл ли я с ума, а она ответила «нет», а потом добавила «но», которое осталось висеть в воздухе, потому что нас окликнула Анди, прошло не так много времени. Я всё думаю об этом, гадая, не попросить ли её закончить мысль. Наверняка она скажет что-то в духе того, что говорила раньше: знаете, «от этого в голове может что-нибудь повредиться» и так далее.

Как выяснится, скоро всё станет понятнее, но не то чтобы в хорошем смысле.

К дому Сьюзен ведут задние ворота, расположенные в переулке почти в конце моей улицы, которые — до недавних пор — были настолько заросшими сорняками, что их не было толком видно. Это те самые ворота, через которые Сьюзен выпустила меня, когда мы только встретились, перед началом семестра.

Тем вечером, когда я перепрыгнул через забор к ним в сад, я не очень-то разглядывал дом. Так что, если бы меня спросили, я бы предположил, что он большой, с высоченными окнами и просторной верандой — всё в таком духе. Жутковатый, пожалуй, и слегка разваливающийся.

На деле всё оказывается совсем не так. Да, дом большой, но современный и ровный. Он совершенно не вписывается в огромный заросший участок, но определённо разваливается — хоть что-то совпало. На черепичной крыше виднеются участки зелёного мха, а в центре она немного прогибается; одно из окон заколочено. Стены разрисованы граффити. Сорняки торчат повсюду: на тропинке, на клумбах. На краю лужайки тлеет в углублении небольшой костёр, от пепла поднимается тонкий завиток дыма.

Я вспоминаю, со вспышкой стыда, как сказал Сьюзен, что она якобы живёт в большом доме. Дом-то большой, но очень запущенный и ни капли не роскошный.

Мне очень, *очень* не хочется здесь находиться. Для начала, после школы я должен отправляться прямиком домой. У мамы дополнительная смена на работе. Она написала **«Вечером поговорим»**, и вряд ли это будет весёлый разговор. Более того, я должен быть дома, когда Себ вернётся со своей вратарской тренировки, а у меня неприятностей и так по горло.

Впрочем, ключ у него есть. Несколько недель назад я бы с уверенностью сказал, что он меня сдаст. Теперь же мне придётся на него положиться...

Сьюзен, идущая впереди, болтает что-то, как будто она взрослая и проводит мне экскурсию.

— Мы здорово продвинулись. Тут было просто ужасно, когда мы въехали, но мамуля считает, через пару недель всё будет в лучшем виде.

Её мама. Я никогда её не видел, но с другой стороны… с чего бы мне?

— Она дома? Твоя ма? В смысле, мама?

— Она уехала в Лондон на кое-какие встречи. Возможно, папуля вернётся домой. То есть это я говорю «домой»: он здесь никогда не жил. — Секунду мне кажется, что она собирается рассказать о своём папе побольше. Теперь мы стоим у передней двери, свежевыкрашенной в элегантный тёмно-синий цвет. Сьюзен прикусывает губу и кидает на меня быстрый взгляд. — Он, эм… — Она умолкает, потом начинает снова. — Дом был довольно запущенный. Но мы только такой смогли себе позволить после… после того, что случилось.

Она пытается мне что-то рассказать? Я смотрю на неё, но она уже открывает дверь.

Я вхожу, и у меня немедленно появляется чувство, будто меня укутывают в толстое одеяло. Я стою в маленькой прихожей, заполненной комнатными растениями, а дальше виден тёмный коридор со старым потёртым ковром. И пахнет в доме как-то по-особенному. В воздухе витают запах чистящих средств и тёплые успокаивающе ароматы специй, напоминающие мне дни, когда мама готовит карри.

— Обувь! — командует Сьюзен, и я снимаю ботинки. Она поднимает их и аккуратно ставит на обувницу, а потом вручает мне пару серых фетровых тапочек из ящика. Наверное, она заметила выражение моего лица, хоть я и пытаюсь изо всех сил сделать вид, что ничего необычного не происходит. Она полуухмыляется, как всегда.

— Это всё мамуля. Она немножко, эм… категорична насчёт подобных вещей. — Сьюзен делает вдох, и я понимаю, что она собирается рассказать мне больше, но в эту секунду со второго этажа раздаётся пронзительный старческий голос Молы, говорящий что-то на тибетском. Сьюзен вопит что-то в ответ, и, когда наши взгляды встречаются, мы оба понимаем, что момент упущен.

Сбоку от коридора расположена комнатушка, в которой темным-темно, когда Сьюзен открывает дверь, а когда она щёлкает выключателем, тусклый свет озаряет древний на вид бархатный диван, обращённый к огромному экрану.

— Ого! Домашний кинотеатр! Ты здесь смотришь телик?

Я забываю, что телевизором она, скорее всего, не пользуется.

— Не совсем. Это здесь было, когда мы въехали. Но кино здесь смотреть здорово. Мола тут включает свои старые индийский фильмы.

Она указывает на полку со старыми видеокассетами в ярких коробках.

Я сбит с толку.

— Я думал, она с Тибета?

— Да. Только тибетских фильмов почти нет, а китайские она не смотрит, так что любит эти, на хинди с английскими субтитрами, если удаётся раздобыть.

— Ого, — говорю я. — На скольких языках она говорит?

— На уйме. На тибетском, ясное дело. На ладакхском, языке её детства. На кантонском, если приходится. Немного на хинди и на непальском. На английском... — Сьюзен поворачивается к шкафу. — Дай мне минутку, я всё включу.

Она открывает шкаф — внутри обнаруживаются самые разные похожие на коробки устройства с торчащими проводами. Я вижу, что один из них — это DVD-плеер, но остальные распознать не могу.

Я осторожно достаю парочку кассет с полки. Некоторые названия написаны волнистыми буквами, которых я не понимаю. Другие я могу прочитать, потому что буквы у них такие же, как в английском, но понять всё равно не могу. На одной коробке нарисованы молодые люди, с любовью глядящие друг на друга. Сьюзен аккуратно забирает у меня кассету.

— Мола любит романтические фильмы! Правда, Мола?

Старушка стоит в дверном проёме, наблюдая за нами и улыбаясь.

— А! Это мой любимый Сонный мальчик! — радуется она. — Как хорошо, что ты пришёл к нам в гости! Смотрите фильмы? — Она указывает на кассету, которую я держу в руках. — Этот я люблю больше всего. Такая замечательная история. Я смотрю его по меньшей мере раз в год. Что сейчас смотреть собираемся?

Сьюзен достаёт кассету из пакета и показывает её бабушке.

— Это старая VHS, которую нам одолжил мистер Маккинли. Помнишь — тот пожилой человек, которого мы навещали? Малкольм вот хочет узнать, что на ней.

Мола прищуривает маленькие глазки.

— Может ли оно оказаться... ох... неподходящим для детей, а? Вдруг оно слишком жестокое или, или... неприличное, или что-то ещё, нет?

Сьюзен задумывается на мгновение, а потом говорит:

— Мола, это... это часть школьного проекта по общественному труду. — Она поворачивается ко мне. — Правда, Малкольм?

— Да! — говорю я с преувеличенным энтузиазмом, но, кажется, Мола этого не замечает. — Да, это для школы.

Мола недоумённо хмурится.

Сьюзен объясняет:

— Домашнее задание, Мола.

— А! Домашнее задание! Хорошая девочка! Ты должна делать много домашнего задания, чтобы стать дипломатом, как твой *pha*. Ты тоже любишь домашнее задание, мальчик?

А, это она мне.

— Эм... я... эм-м...

— Малки *обожает* домашнее задание, Мола. Правда, Малки?

Пожилая леди одобрительно кивает и подмигивает мне, как будто она и не сомневалась, что я *обожаю* домашнее задание. Как бы не так.

— Я так и знала! Сьюзен всегда выбирает очень умных друзей. Очень хорошо. Но я посмотрю с вами, вдруг там что-то неприличное. — Она тяжело усаживается. — А теперь принеси мне чай, потому что ты очень хорошая девочка, Сьюзен. И масляный пирог. И ещё одну подушку.

Я сажусь на потёртый бархатный диван, пока Мола улыбается мне в молчаливом восторге, что Сьюзен завела друга, который обожает домашнее задание.

Глава 50

Сьюзен зачитывает сделанную от руки надпись на наклейке.

— Тут написано: «Шотландия: громкая и живая — май 1981». — Она вставляет кассету в плеер и нажимает «Воспроизведение».

Картинка слегка нечёткая, цвета слишком яркие и размытые, да и звук не очень, но всё работает.

Программа начинается с музыкальной заставки, которую как будто исполняют на аккордеоне, и фотографий шотландских видов — холмов, замков и того знаменитого моста, а ещё оленя с рогами и всякого такого прочего. Потом появляется название программы — большими клетчатыми буквами:

ШОТЛАНДИЯ:
ГРОМКАЯ И ЖИВАЯ

ВЕДУЩИЙ
РОББИ ФЕРГЮСОН

По освещённым ступеням в телестудию спускается улыбающийся мужчина, и аудитория аплодирует и ликует. У него густые обвислые усы и длинные волосы, прикрывающие уши. Одет он в мешковатый тёмно-зелёный костюм с крошечным узким галстуком, и даже если бы я не знал, что это передача из 1980-х, я бы и так понял, что она древняя.

— ...подготовили для вас замечательную программу! Я встречусь с женщиной из Данди — обладательницей самой большой в Шотландии коллекции антикварных баночек для джема, а наш сногсшибательный репортёр Донни Грейг тем временем сбивается с ног, выясняя, как люди по всей стране готовятся к королевской свадьбе, и сегодня он находится в Галашилсе, в прекрасном округе Скоттиш-Бордерс. Ты здесь, Донни?..

— Это та передача? — спрашиваю я Сьюзен.

— Во что, ради всего святого, он одет? — восклицает Мола. — Он выглядит, как огромный...

— Ш-ш... смотрите.

Камера возвращается к Робби Фергюсону.

— ...мой первый сегодняшний гость. Многим из вас известный как Мистик Северо-Шотландского нагорья, Кеннет Маккинли почти два десятилетия гастролировал по шотландским театрам с замечательным представлением, сочетающим телепатию, левитацию и — о да! — капельку мистики, и оно было так поразительно, что многие люди начали думать, что это всё правда! Перед тем как исчезнуть из поля зрения общественности, он подружился со многими знаменитостями, такими, например, как «Битлз». А теперь он вернулся. Вот небольшой отрывок из его представления в театре «Павильон» в Глазго десять лет назад…

На экране появляется сцена, на которой мужчина — в нём легко узнаётся Кеннет — в килте говорит со стоящей с ним рядом женщиной. Запись чёрно-белая.

— А теперь, Морин, — говорит Кеннет со своим мелодичным шотландским акцентом, — я бы хотел, чтобы вы взяли меня за руку. — Женщина так и делает, и они вдвоём стоят бок о бок. Другой рукой Кеннет тянется к свисающему с его ремня короткому мечу, и я резко вдыхаю.

— Смотри, Сьюзен! Это… это та штука, которая висела у него на кресле!

В этом не может быть сомнений. Камера показывает крупным планом резную рукоять.

— В другую руку возьмите мой дирк, Морин, вот так, а когда я велю, медленно поднимайте его.

Кеннет роняет голову на грудь, будто заснув. Проходят секунды, театральный оркестр играет медленную, жутковатую мелодию.

— Поднимайте кинжал, Морин. — Она поднимает, и Кеннет, драматично вскидывая голову и распахивая глаза, велит: — Взлететь!

Морин ахает. Ступни Кеннета, всё ещё держащего женщину за руку, немного приподнимаются над сценой. Сантиметр, два, три. По залу прокатывается волна аплодисментов, становящихся всё громче. Ноги Кеннета оторвались от пола уже по меньше мере на десять или пятнадцать сантиметров. Он взлетел!

— Вот это да! — затаив дыхание, произносит Мола.

Кеннет на экране поднимает голову и говорит:

— Теперь, Морин, пожалуйста, проведите надо мной и за мной рукой, чтобы убедиться в отсутствии лески или чего-то подобного. И осторожнее с моим дирком! — Она проводит рукой вокруг него. Толпа снова аплодирует.

Кеннет медленно опускается, пока обе его ступни не оказываются снова на сцене. Он благодарит Морин, суёт кинжал обратно в ножны, с достоинством благодарит публику за аплодисменты и напоследок говорит:

— Леди и джентльмены. Сила разума — удивительная вещь. Спасибо за внимание!

Изображение снова становится цветным, и в кадре появляется Робби Фергюсон в своей студии.

— Что ж, это было тогда, а теперь, спустя десять лет, он прилетел к нам снова, чтобы рассказать о своей новой затее! Встречайте, мистик Северо-Шотландского нагорья собственной персоной, Кеннет Маккинли!

И вот он — в своём килте, со спорраном и дирком, спускается по ступенькам в студию к диванчику для гостей. Он улыбается в ответ на аплодисменты и держит точную копию странных устройств, которые прямо сейчас висят в изголовьях наших с братом кроватей: Сновидаторов.

— Ого! Он так молодо выглядит! — говорит Сьюзен. — Что это у него такое в руках?

Я не отвечаю.

Интервью проходит не очень гладко. Ведущий передачи как будто вознамерился высмеять Кеннета и выставить его в дурном свете, и Кеннету, судя по всему, чрезвычайно некомфортно, а аудитория явно радуется колкостям.

Для начала Робби Фергюсон встаёт лицом к Кеннету, сидящему на диване.

— Можно я начну с того, что покажу тебе, как умею летать? — говорит он, и зрители прыскают. Кеннет благожелательно улыбается в ответ, но вид у него немного настороженный.

— Встань, — говорит ведущий, — хочу, чтобы ты был Морин. Возьми меня за руку, пожалуйста!

Зрители смеются. Ведущий слегка поворачивается, чтобы встать иначе, чем Кеннет, который обращён к залу лицом. И в тот момент, прямо как делал Кеннет на записи, Робби Фергюсон взлетает — самую малость поднимается над полом, но аудитория ахает и ликует. Выглядит потрясающе.

Но тут он слегка дёргано поворачивается, пока не оказывается к залу лицом — и все заливаются смехом, видя, в чём его фокус, а камера показывает крупным планом его ноги. Ведущий балансировал на пальцах одной ноги, торчащей из подошвы его ботинка. Зал воет от хохота при виде этого простого фокуса.

— Ну же, Кеннет — признайся! Ты так это делал, а? Старый добрый трюк. Я попросил наших работников сделать мне специальные ботинки! — Голос у ведущего весёлый, но в нём сквозит какая-то нехорошая насмешка. Лицо Кеннета застывает в холодной улыбке.

— Что ж… — он медлит, — это *один* из способов, но заверяю вас…

— Не волнуйся, Кеннет. Я знаю правила. Ты не можешь раскрыть своих секретов. — Робби выдерживает комическую паузу и дерзко смотрит в камеру. — Поэтому *я* раскрою их вместо тебя! — В зале снова хохочут, камера показывает Кеннета, которому явно неуютно.

— Это несправедливо! — восклицает Сьюзен. — Кеннет не так это делал!

— Ш-ш, Сьюзен, — говорит Мола.

Робби Фергюсон продолжает:

— Ох, не обращай на меня внимания, Кеннет. Просто маленько шуткую с тобой, э? Скажи же мне, о мистик Северо-Шотландского нагорья, — что ты принёс к нам на передачу?

Кеннет улыбается с явным облегчением, что тема сменилась, и демонстрирует собравшимся своё приспособление. Зал ахает: «О-о-о-о!»

— Это, — говорит Кеннет, — моё последнее изобретение. Я называю его…

— Кажется, ты называешь его «Сновидатор». У-у-у-у-у! — Ведущий произносит это преувеличенным драматическим тоном, который ясно даёт понять, что он считает это бредом, и зал хихикает. — А что он делает, Кеннет?

— Ну, как ясно из его названия, он позволяет использующему контролировать свои сны, так что…

Робби Фергюсон снова перебивает его.

— То есть ты говоришь, что можешь видеть во сне что захочешь, и всё это благодаря этим махоньким кристаллам. — Он протягивает руку и хватает один из плетёных шнуров с привязанным кристаллом.

— Что ж, дело не только в этом, Робби. Видите ли, философия, стоящая за этим приспособлением, основывается на моих продолжительных исследованиях ряда древних культур. Многие из нас обладают способностью, при помощи различных практик и медитаций, управлять своими снами и проживать их *как будто наяву*. Что Сновидатор делает, так это берёт эту природную способность — которую *очень* сложно обрести — и делает её доступной практически для всех. Используя уникальные свойства вот этих кристаллов, он создаёт вокруг спящего неощутимые вибрации, а в сочетании с древними силами пирамидок…

На лице ведущего написаны скука и разочарование. Он перебивает:

— Ну ясно. Можешь доказать, что это работает, Кеннет?

Следует долгая пауза, зал опять хихикает.

Кеннет отвечает:

— В подобных случаях предоставить доказательства довольно сложно, Робби, так что я бы сказал…

— Значит, ты *не можешь* ничего доказать?

— Что ж, я знаю, что со мной это работает, и…

— Ну конечно ты так скажешь! Ты же их продаёшь!

Теперь зал откровенно смеётся, и Кеннет с раздражением смотрит на зрителей.

— Ненавижу этого дядьку! — говорит Сьюзен. — Он его травит!

— За сколько ты продаёшь их, Кеннет?

— Что ж, как только начнётся массовое производство, я ожидаю, что они будут стоить в районе двадцати фунтов.

Теперь зал ахает. И я тоже.

— *Всего-то?* — спрашиваю я Сьюзен.

— Это 1981, — быстро говорит она, не сводя глаз с экрана. — Сейчас это было бы гораздо больше. Ш-ш.

— …ты говоришь, что ещё не начал их делать? Ты ожидаешь, что люди будут отдавать двадцатку за то, чтобы управлять своими снами, и даже не можешь доказать, что оно работает?

— Мы изготовили несколько прототипов, но полномасштабное производство…

— Кеннет, при всём уважении. Ты нравишься мне как Мистик Северо-Шотландского нагорья, но я скажу тебе вот что. Если ты сможешь убедить людей отстегнуть двадцать своих кровных шотландских фунтов за кучу ниток и пару камней — это будет твой лучший фокус!

Он ухмыляется залу, который опять воет от смеха. Кеннету ничего не остаётся, кроме как улыбнуться и притвориться, что это очень смешная шутка. Но на крупном плане видно, что глаза у него влажные.

— Это *никакой не* фокус! — говорит он, сдерживая дрожь в голосе. — Человеческий разум таит в себе столько тайн, что нам и не снилось...

— Он что... он плачет? — спрашиваю я.

— Судя по всему, да, — отвечает Сьюзен.

Робби Фергюсон завершает интервью.

— ...большой молодец и большой затейник. Леди и джентльмены — Кеннет Маккинли!

Камера берёт крупным планом лицо Кеннета и его жалкую растерянную улыбку, а зал из вежливости аплодирует.

Сьюзен перематывает вперёд оставшуюся часть программы. Кеннет больше не появляется. Пробегают титры, и экран чернеет. Сьюзен уже подняла пульт, чтобы нажать «Стоп», когда картинка снова появляется, и я говорю:

— Стой! Давай посмотрим, — и она жмёт «Воспроизведение».

Глава 51

На экране снова появляется Кеннет, уже на другой сцене. Однако на этот раз он не в килте: просто в джинсах и огромном полосатом джемпере. Он отпустил бородку, волосы у него стали длиннее. На занавесе позади него большими буквами написано:

НОВАЯ ЭПОХА — НОВОЕ НАЧАЛО
1983

Кеннет обращается к зрителям, хотя сколько собралось народу, сказать сложно. Съёмка любительская: камера трясётся и звук некачественный.

— Друзья мои, — говорит Кеннет, поднимая руки над головой, — перед нами — новая эпоха разума и озарений. Вместе мы можем проснуться в новом будущем. Будущем без конфликтов! Будущем без болезней! Будущем любви и братства, в котором мы сможем направить бесконечные силы нашего подсознания на борьбу с бедностью, заболеваниями, слабостью и ненавистью!

Его выступление завораживает. Он меняет интонацию, размахивает руками, рубит ладонью воздух, подчёркивая свои слова. Я даже не понимаю большую часть того, что он говорит, честно говоря. Это всё походит на старомодную проповедь, только здесь не упоминается ни Бог, ни рай, ни ад. Вместо этого Кеннет говорит про «высвобождение внутренних сил» и «общие сны о лучшем будущем». На экране за его спиной мелькают изображения звёзд, древних храмов, египетских пирамид, многоэтажных математических формул, человеческого мозга и индейского вождя в громадном головном уборе из перьев...

Потом он поднимает Сновидатор, и зал аплодирует.

— Это, друзья мои, изменит мир! Управляйте своими снами, и поразительная сила наших мыслей даже во сне сотворит мир...

Потом картинка на экране становится нечёткой и наконец чернеет — плёнка кончилась.

Сьюзен выключает плеер, и некоторое время мы сидим молча.

— Ого! — говорю я.

— Бедный мистер Маккинли, — наконец говорит она.

— Нелепо, — говорит Мола, громко прихлёбывая чай. — Бред синей кобылы. И опасно к тому же.

— Сивой, Мола, — поправляет Сьюзен. — И почему опасно? Это же просто безобидная штука? В смысле, не может же она на самом деле *работать*.

— Это просто короткий путь. Очень *плохой* короткий путь. Как... как есть конфеты вместо нормальной еды.

Я ничего не говорю. Если Мола говорит правду, то я лопаю огромную упаковку мармелада. Каждую ночь. Во сне.

Мола не унимается. Она закрывает один глаз, другим глядя на Сьюзен, и поднимает палец, выставив ладонь вперёд. Хоть она и обращается к своей внучке, я думаю, её слова адресованы мне.

— Я слышала об этих игрушках! Ха! От них в голове может что-нибудь повредиться.

Вот опять эта фраза! Я удивлён.

— Вы слышали об этих Сно-штуках?

«Умно, Малки, — думаю я. — Как будто я о них ни сном ни духом».

— Конечно, слышала. Не конкретно об этой, но о других. Людям всегда подавай быстрое решение. Хотят всем управлять. «Управляй своими снами», говорит. Вот при медитации ты наоборот *ничем* не управляешь. Просто *существуешь*, понятно? Нужно много времени и терпения, чтобы научиться хорошо медитировать. Но у кого нынче есть время и терпение, да ведь? Вы хотите всё сейчас-сейчас-сейчас. Щёлк, хочу прямо сейчас! Щёлк, доставка-в-день-заказа!

— Ну... — начинает Сьюзен, — может, всё не...

— Не перебивай, Тензин. Вот только когда ешь одни конфеты, у тебя выпадают зубы, ты толстеешь и умираешь раньше времени. Понятно? Хватит пытаться всем управлять. Пусть всё будет как будет. Знаете — как в песне «Битлз»?

К моему изумлению, она начинает напевать песню, которую иногда поёт нам перед сном мама:

— *Пусть будет так, будет так...* Понятно?

Сьюзен ахает.

— Это та песня, про которую говорил мистер Маккинли!

Мола не слушает.

— Я с ним разговариваю. Вот с ним, с Сонным мальчиком. Он знает, не так ли! Улавливаешь?

— Да, Мола, — вру я. Я понятия не имею, о чём она говорит, и до сих пор потрясён, что услышал мамину песню из её уст.

Сьюзен провожает меня до двери, слегка морщась.

— Извини за Молу. Она иногда немного... перегибает палку.

Я киваю.

— А почему она зовёт тебя по фамилии?

Секунду Сьюзен недоумевает, но затем её лицо светлеет.

— А! Тензин! Это моя фамилия только на английском. На тибетском это моё имя.

— Это странно, — говорю я, и она улыбается.

— Не то чтобы. Мой папуля хотел, чтобы у меня было и английское имя, так что он выбрал

253

имя Сьюзен, а потом добавил тибетское имя, чтобы получилась фамилия, потому что на Тибете имена немного по-другому устроены. — Она указывает на фото лысого пожилого человека в очках, висящее в серебряной рамке на стене прихожей. Он похож на какого-нибудь министра, или завуча, только одет в тёмно-красный балахон. — Меня назвали в честь этого человека. Это Далай-лама, — говорит она.

— Но тебя же не так зовут?

— Далай-лама — это его титул. А зовут его Тензин Гьяцо.

— Круто. Он вам родственник или типа того?

Сьюзен тихонько фыркает от смеха и подносит ладонь ко рту.

— Нет, Малки! Далай-лама означает «великий наставник». Он мировой лидер тибетских буддистов.

Я медленно и — надеюсь — с умным видом киваю.

— Как Папа Римский?

Сьюзен пожимает плечами и улыбается.

— Наверное. *Чуть-чуть* как Папа Римский.

Я спрашиваю её:

— Значит, ты буддистка? — и в ответ получаю новое пожатие плечами и улыбку.

— Вроде как. Не совсем. Трудно быть хорошей буддисткой. Я практикуюсь с Молой.

Мне приходит в голову, что я так и не извинился за то, что встал тогда на сторону Кез, и за то, что сказал в столовой. Так что извиняюсь сейчас. Сьюзен застенчиво улыбается и кивает.

— Спасибо, — говорит она. — Друзья?

— Ага. Друзья.

Я серьёзно думаю, что тут всё могло бы и закончиться, сложись несколько следующих секунд иначе. Если бы не этот разговор, я был бы уже на пути домой, и Сьюзен никогда ничего не узнала бы.

Но случается то, что случается. И угадайте, кто в этом виноват?

Я стою, положив ладонь на дверную ручку, готовый уйти, когда у меня звонит телефон.

Это Себ. Звонит мне по ФейсТайму. Я подумываю о том, чтобы проигнорировать его, но вспоминаю, что должен был быть дома, когда он пришёл с футбольной тренировки…

Я отвечаю — на экране возникает лицо Себа. Он звонит по маминому ноутбуку из нашей комнаты, на нём его обычная вратарская футболка.

— Прости, приятель, — быстро говорю я, пока он не разнылся. — Я уже иду. Буду через пять минут.

— Ладно. Ты будешь проходить мимо магазина на углу?

— Ага. А что?

— Купишь парочку пальчиковых батареек?

Батареек? Нужно было шевелиться быстрее. Я понимаю, к чему всё идёт. Я пытаюсь сбросить звонок, но я слишком тороплюсь и в итоге тычу пальцем в экран безо всякого результата. Себ тем временем продолжает болтать.

— Те, что у меня в Сновидаторе, садятся. Смотри — он какой-то неяркий... — Он наклоняет ноутбук, и на экране моего телефона появляется Сновидатор Себа во всей красе.

Сьюзен всё видит и слышит, и боже мой, что у неё становится за лицо.

Глава 52

— Ты соврал мне, Малки Белл. Ты врал мне с самого начала, не так ли? Ты что, думаешь, я не слышала, что мистер Маккинли сказал «Сновидатор»? Я не глухая, знаешь ли.

Я пытался быстренько слинять, но Сьюзен пошла за мной по заросшей сорняками тропе, а голос у неё опять сделался тихим.

Такое ощущение, что когда другие люди кричат ей что-то, Сьюзен Тензин всегда делает точно наоборот.

— Все эти «общие сны» с твоим младшим братом? — шипит она. — Это всё... это та штука, да? И ты что... *украл* её? Как, Малки? *Как?*

Я вздыхаю.

— Я не крал. Я одолжил, просто на спор — по приколу, знаешь? Я тусовался с Кез Беккер...

Сьюзен презрительно фыркает

— И вот так... одно за другим, — заканчиваю я.

— И это всё, на что ты способен, Малки? «Одно за другим»?

Я обнаруживаю, что у меня нет для неё достойного ответа. Я что-то бубню, а Сьюзен упирает руки в бока. Я слышу, что бормочу, сам того не осознавая:

— Прости, — уже второй раз примерно за минуту.

— Смотри, что произошло, Малки. Ты украл, ты соврал, ты использовал эту штуку для снов, не зная, как она может повлиять на твою голову, и она сводит тебя с ума! Это в точности как говорит Мола: ты хочешь, чтобы всё было побыстрее да попроще. А то, что было сегодня в школе? Это мир снов лезет у тебя из головы. Тебе повезло, что этого не случилось с Себастьяном... или случилось?

— Нет. Не думаю.

— Хорошо. Может, он ещё слишком мал. Хотя откуда мне знать? Ты когда-нибудь слышал про карму?

Я пожимаю плечами. Сьюзен говорит:

— Моле это объяснение не понравилось бы, но... плохие поступки имеют плохие последствия.

Я опять пожимаю плечами.

— И что?

— И то. Если хочешь знать моё мнение, прекращай использовать Сновидатор и верни его Кеннету. Проще простого.

Что-то в её тоне заставляет меня вскинуться и огрызнуться:

— Но я твоего мнения не спрашивал, не так ли?

Она отмахивается от моего ответа, мотнув головой.

— Ой, да прекрати быть таким упрямым. Ты же понимаешь, что натворил, правда? Люди страдают из-за лжи, Малки. Люди страдают, потому что стоят за правду. Почему, по-твоему, моего папы здесь нет? Потому что он стоял за правду, а влиятельным лгунам такое не нравится. Правда и честность, Малки, в этом безумном мире *это всё, что у нас остаётся*!

Я хочу сказать ей, что *пытался* рассказать правду — своей маме, ей, но упоминание её папы меня отвлекает.

— Твоего… твоего папы? — переспрашиваю я.

— Да. Его посадили в тюрьму в Китае за то, что он говорил правду о Тибете. В Китае… в Китае всё по-другому. Это… это долгая история.

Мы стоим так несколько секунд, не сводя взгляда друг с друга, и я как будто вижу, как в тёмных глазах Сьюзен пылает боль от разлуки с папой.

Я прикидываю — может, залезть к Кеннету на задний двор и подбросить Сновидаторы обратно в сарай? При этой мысли у меня кувыркается желудок. Нет, я не смогу.

Некоторое время спустя я говорю:

— Конечно, я могу перестать им пользоваться. Но возвращать я их не буду.

— Их? Хочешь сказать, что их больше одного?

Я киваю и мямлю:

— По одному у каждого.

Сьюзен цокает языком и пристально смотрит на меня сквозь большие очки.

— У честного человека, Малки, плохой поступок остаётся в прошлом. С нечестным он остаётся навсегда. Что выбираешь?

В глубине души я понимаю, что она права.

— Это так карма гласит?

— Нет, — отвечает она. Её голос смягчился. — Это я говорю.

Сьюзен делает шаг вперёд — теперь она стоит так близко, что я чувствую её мыльно-яблочный запах.

— Я пойду с тобой, если хочешь, — говорит она. — Мы пойдём к нему, ты всё вернёшь, извинишься и скажешь, что это был просто пранк, или как там…

— Прикол.

— Точно. Это был просто прикол, и тебе очень, *очень* жаль… вот и всё. Что они тебе сделают? Ты говорил, Анди уже и так знает, что это был ты. Так что это будет проще, чем кусок пирога съесть.

Я поднимаю глаза, встречаясь с её пристальным взглядом.

— Масляного пирога?

— Именно! — смеётся она. — Кусок масляного пирога.

— Завтра?

Сьюзен улыбается, не открывая рта, и говорит:

— Да. Завтра утром. Приходи ко мне, и мы вместе пойдём к нему и всё исправим. Как друзья.

У меня такое чувство, будто с моей души свалился огромный камень тревоги.

— Друзья, — повторяю я.

Глава 53

Мама написала, что её задержали на работе, и ужин нам опять готовит Качок Билли. Уже второй раз за неделю: что-то суперздоровое и вегетарианское — я не против, но там бобы, а значит, когда мы отправимся спать, Себ начнёт портить воздух.

Однако есть и хорошие новости: к тому времени как мама придёт домой, она подуспокоится, *а к тому же* будет уставшей; может, я даже успею лечь и отложить до завтра выяснение отношений касательно моих выходок в столовой.

— Что это? — спрашивает Себ, с подозрением глядя на кастрюлю.

— Это рагу, — гордо говорит Билли.

Себ как будто всю жизнь ждал, чтобы сказать это. Он делает паузу, ловит мой взгляд и заявляет:

— Такое рагу, Билли, не пожелаешь и врагу!

Я начинаю отчитывать его, в основном потому, что злюсь из-за его видеозвонка.

— Себ! Не будь таким...

Но я замолкаю, когда Билли громко взлаивает от смеха.

— Отличная шутка, сынок! Прикол что надо! — говорит он, и Себ удовлетворённо ухмыляется.

Я думаю о том, чтобы снять Сновидаторы, но потом осознаю, что тогда мне придётся объяснять всё Себу, а у меня вообще нет настроения. Кроме того, я не хочу его пугать, так что придётся соврать ему, хотя нотации Сьюзен до сих пор звенят у меня в ушах.

— Ты сегодня какой-то тихий, Малки, — замечает Билли. — Что-то случилось?

— Нет, — отвечаю я, а чтобы больше не говорить ничего, кладу в рот очередную ложку рагу.

— Что ж, иногда невредно бывает и помолчать, а? — говорит Билли, и я благодарен ему за это.

Позднее, когда я прихожу в комнату, почистив зубы, Себ уже лежит в кровати. Билли где-то откопал новые батарейки, и Сновидаторы, как мне кажется, горят чуточку ярче. Так они выглядят мощнее и пугают меня.

— Эй — я тебе кое-что припас, — говорит Себ и мощно пукает, а потом машет в мою сторону краем одеяла.

Я цокаю и качаю головой — это явно не та реакция, которую он ждал. Я стараюсь, чтобы голос звучал небрежно, и говорю:

— Знаешь что, бро, — давай-ка сегодня не будем их включать, а?

Голос у Себа повышается — прямо как бывает у меня.

— А? Ты *скучный*. Почему нет?

— Да просто. Что-то настроения нет.

— Только не снимай их, Малки! В них новые батарейки. Можем сон про пещерного мальчика посмотреть. Прокатиться на мамонфе! Или, может, даже… на динозавре. Знаю, что динозавров уже не было, когда появились люди, но…

Всего несколько недель назад я бы его проигнорировал. Велел бы ему заткнуться и перестать канючить. И я бы *ни за что* не стал делать, как он просит, только потому что, ну, он этого захотел. Я бы снял Сновидаторы, чтобы продемонстрировать ему: я его старший брат и я всё решаю. Но наши с Себом отношения здорово изменились. Вместо этого я протягиваю руку и выключаю его Сновидатор.

— В другой раз, ага, Себ? Не сегодня.

— Ну почему? — ноет он.

— Слушай, друг. Я просто устал, ладно? — Я выключаю и свой тоже и залезаю в кровать. Кажется, засыпаю я довольно быстро.

И я *точно* сплю, когда Себ выползает из постели и включает оба Сновидатора обратно — положив начало тому сну, который закончится крайне плохо.

Сну, который начнётся в нашей обычной пещере и приведёт к тому, что Себа поймает племя здоровенных первобытных воинов с копьями.

Сну, который закончится тем, что Себ будет лежать на больничной койке, не в силах проснуться.

Сейчас

Глава 54

И вот мы здесь. Себ в коме, в больнице, а я вернулся на свою незаправленную кровать.

До этого я молча наблюдал, как папа снимает Сновидаторы с крюков, а теперь вижу в окно, как он небрежно швыряет их на заднее сиденье машины. Тони и Линн, наши соседи через дорогу, пришли посмотреть, что происходит: утром у нашего дома стояла скорая, так что они, видимо, поняли, что что-то стряслось. Качок Билли тоже на улице, и все они разговаривают.

Если бы я снял их вчера вечером, ничего этого не произошло бы.

Теперь наш со Сьюзен план всё исправить, вернув Сновидаторы, разлетелся на куски. Перепутанные Сновидаторы кучей лежат в папиной машине.

Я могу понять, о чём говорят взрослые на улице, по их реакциям. Головы склонены, озабоченно кивают. Потом Линн удивлённо подносит ладонь ко рту, а Тони печально кивает головой. Билли подаётся вперёд, интересуясь подробностями, спрашивая, отчего Себ мог погрузиться в такой глубокий сон, и опять качает головой. Папа и Билли смотрят на наш дом и кивают. (Папа, очевидно, сказал им, что я дома, и они говорят, что будут за мной приглядывать.) Линн кладёт ладонь папе на предплечье, и он кивает в ответ, а потом садится в машину. Соседи наблюдают, как он уезжает. Билли перекидывается ещё парой слов с Линн и Тони, а потом поворачивается и входит к нам, открывая дверь, видимо, своим ключом — это для меня новость.

Папа сказал, что его не будет пару часов. Значит, времени у меня немного, но я знаю, что нужно делать.

Я сую голову в гостиную. Билли устраивается на диване, у него с собой его игровая приставка. Он говорит:

— Мне очень жаль, что так вышло с Себом, Малки. Я уверен, ну… что с ним всё будет хорошо. Доктора-то в таком разбираются.

Билли проявляет доброту, так что я киваю. Он похлопывает по дивану с собой рядом.

— Хочешь сыграть? Я принёс «Волчье логово». Так называлась главная ставка Гитлера, откуда он руководил немецким нападением на Россию, и тут надо…

— Билли? — перебиваю я. — Я очень устал. Я пойду обратно в кровать. — Я закрываю дверь и поднимаюсь на второй этаж. Уходя, я замечаю, что Билли надевает наушники. Так даже лучше.

Через переднюю дверь нельзя. Тони и Линн не то чтобы присматривают за мной, но их дом прямо напротив нашего, так что есть немалая вероятность, что они увидят, как я выхожу, забеспокоятся и позвонят папе. А у них с мамой и так проблем хватает.

Поэтому я выхожу через кухню на задний двор, а минуту спустя, не успеваю я даже начать с собой спорить, прохожу по аллее и шагаю по переулку.

«Приходи завтра ко мне», — сказала Сьюзен. Она будет меня ждать. Но увидеться мне нужно не со Сьюзен.

Я чувствую облегчение, что дверь мне открывает Мола, но она больше не восклицает «А, особенный Сонный мальчик!», ничего такого. На смену всему этому пришёл мрачный подозрительный взгляд. Я немедленно понимаю: Сьюзен рассказала ей всё про меня, Себа и Сновидаторы, и Молу это не впечатлило. Я даже в некотором роде рад. Это избавит меня от объяснений.

— Здравствуйте, юноша. Сьюзен вас ожидает? — Её голос растерял всё своё напевное тепло, и от него меня практически пробивает дрожь. Я стою на пороге, Мола смотрит на меня. Она не в своём обычном длинном хлопковом одеянии, а в мешковатой футболке и длинной юбке, но всё равно кажется совершенно круглой.

— Я пришёл к вам, Мола, — начинаю я, но тут за её спиной возникает Сьюзен. Она смотрит на меня с удивлением. День солнечный, а я весь вспотел, пока бежал сюда.

— Привет. Выглядишь ужасно, Малки. Входи. Что стряслось?

Я перевожу взгляд со Сьюзен на её бабушку — они обе они хмурятся.

— Себ, — выпаливаю я. — Он не проснулся. Мы видели сон, и я не смог разбудить его, а теперь он в плену у тех здоровяков, но папа увёз Сновидаторы в больницу, и мама тоже там, а дома Качок Билли, так что…

— Ого, юноша! Ш-ш. Помедленнее, — говорит Мола, поднимая ладони. Я замолкаю, понимая, что тараторил. Она наклоняет голову набок и с любопытством смотрит на меня — так можно разглядывать интересный экспонат в зоопарке, — а потом медленно кивает. Всё это странно успокаивает меня. — Идём. За мной.

Мы выходим в сад, где стоит деревянный столик для пикника с остатками завтрака. Мола указывает на скамейку.

— Не стой. Садись и выпей чаю. — Говорит она по-прежнему отрывисто и чай предлагает так, как если бы медсестра выписывала лекарство, разве что самую чуточку дружелюбнее.

— Я не *хочу* чаю… — начинаю я, но потом вижу её взгляд, уже сделавшийся мягче, и запинаюсь. — Дело в Себе, — снова пытаюсь объяснить я, всё ещё гадая, сколькое известно Моле на самом деле, и беспокоясь, что она рассердится.

И что с того, Малки? Она уже всё знает и какая разница, насколько она рассердится?

Мы сидим за столом в тени, и я рассказываю им всё о сне про Каменный век и про то, как Себа схватили.

Ни одна из них не злится. Ни одна не говорит: «А я тебя предупреждала, что это опасно, бестолочь. Посмотри, как ты напортачил. Почему ты такой безответственный?»

Нет, они обе слушают, не комментируя и не осуждая.

Потом Сьюзен говорит:

— Что сейчас происходит?

— Понятия не имею. Врачи разбираются. Говорят, что он «стабилен», что это вроде комы. Может, это даже *и есть* кома, и что люди обычно… выходят из комы, но нельзя сказать, как долго…

Я замолкаю, споткнувшись о слово «обычно».

— Ох, и ещё кое-что… — говорю я и рассказываю, что у Себа покраснели запястья, и о том сне, где на меня набросился Катберт, и какую боль я чувствовал, и какие отпечатки остались у меня на том месте, где крокодил вцепился в мою руку.

— Но… такого не могло произойти, — говорит Сьюзен. — Это совершенно невозможно. А ты…?

— Да, я уверен. — Я кладу голову на ладони и наваливаюсь на стол, роняя в траву какую-то тарелку. Мола придвигается ко мне, беспокойно цокая. Краем глаза я вижу, как она протягивает руку, и решаю, что она собирается обнять меня или что-то в этом духе, к чему я не особо готов, но вместо этого она дважды стучит меня по макушке, и довольно резко.

— Эй! Эй! Сонный мальчик! Не покидай нас. Ты нужен нам здесь, нужен сейчас и полностью проснувшийся, да? И твоему брату тоже.

Я вяло поднимаю голову.

Потом она произносит кое-что настолько тихо, что я едва могу её расслышать.

— Почему ты сделал это, Малки? Если всё становилось хуже? Почему?

Я озадаченно моргаю, глядя на неё. Она что, пытается отчитать меня — в духе «А я говорила тебе не играть с этим»? Мне приходится надолго задуматься, прежде чем ответить.

— Наверное, потому что я и сам в это не верил. В смысле, я знал, что мы правда видим одинаковые сны, но что могло пойти не так? Это же *сны*, Мола! Они существуют только у меня в голове. И у Себа.

Сьюзен какое-то время разглядывает свои кеды, а потом поднимает голову и смотрит на Молу, будто уже зная, что она ответит.

Мола с печальной улыбкой качает головой.

— Внутренняя жизнь, Сонный мальчик, — говорит она, — такая же реальная, как и всё остальное. А может, даже реальнее.

Глава 55

Я снова вскакиваю на ноги и повышаю голос. Мола даже не вздрагивает, но не сводит с меня пристального взгляда, когда я говорю:

— Но это *неправда*! Это *отдельные* вещи! У человека... у человека может происходить всякое в голове и одновременно — здесь, в реальном мире! — Я топаю ногой и ударяю кулаком по столу, подчёркивая свои слова. — Они не могут... не могут *пересекаться* друг с другом, разве нет? *Разве нет?*

Мола безмятежно улыбается, и на этот раз выводит меня из себя.

— Хватит улыбаться! — говорю я. — Это не смешно. Можно медитировать, можно видеть сны, можно делать что угодно, но это никак не должно влиять на жизнь.

Мола говорит:

— А как же запястья твоего брата? Боль у тебя в руке, Малкольм? Твоё... а-а... представление вчера в школе? О да, я об этом слышала. Это всё реально или было только у тебя в голове?

Я умолкаю и вздыхаю, а потом плюхаюсь обратно на деревянное сиденье. Я потираю предплечье, вспоминая отметины от крокодильих зубов. Долгое время никто ничего не говорит. В конце концов я бормочу:

— Я просто не знаю, что делать.

— Ещё немного чаю поможет нам думать. Сьюзен, будь хорошей девочкой. Малкольм, убери со стола. И какое-то время давайте ничего не говорить. Полная тишина.

Наверное, от того, что я чем-то занимаю руки в полном молчании, в голове у меня проясняется. Знакомые действия: собрать чашки и тарелки, унести их на скудно обставленную, чистенькую кухню, не говоря и не слыша ни слова. Я нахожу полотенце и вытираю стол, пока Сьюзен кипятит чайник. Я ставлю чистые чашки на поднос, потом загружаю посудомойку. От этого мне становится лучше.

На стене кухни висит фотография красивого мужчины с блестящими чёрными волосами, прямо как у Сьюзен. Мола видит, что я на неё смотрю.

— Мой сын, — поясняет она.

— Папа Сьюзен? — Она кивает, и я выхожу следом за ней обратно в сад. Она устраивается на подушечке, положив её на скамейку. Я не могу сидеть.

— Он в тюрьме, — говорит Мола таким обыденным тоном, каким могла бы сказать: «Он пошёл в магазин».

— Да, Сьюзен говорила, эм... — Я не знаю, что сказать. Что вообще говорят в таких ситуациях?

Тут приходит Сьюзен, неся нагруженный поднос. Мола смотрит на него и издаёт одобрительный гортанный звук.

— Я решила, что тебе не понравится *po-cha*, Малки, — говорит Сьюзен, — так что принесла тебе обычный чай. — Она видит, что мне как-то неловко. — *Po-cha* — это тибетский чай.

— *Лучший* чай! Все его любят, — встревает Мола. — Он из чайных листьев и...

Я уже узнаю запах.

— Ячьего масла?

Мола расплывается в улыбке.

— Умный мальчик!

— Но к нему надо привыкнуть, — добавляет Сьюзен.

— Чепуха! Я пью его с самого детства!

— Тибетский чай, — говорит Сьюзен, — готовят так: кипятят чайные листья, а потом добавляют ячье масло и соль. Он... необычный. Мне он нравится!

Мола сияет.

— Видишь? Хорошая девочка, Сьюзен! — Она делает глоток масляного чая. — Эту козлиную мочу Малкольм пить не будет. — Она хватает чай, который Сьюзен налила мне, и выплёскивает его в траву за своей спиной, а потом спрашивает: — Малкольм? Сонный мальчик? Ты в порядке? — Она вручает мне чашку и говорит: — Пей. Это вкусно.

Я неуверенно подношу чашечку ко рту и замираю. На меня нахлынуло какое-то чувство — будто туча набежала на солнце.

Я таращусь на свою чашку, вдыхая странный запах и моргая.

— Я... Я... — Я обнаруживаю, что мне трудно говорить. Я смотрю на Сьюзен. — Сьюзен... я сплю? Прямо сейчас?

Глава 56

— Малки! Зачем ты сейчас об этом спросил? Нет. Нет, ты точно не спишь! — в голосе Сьюзен слышится тревога.

Странное чувство пропадает так же быстро, как возникло.

— Прости... меня просто немножко... флешбэкнуло. — Я решительно трясу головой. Чтобы окончательно убедиться, я смотрю на часы на телефоне. Всё нормально. — Взлететь, — говорю я себе. Я не взлетаю. Я облегчённо выдыхаю.

У меня в голове будто щёлкнули выключателем. Я что-то услышал? Что-то увидел?

Нет. Я почувствовал запах чая!

— Я уже в порядке, — говорю я, и это правда. Я действительно чувствую себя нормально, но некоторое время говорить мне не хочется. Я смотрю на Сьюзен и Молу — они обе сидят, полуприкрыв глаза, будто наслаждаются тишиной в той же мере, что и я. Я отпиваю глоток чая и тоже закрываю глаза.

Я слышу вопли чаек, и отдалённое гудение машин на прибрежной дороге, и тихий шелест дерева на улице, и звяканье велосипедного звонка, а где-то вдалеке — так далеко, что, может, мне это кажется — детские крики.

Есть кое-что ещё: до меня не сразу доходит, что это флажки, образующие шатёр вокруг столба в саду, трепещут на ветру, и я вспоминаю тот вечер — всего несколько недель назад, но чувство такое, что прошла целая вечность — когда впервые услышал и увидел их, а ещё познакомился с Молой.

У меня создаётся впечатление, что если бы я мог ещё сильнее отстраниться от сегодняшнего дня, я услышал бы, как плывут облака, или как пронзительно гудят солнечные лучи, или успокаивающе жужжит голубое небо, и всё снова стало бы хорошо.

Но я не могу этого сделать. Я открываю глаза и обнаруживаю, к своему смущению, что Сьюзен и Мола обе смотрят на меня. Мола улыбается и кивает.

— Добро пожаловать обратно.

— Я что-то... задумался.

— Хорошо, — говорит она. — Многим людям стоит так делать! Тишина не пуста, Малки: она полна ответов.

— Я тут подумала, — подаёт голос Сьюзен, аккуратно ставя чашку на блюдечко. — Малки. Ты думаешь, Себ каким-то образом «попал в ловушку» сна, который... который ты создал?

Я вздыхаю.

— Наверное. В смысле… можно и так сказать. Неудивительно, что мне никто не верит.

— Он может управлять сном, который ему снится?

— Не знаю, на самом деле. Немного, я думаю. Но, очевидно, недостаточно, чтобы проснуться. Что-то пошло не так.

Сьюзен смотрит на свою бабушку.

— Ты слышала о подобном, Мола? О таких общих снах?

Мола не смотрит на нас, вглядываясь куда-то вдаль так пристально, что я поворачиваю голову узнать, что она там увидела, но не вижу ничего.

Она медленно кивает.

— Я о таком слышала. У меня был *лама* — наставник, — который об этом рассказывал. Он точно верил, что такое возможно. Может, вера — это всё, что требуется.

Следует долгая пауза, прежде чем Сьюзен заговаривает, и я опять слышу ор чаек.

— Так… Малки… ты можешь отправиться в тот же сон?

Я обдумываю её вопрос.

— И… и что сделать?

— Что ж, ты говоришь, что твои силы уменьшаются, чем дольше ты находишься во сне?

— Да, примерно так всё и происходило.

— И в то же время возрастает *реальность* сна? Так что у тебя болела рука после укуса крокодила, а у Себа на запястьях появились отметины от верёвок?

— Наверное, так. Это и сейчас происходит? Я не знаю наверняка.

— Что ж, я, конечно, не знаю тоже. Но, *судя по всему*, происходит именно это. Разве нет?

Я вроде как киваю, но как-то не нахожусь, что сказать, и сад погружается в прежнее молчание. Мола так ничего и не говорит. Она слушает, переводя взгляд крошечных тёмных глаз со Сьюзен на меня, пока мы разговариваем. Потом встаёт под аккомпанемент своих хрустящих и потрескивающих суставов и идёт по саду. Она останавливается и оглядывается.

— Вы идёте.

Это не вопрос.

— Красивые, — говорю я, имея в виду верёвочки с разноцветными флажками, к которым Мола нас привела. Вблизи их шелест оказывается куда громче, чем я ожидал. Я добавляю: — А для чего они?

Мола обратила лицо к солнцу.

— Это молитвенные флажки, — объясняет Сьюзен. — Тибетская традиция. Мы считаем, что ветер уносит молитвы.

Я киваю.

— Уносит их к Богу, так?

Сьюзен качает головой.

— Мы не верим в Бога. Или по крайней мере в «божественного» Бога. — Она делает паузу, давая

279

мне всё обдумать, и я ловлю себя на мысли, что мне стоило слушать внимательнее на уроках религиозного образования старой миссис Панчон. — Мы верим в молитвы, и нам нравится думать, что ветер разносит наши молитвы о сострадании и надежде по всем уголкам мира.

Я провожу ладонью по бледно-розовому хлопковому флажку.

— Они очень старые, — говорю я. — И выцветшие.

— Так это хорошо! Это значит, что молитвы уносятся.

Мы оба вроде как ждём Молу, которая и позвала нас к флагштоку, но она просто стоит молча. Как раз в тот момент, когда всё становится немножко неловко, она смотрит на меня так пристально, что мне хочется отвернуться, но это кажется невежливым, так что я заставляю себя смотреть на неё в ответ.

— Я предупреждала тебя. Помнишь? Я говорила: «Внутри твоя голова больше, чем снаружи. Там легко потеряться».

— Мола, — протестует Сьюзен. — Бедному Малки уже и так плохо.

Мола отмахивается, как будто сейчас мои чувства — самая незначительная вещь на свете.

— Сколько тебе лет? — спрашивает она.

— Мне… мне почти двенадцать.

— Хах. Уже взрослый, мог бы сообразить. Мой дедушка был в твоём возрасте учитель маленьких детей. Хочешь знать, что я думаю?

Она так пряма и откровенна, что я медлю, и она снова спрашивает:

— Хочешь, Сонный мальчик?

Сьюзен твёрдо говорит:

— Мола. Малки пришёл сюда не для того, чтобы ты или я рассказывали ему, что надо делать. Он не виноват. Он просто напуган.

— Нет, Сьюзен. — Я вздыхаю. — Она права. За этим я и пришёл.

— Да! — довольно восклицает Мола. — Он напуган! Как и должен. Так-то, связываться с такими вещами. Для тебя это всё как видеоигра, а? *Бам-бам-бам*, вот я умер, нажму «переиграть», новая жизнь. А тут оказывается, что всё по-настоящему! Эти сны, как мы их называем, *milam*... это результат многолетнего изучения, размышлений, многовековых медитаций. Многовековых, мальчик! И тут приходит этот тип со своей... *игрушкой*, — она выплёвывает это слово, будто оно мерзкое на вкус, — и ты ждёшь, что это всё будет весёлая игра, ля-ля-ля? А?

Что я могу сказать? Уголки моих губ опустились от скорби и стыда, а хуже того, из одного глаза катится слеза. А эта маленькая свирепая старушка продолжает нападать на меня, пока Сьюзен стоит рядом, не останавливая её. Хотя как бы она могла это сделать, я понятия не имею.

Я задаю вопрос так тихо, что я не уверен, слышен ли он за трепетанием молитвенных флажков.

— Что мне делать?

Мола делает шаг вперёд и встаёт передо мной.

— Ты спрашиваешь? Ты спрашиваешь моего мнения?

Я киваю.

— Потому что, знаешь ли, мнение пожилой леди значит не очень много. Но, — она поднимает палец, — *если* ты спрашиваешь меня, я скажу тебе — вернись туда. Ложись спать под этой своей игрушкой и сделай то единственное, что можешь. Вернись в свой сон. И пока ты там, прыгни в неведомое. И возьми с собой брата. Ты можешь исправить то, что испортил, Сонный мальчик.

Я не понимаю ничего из того, что она говорит. Звучит как полный бред. *Прыгнуть в неведомое?*

— Что вы имеете в виду, Мола? — спрашиваю я, всхлипывая и утирая глаза. Я не собираюсь больше плакать, потому что пытаюсь сконцентрироваться на том, что только что сказала эта странная старушка.

— Ты должен добраться до края своего сна и пойти дальше. Выйти *за пределы*.

Я моргаю, глядя на неё, не в силах понять, и она улыбается мне.

— Поймёшь, когда доберёшься туда. Иногда величайшие путешествия совершаются без карты.

Потом она складывает ладони вместе и говорит.

— Ну вот. А теперь время йоги. Прошу меня извинить. Пусть всё будет хорошо — *tashi delek*. — Она разворачивается и уходит назад в дом, оставляя нас со Сьюзен стоять у флагштока.

Добраться до края своего сна и пойти дальше.

Это просто.

Вот только как я должен туда попасть без Сновидаторов?

Глава 57

Я достаю телефон и смотрю на экран: с того момента, как папа уехал в больницу, прошло сорок пять минут. Новых сообщений нет, но это меня не удивляет. У мамы с папой дел по горло.

Мы со Сьюзен садимся на поросшую мхом каменную скамейку в саду. Думаю, Сьюзен немного неловко за бабушку. Она говорит:

— Прости за Молу.

— Ничего, — отвечаю я. — Может, она права. Но даже если так — разницы нет. Я не могу вернуться в сон. Сновидаторов у меня больше нет.

— Что?

Я рассказываю, что папа увёз их в больницу на изучение.

— И обратно он их точно не привезёт. Особенно если я попрошу. Он думает, что это опасная чушь. Они бы поладили с Молой.

Сьюзен пожимает мою ладонь. Я никогда не видел, чтобы другой ребёнок так делал. Это странно, но... не неловко. Я поворачиваюсь посмотреть на неё, и мне кажется, что она так же печальна, как я.

Она говорит:

— Вот бы был ещё хоть один. Сновидатор, в смысле.

Я таращусь на флажки для молитв. Они хлопают и трепещут на ветру.

И тут в голове у меня возникает кое-какая картинка.

— *Есть* ещё один.

— О чём это ты?

— Сновидатор. Я знаю, где его взять. — Я быстро встаю. — Идём. У нас мало времени.

Глава 58

У нас остался примерно час. Это не так много, чтобы:

1. Признаться мистеру Маккинли, что я украл его Сновидаторы из сарая, и пообещать вернуть их, как только я заберу их из больницы. Эта часть будет непростой, но, как заметила Сьюзен, это всё равно входило в первоначальный план.

2. Объяснить этому очень старому, больному и запутавшемуся человеку, что — благодаря его изобретению — Себ лежит в коме, застряв во сне про Каменный век, в Крамлингтонской больнице.

3. Убедить его на время одолжить мне единственный оставшийся Сновидатор, в данный момент висящий над его кроватью, чтобы я смог воспользоваться им и спасти Себа.

Если я расскажу всё прямо, это будет звучать нелепо. Но это всё правда, и это единственный способ выпутаться из сложившегося безобразия.

— Ну что — одна нога здесь, другая там, ага? — говорю я. — Надо управиться побыстрее.

— Когда мы пошли к нему в первый раз, ты сказал то же самое.

Только вчера мы со Сьюзен стояли на жёлто-серых ступеньках из песчаника, ведущих к передней двери Кеннета Маккинли. Всё *выглядит* по-прежнему: морозостойкие кусты у альпийской горки, большое эркерное окно с вечным тонким налётом соли из-за морского бриза и отслаивающаяся чёрная краска на входной двери — но *чувство* такое, что всё изменилось.

Я жму на кнопку звонка. Мы немного ждём, потом я звоню снова. Нас не ждали, или, может, Анди сидит в наушниках, или Кеннет в ванной…

Мы со Сьюзен поворачиваемся и смотрим через поля и сады в сторону памятника Коллингвуду и Тайнской тропы. Мы знаем, что Анди выводит Кеннета погулять на свежем воздухе, но их нигде не видно.

Я очень не хочу сдаваться. Я жму на звонок в третий раз, когда слышу за дверью какое-то движение. Дверь открывает Анди, и вид у неё усталый. Она не в рабочем халате, а её обычно сияющая кожа кажется бледной и тусклой.

— О. Здравствуйте, — говорит она, пытаясь улыбнуться, но безуспешно.

Мы все немного неловко стоим в дверях. Почему Анди не приглашает нас войти?

Она говорит:

— Вам не передали?

— Что не передали?

Она тяжело вздыхает.

— Я сказала вашей миссис Фаррух. Но это было всего пару часов назад.

Мы мотаем головами.

Анди глубоко вдыхает.

— Мне очень жаль сообщать вам об этом, ребята. Вчера ночью мистер Маккинли умер.

Глава 59

До меня доходит не сразу.

Я спрашиваю, как полный тупица:

— Вы уверены?

Анди издаёт негромкий печальный смешок.

— Да, Малки, дружок, я уверена. Вчера поздно ночью. Раз — и всё. В своей постели. Он был очень старый и… думаю, он почти что ждал этого. Мне очень жаль, что вы узнали об этом вот так. — Она всё ещё держится за переднюю дверь, а мы стоим на ступеньках.

Я думаю, что делать. Кажется, мне пока что даже не грустно. Вместо этого я наблюдаю, как на моих глазах испаряется мой единственный шанс спасти Себа.

Сьюзен выпаливает:

— Можно нам войти?

Анди смотрит на неё как-то странно, и у Сьюзен начинает дрожать нижняя губа.

— Просто… он напоминал мне моего дедушку, и мне хотелось бы оглядеться в последний раз.

Для той, кто никогда не врёт, у Сьюзен это неплохо получается, когда приходится.

— Эм... — говорит Анди. — Ладно. Почему нет? Входите. — Она явно полагает, что это странно, и я не могу её винить. Она отходит в сторонку, и мы шагаем в тёмный коридор с высокими потолками. Я чувствую, что должен что-то сказать.

— Я просто, ну знаете, хотел бы ещё разок посмотреть на его комнату.

О нет. Это звучит ужасно подозрительно. И нездорово. Мы ведь не то чтобы хорошо его знали. Анди пожимает плечами и ведёт нас внутрь. Я тянусь к санитайзеру для рук и вдруг, с уколом искренней печали, осознаю, что это уже необязательно.

Наверное, тогда я и осознаю, что Кеннет Маккинли мне *нравился*. Его кресло стоит на том же месте.

Странно, что диванная подушка, на которой он сидел, по-прежнему смята, как была смята подушка Себа. Никогда бы не подумал, что отпечаток попы мёртвого человека может так меня опечалить.

Я прочищаю горло, чтобы заговорить, и мой голос в огромной комнате кажется очень громким.

— Где он? В смысле... в смысле, его тело?

Анди глядит в окно и не поворачивается.

— Агенты из похоронного бюро пришли первыми. Всё было расписано заранее. У него бывали просветления рассудка, когда он точно знал, что ему осталось недолго, и в такие моменты он мог быть очень дотошным. Похороны состоятся, но, как я говорила, родных у него не осталось.

— Есть же Ури, — говорю я.

— Что? — переспрашивает Анди.

— Ури. Его сын.

Анди тяжело опускается на зелёный диван с пуговицами.

— Малки, Сьюзен. Нет никакого Ури. По крайней мере теперь. Кеннет половину времени жил в своём собственном мирке. Ури умер годы назад. Десятилетия. Кеннет любил утешать себя, воображая, будто он по-прежнему с нами.

— Но… по телефону же звонили? — говорю я, указывая на старый телефон рядом с Кеннетовым креслом.

— Дистанционный таймер. Его установил один из… фанатов Кеннета, что ли, из прежних времён, много лет назад, по всей видимости. Телефон звонит раз в несколько дней в одно и то же время. Кеннет знал, конечно, но просто любил притворяться. Говорил, что может воссоединяться с сыном в своих… своих…

Она умолкает, не сводя глаз с моря.

— В своих снах? — спрашиваю я, и она резко поворачивается.

— Да. Именно. Это было частью его, я не знаю, «космических видений». Его хипповской ерунды. Вы знаете, что он раньше выступал на сцене?

Мы со Сьюзен киваем.

И она говорит:

— Мы немного посмотрели ту кассету.

— Так и думала, что на ней было это, — бормочет Анди. — У него было мистическое представление с чтением мыслей, кажется. Считал, что может взлететь!

Я вспоминаю передачу, которую мы смотрели, и спрашиваю:

— Разве это был не просто какой-то трюк?

— И-и, я не знаю! Надо думать! Но потом он с головой нырнул в свою сонную белиберду, с той штукой у него над кроватью, бросил шоу-бизнес и в конце концов оказался здесь, всеми забытый. А теперь… теперь… Ох, простите, ребята.

Анди выуживает из рукава салфетку и начинает промакивать глаза.

— Иногда он был упрямым старым не при детях будет сказано кем, но сердце у него, хоть и одинокое, было на месте, и мне грустно, что его больше нет.

Сьюзен, почти инстинктивно, мне кажется, подходит к Анди и садится с ней рядом. Она не обнимает её, ничего такого: просто сидит. Анди сглатывает и отважно улыбается.

— Можно воспользоваться ванной? — спрашиваю я. Теперь я чётко осознаю, что до папиного возвращения остались считаные минуты. Также есть вероятность, что Качок Билли поднимался меня проведать и увидел, что меня нет.

— Да, конечно. По коридору налево. — Анди не поворачивается, когда я выхожу.

В ванную я даже не заглядываю, вместо этого направляясь прямиком в ту комнату, где спал Кеннет. Дверь закрыта, а ручка очень тугая. Когда я открываю дверь, раздаётся громкий щелчок, и я испуганно озираюсь — вдруг Анди придёт, но она не приходит. Наверное, Сьюзен занимает её взрослым разговором, чтобы отвлечь; в этом она хороша, Сьюзен.

В комнате чисто. На стуле по-прежнему разложена одежда. Но я пришёл сюда лишь за одним. Я смотрю на потолок над Кеннетовой постелью.

Сновидатора там нет.

Как такое возможно? Почему его нет? Кто его взял?

Я углубляюсь в комнату. Может, он упал и валяется за кроватью? Я ловлю себя на том, что хожу на цыпочках, хотя в этом нет нужды: ковёр толстый. Сновидатора нигде не видно, и я уже подумываю пошарить в комоде, когда Анди произносит:

— Уже второй раз, Малки!

Я резко разворачиваюсь, разинув рот.

— Что, ради всего святого, у тебя на уме?

— Нет… ничего, — бестолково отвечаю я. Выражение лица Анди даёт мне понять, что она мне не верит.

Глава 60

Анди вздыхает, выпрямляет сложенные на груди руки и входит в комнату. За ней со страдальческим выражением на лице идёт Сьюзен. Одними губами она произносит «Прости» — за то, что дала Анди уйти.

— Давай-ка, сынок. Выкладывай: что происходит? — спрашивает Анди.

Мне не остаётся ничего, кроме как сказать правду.

— Вы, эм... вы видели ту штуку, которая тут висела? Навроде украшения, — говорю я, указывая на пустой крюк над кроватью Кеннета. Анди кивает.

— Её забрали вместе с ним. Это было чётко прописано в его инструкциях.

— Ну и кто здесь был? — спрашиваю я, пожалуй, чуточку чересчур настойчиво. Выходит грубо, и Анди явно опешивает.

Она терпеливо отвечает:

— Я нашла его... скончавшимся... вчера поздно ночью. Сначала пришёл врач, чтобы выдать свидетельство о смерти. Немного позже приехал похоронный агент, чтобы увезти... Кеннета. Ты что, думал, что просто придёшь и заберёшь это? Он сказал, что ты можешь это взять?

Моё молчание красноречивее слов.

— Секунду, — говорит Анди. — Пойдёмте со мной. — Она покидает комнату, в которой умер Кеннет и в которой мне становится очень не по себе. Мы со Сьюзен идём за ней следом в гостиную.

Анди достаёт из какого-то конверта лист бумаги. Она разворачивает его и пробегается глазами по строчкам.

— Похоронен с ним. Он знал, что ему недолго осталось, бедной старой душе. Здесь его инструкции: его «последнее выступление», как он это называл. Он хотел быть похоронен в своём килте вместе со своим «сон-диватором» или как там его.

То, как неправильно Анди произносит это слово, раздражает меня.

— Это называется Сновидатор, и...

— Что ж, как бы оно ни называлось, Малки, похоронный агент забрал это и похоронит вместе с Кеннетом. Последняя воля. Уверена, вам хотелось бы проявить к нему уважение. И какого бы чёрта вы ни задумали с того самого первого вечера — это закончится здесь и сейчас, ясно?

Она смотрит на нас так, будто ожидает ответа. Сьюзен торжественно отвечает:

— Конечно.

Кажется, Анди довольна. Она повторяет:

— Конечно. А теперь, если у вас больше нет вопросов, дети, у меня дела. Мне очень жаль, что это произошло. Я была с ним три года. Я точно знаю, что он был рад встречам с вами.

— Ещё кое-что, — говорит Сьюзен. — Что случилось с Деннисом?

Старый Деннис! Как я мог о нём забыть? Конечно, нужно признать, что он ничем особенно не занимался, только пускал газы и спал (часто одновременно), и мне кажется, он так до конца и не забыл нашу первую встречу на заднем дворе, но всё же...

Как только Сьюзен произносит его имя, из-под дивана доносится шебуршание, и показывается седая голова Денниса.

— Деннис! — восклицает Сьюзен и приседает, чтобы его погладить. Честное слово, я ещё никогда не видел настолько печальное животное. Он поднимает влажные янтарные глазищи на Сьюзен, а меня как будто и не замечает вовсе. Из-под дивана раздаётся единственный стук: Деннис отрывисто виляет в ответ на доброту Сьюзен.

— Думаете... думаете, он знает... про Кеннета?

— О да, — торжественно отвечает Анди. — Он лежал с ним рядом. Как он влез на кровать, я понятия не имею, но как-то умудрился. Он всё понимает, этот пёс. И если собачье сердце может разбиться, то оно прямо сейчас расколото на миллион осколков.

Мы выходим на улицу, я и Сьюзен, и никто не знает, что сказать, так что мы молча шагаем, пока не оказываемся у скамейки рядом с парусным клубом, на которой сидели раньше: мы оба как будто знали, что придём именно сюда и снова сядем на эту скамейку. Я чувствую, что именно это нам нужно сделать — теперь, после того, как мы узнали, что мистер Маккинли умер.

Я гадаю, не расплачется ли кто-то из нас, и то и дело кидаю косые взгляды на Сьюзен, проверяя, но каждый раз вижу, что она просто сидит с закрытыми глазами, прямой спиной и слегка приподнятым лицом, обращённым к ветру с моря — ветру, который разносит молитвы по всему миру. Так что я беру с неё пример, и некоторое время мы молча сидим вот так. Не знаю, сколько: может, всего минутку-другую, но по ощущениям — гораздо, гораздо дольше.

Сьюзен говорит:

— Знаешь, они куда сильнее походили друг на друга, чем любой из них мог бы подумать.

— Кто?

— Мола и мистер Маккинли. Помнишь, что он сказал, когда мы пришли к нему в первый раз? Что-то в духе: лучше помалкивать, чтобы тебя посчитали дураком, чем открыть рот и развеять все сомнения. Это похоже на то, как Мола часто говорит, что тишина не пуста...

Я договариваю:

— Она полна ответов.

Сьюзен вздыхает и медленно кивает.

— Что мы будем делать, Малкольм?

Мы. Мне это нравится.

Но это не значит, что я знаю, что мы будем делать.

Глава 61

Я возвращаюсь домой и поднимаюсь на второй этаж за считаные минуты до возвращения папы. Билли не заметил моего отсутствия и спешит убраться, оставив свою приставку. Мне кажется, папе он не нравится. Сьюзен сказала, что напишет мне — узнать, как там Себ.

Я ни на чём не могу сосредоточиться. Я всё прокручиваю в голове разговор с одним из докторов — он сказал, что Себ может много дней пробыть в таком состоянии, но они не знают наверняка, и должны дождаться результатов анализов, и консультируются с каким-то доктором из Калифорнии, но мешает восьмичасовая разница во времени...

А теперь всё пропало. Мой единственный шанс раздобыть последний в мире Сновидатор ускользнул у меня из-под носа.

Папа входит и плюхается на диван напротив. Я даже не успеваю спросить, как он. Папа сразу же начинает говорить, довольно монотонно.

— Никаких изменений. На этом этапе всё, что они говорят, — что он «стабилен». Они выписали какое-то устройство из другой больницы, которое позволит им детальнее изучить его мозговые импульсы, но оно должно приехать аж из Манчестера. Они не исключают инфекции. В некоторых случаях тело может как бы само по себе впасть в кому в попытке сопротивляться болезни, но они не понимают, почему нет температуры…

И так далее. Я пытаюсь внимательно слушать, но не могу. Вместо этого я просто таращусь на молчаливые фигурки «Волчьего логова», поставленного на паузу посреди сражения, ожидающие, пока кто-нибудь снова возьмётся за джойстик.

Я должен задать этот вопрос, но я немного нервничаю.

— А, эм… Сновидаторы? Они?.. — Я хочу знать, выяснили ли они — кто угодно, доктора там или исследователи — что-нибудь. Может, ещё рановато, но…

— Нет, Малки, — говорит папа. — Я передал их доктору Нише. Я вообще чувствовал себя ненормальным уже из-за того, что беспокою её этим.

— Значит, ты не привёз их обратно?

Голос у папы тихий, а может, просто усталый.

— Нет, Малки, не привёз. И пока Себ не вернётся к нам, целый и невредимый, я даже слышать о них не хочу, договорились?

Он садится со мной рядом и хочет заглянуть мне в глаза, но я не могу отвести взгляд от экрана, на котором персонажи игры занимаются тем, чем и должны заниматься, когда игру останавливают: сначала надолго замирают неподвижно, потом чуточку шевелятся, ходят кругами и возвращаются в исходную позицию, ожидая, что игрок снова начнёт ими управлять.

Папа берёт меня за подбородок, поворачивая моё лицо к себе.

— Эй? Слышишь меня?

— Ага.

— Можно спросить тебя кое о чём?

— Угу.

Он глубоко вдыхает через нос.

— Почему ты это сделал, Малки? Прошлой ночью? Ты сказал доктору, что всё и до этого шло не так, что тебя предупреждали, так почему ты решил продолжить?

— Я не собирался. Честно. Но потом… Себ их включил, и я решил, что от ещё одного разочка ничего не случится.

Некоторое время папа не говорит ничего. Потом произносит:

— Знаешь, в этом была и моя проблема. С наркотиками. Каждый раз я думал — от ещё одного разочка ничего не случится. — Он вздыхает. — Не повторяй моих ошибок, сын.

— Но сейчас ты в порядке?

— Скажем, я *пока что* в порядке, э? — Он обнимает меня и шепчет мне на ухо: — С ним всё будет хорошо, сын. С ним всё будет хорошо.

Я обнимаю его в ответ и бормочу «угу» через его плечо, всё ещё глядя на поставленную на паузу игру.

«Неужели и с Себом сейчас так же? — думаю я. — Он всё ещё видит сон, но ничего особенно не происходит?»

Он как будто стоит на паузе в моём сне и ждёт, что я его снова активирую? Теперь на это не осталось надежды. Без Сновидатора — так точно.

Я чувствую, как в кармане вибрирует телефон, но мне кажется, папа ещё не наобнимался, так что я не размыкаю рук. В конце концов он громко выдыхает мне в ухо, а потом встаёт и направляется к лестнице.

— Я совсем вымотался. Вообще ничего не соображаю, — говорит он мне, но голос у него дрожит и надламывается. — Твоя ма остаётся в больнице. Из Аллапула едут твой дядя Пит и бабушка. Будем все по очереди сидеть с Себом. Чтобы он оставался с нами. Скоро мы с тобой поедем в больницу, идёт?

Я киваю.

— Я пойду прилягу у вас в комнате. Разбудишь меня через часик? А то я усну без задних ног.

Я достаю телефон из кармана. Там сообщение от Сьюзен.

Я подумала кое о чём, что можно сделать, но я не уверена, что это тебе понравится.

Я гадаю, не то же ли это самое, о чём подумал я?

Если да, то мне это *определённо* не нравится.

Но не успеваю я ответить, как она шлёт новое сообщение:

Я иду к тебе.

Глава 62

Я встречаю Сьюзен у задней двери.

Мы проходим на кухню, и я закрываю дверь, чтобы не разбудить папу. Никто из нас ничего не говорит: мы ещё не обсуждали, в чём может состоять этот «план». Я нервничаю сильнее, чем ожидал, и мы одновременно начинаем говорить, понизив голоса.

— Это то... — начинаю я.

— Тебе не понравится... — говорит Сьюзен.

Мы оба умолкаем. Никому не хочется произносить это вслух, так что на кухне ненадолго повисает тишина. Наконец Сьюзен нарушает её.

— Мола иногда по-своему, эм, *интерпретирует* учения Будды. И она считает, что Себ застрял в петле, такой вроде как ментальной ловушке, вызванной, эм... — Сьюзен прикусывает губу и умолкает.

— Вызванной мной, — подсказываю я.

— Ну, только в некотором роде. Отчасти. Вызванной, я не знаю, *заигрыванием с вещами, которых не понимаешь*, скажем так. И этим Сновидатором. В смысле… кристаллы? Кристаллы всегда обладали «мистическими свойствами». Я об этом почитала.

Ну ещё бы.

— Кристаллы использовались в мистическом целительстве и древних религиях, ну, с начала времён, по сути. И пирамиды тоже. Ты знал, что если поместить лезвие под пирамидку, оно не затупится?

— Правда? — удивляюсь я.

— Ну… наверное. Доказать трудно.

Я думаю, что у меня есть объяснение получше.

— Знаешь, как бывает, когда останавливаешь видеоигру, и персонажи по-прежнему двигаются, но ничего особо не делают?

Сьюзен неловко полупожимает плечами. Ну конечно, какая из неё геймерша.

— Неважно. Когда ты берёшь джойстик, игра возобновляется.

Сьюзен кивает.

— Значит… тебе нужно возобновить свой сон.

Я в отчаянии надуваю щёки.

— Вернуться туда и что? Вытащить его? Как это должно сработать?

Сьюзен говорит:

— Может, как Мола сказала. «Иногда величайшие путешествия…»

Мы договариваем хором:

— «…совершаются без карты».

— Вот только, — говорю я, — Сновидатора-то у меня нет. Правда, у меня была мысль: можно поискать в интернете, на Ибее или где-то ещё...

Сьюзен качает головой.

— Я уже смотрела. Везде. Я даже не уверена, продал ли он хоть один. Может, после той телепрограммы он просто сдался.

Я с несчастным видом киваю.

— Но мы *знаем*, где есть ещё один, правда, Малки? — говорит она.

Некоторое время мы молчим, размышляя.

Мы как будто ходим вокруг да около, и Сьюзен наконец решается и говорит прямо:

— Сновидатор. Он в похоронном бюро Беккеров на Фронт-стрит.

При одной только мысли по моему телу пробегает холодок.

— Но где *именно*? В... в его гробу?

Сьюзен прикусывает губу, раздумывая над ответом.

— Не знаю, Малки. Но я бы сказала... возможно? Ну то есть разве не так люди поступают? В разных там фильмах? Вот ты умер и всё такое, лежишь одетый в свой лучший костюм — или, в случае Кеннета Маккинли, килт, — а в руке у тебя фото, или ожерелье, или что-то, что было для тебя важно.

Это правда? Так всё и бывает? Сьюзен выглядит как-то не очень уверенно. Я делаю глубокий вдох и говорю:

— Я не хочу этого делать.

— Что делать, Малки?

— Даже говорить не хочу.

— Что говорить, Малки?

Я понимаю, к чему она ведёт. Это хитро. Она заставляет меня сказать это вслух. А как только я скажу, оно станет реальнее. Я выдавливаю из себя слова.

— Я... мне придётся украсть... последний в мире Сновидатор у... у мертвеца?

Сьюзен улыбается — немного печально, как будто знает, насколько тяжело мне это даётся.

— Да. Но не тебе. А *нам*.

— А ты тут при чём? Почему ты мне помогаешь?

Она поправляет очки и смотрит на меня своими бездонными тёмными глазами. Как будто я задал самый тупой на свете вопрос. Ей самой ответ кажется совершенно очевидным, и, поскольку теперь я её знаю, я понимаю, что она говорит чистую правду, и мне становится приятно.

— Потому что я твой друг, — отвечает она.

В этот момент что-то между нами меняется. Отныне что бы ни случилось — что бы ни произошло с Себом — я в этом не один.

Я открываю мамин ноутбук, и пару мгновений спустя мы разглядываем похоронное бюро в режиме просмотра улиц.

Беккер и сыновья
Ритуальные услуги и надгробные плиты

Это довольно нового вида здание, состоящее из двух соединённых друг с другом частей: вот приёмная с современными стеклянными дверями и большими окнами, а рядом с ней крыло покрупнее, с узкими окнами под крышей и двойными дверями в дальнем конце. Я с усилием сглатываю. Это безумно, абсурдно, противозаконно, опасно и просто странно. Но, возможно, это мой единственный шанс.

— С чего нам вообще начать? — хриплю я. В смысле, я и раньше творил всякую сомнительную фигню и вечно попадал в неприятности, но это *совершенно новый уровень* сомнительной фигни. Тем страннее тот факт, что рядом со мной сидит девочка, которая, наверно, за всю жизнь не сделала ничего плохого, и что именно она и предложила эту идею.

— Не знаю, — говорит она. — Но нам нужно сделать это поскорее, так? Времени у нас немного. Думаю, сегодня вечером.

Тут я слышу, как по лестнице спускается папа, и быстренько закрываю окно браузера. Папа входит на кухню и явно несколько удивляется при виде Сьюзен.

Она встаёт — *встаёт!* — и говорит:

— Здравствуйте. Я Сьюзен Тензин. Друг Малки.

Ого, взрослые же обожают такую дребедень, а? Папа останавливается, устало улыбается ей и отвечает:

— Здравствуй, Сьюзен.

— Мне очень жаль, что так вышло с Себастьяном.

— Спасибо, милая.

— Я как раз собиралась уходить, правда, Малки?

Десять минут спустя мы с папой едем в машине обратно в больницу. Уходя, Сьюзен сказала мне:

— Я тебе попозже напишу, — и мысль об этом и о том, о чём мы практически договорились, заставляет меня притихнуть.

Я что, правда только что согласился на это? Я не совсем уверен. Я до сих пор отчасти надеюсь, что — каким-то образом — заберу наши Сновидаторы из больницы. Из-за этого в машине я помалкиваю.

Папа, кажется, и не против. Может, он тоже считает, что тишина полна ответов.

Глава 63

Бабуля и дядя Пит — это мамины мама и младший брат, и к тому времени, как мы приезжаем в больницу, они уже там, сидят с мамой в бежевой комнате под нарнийским львом Асланом.

Между ними стоят коробка салфеток и пустые стаканчики из-под кофе. Глаза у них покраснели и опухли. За дверью быстро ходит из стороны в сторону медперсонал, и я некоторое время пытаюсь представлять, что пришёл сюда по какой-нибудь обычной причине, но в больницу никогда не приходят по обычной причине, не так ли?

В комнату входит человек в халате. Он объясняет, что доктор Ниша ушла домой и что теперь с Себом работает он.

Я не запоминаю его имени, но он даже и не смотрит в мою сторону. Он явно нервничает и даже не садится.

Хороших новостей нет. Давление и частота дыхания у Себа снизились, и, хоть доктора по-прежнему «настроены оптимистично», судить ещё рано, и они до сих пор не могут выяснить, что именно с ним происходит.

Разговор заходит об ОИТ — я знаю, что это значит «отделение интенсивной терапии», видел по телевизору: туда попадают с самыми серьёзными случаями, хотя Себ лежит не там. Пока что.

— Можно мне его увидеть? — спрашиваю я доктора.

Я остаюсь с Себом наедине в его палате.

Я слышу, как мама и дядя Пит о чём-то тихонько переговариваются с медсестрой в коридоре. Себ выглядит в точности так же, как утром. Целую вечность он неподвижен, потом вдруг немного дёргается — шевельнёт рукой или глаза начнут двигаться под веками, а потом снова замирает, только грудь вздымается под простынёй. К его руке подсоединена капельница, какой-то ещё шнур ведёт от запястья, а на лбу какая-то лента.

— Привет, бро, — говорю я. Мне как-то неловко. Меня никто не слышит, в том числе, скорее всего, и сам Себ, так что это странновато, как будто я разговариваю сам с собой. Рядом с его койкой стоит стул, так что я сажусь и беру левую ладонь Себа в свои. Обычно я, конечно, ни за что не стал бы брать его за руку, но ситуация явно какая угодно, только не обычная. Я провожу пальцами по красным отметинам на его запястье. Они что, стали хуже?

Может, во сне он крутится и дёргается, пытаясь вырваться? Может, ему, как и мне после сна про

Гитлера, снится, что он не спит? Или он просто застыл в статичном состоянии сна, не зная, что происходит? Надеюсь на это. Мысль о том, что он всё это время в ужасе, невыносима: он знает, что это сон, но проснуться не может.

Отметины явно стали ярче. Интересно, кто-нибудь ещё заметил? Я подумываю сказать кому-то, когда Себ вырывает руку и поворачивает голову на подушке. Какой-то великолепный миг я ожидаю, что он откроет глаза и на его лице снова появится его тупая щербатая ухмылка, и начинаю улыбаться…

Себ слегка всхрапывает, потом резко вдыхает и вроде как кашляет, а потом его тело снова содрогается. Он не просыпается, но я замечаю, что он начал потеть. Это продолжается несколько секунд; какие-то цифры на экранчиках над его головой начинают быстро сменяться, но я понятия не имею, что хоть какая-то из них значит.

Себ дёргается сильнее, мотая головой из стороны в сторону. Потом аппарат начинает пищать. Себ как будто дерётся с кем-то невидимым.

— Себ! Себ, приятель! — кричу я. — Проснись!

Я смотрю на его вертящуюся голову и ахаю: под левым глазом у него появилось огромное красное пятно, расползающееся на щёку. Выглядит в точности так, как если бы его ударили в лицо. Теперь пот льётся по его лбу. Аппарат продолжает пищать, и в палату врывается медсестра и смотрит на экранчики, не обращая на меня никакого внимания. Она жмёт на какие-то кнопки, писк прекращается, и медсестра выглядывает в коридор и зовёт:

— Джез, Амина! Быстрее! — В палату прибегают ещё двое, медбрат и медсестра. Мама и дядя Пит куда-то подевались, так что я просто стою рядом с койкой, перепуганный и бесполезный.

Они все говорят всякое в духе «АД повысилось, сто тридцать пять на шестьдесят. Обильное потоотделение. Сердцебиение сто двадцать. ЭКГ прыгает, температура понижается до тридцати трёх градусов...»

Потом медбрат по имени Джез наклоняется и всматривается в лицо Себа. Он аккуратно касается свежей отметины рукой в перчатке. Я уже вижу, что останется огромный синяк, и надеюсь, что Себу не больно.

— Что это? Кто был здесь с ним? — спрашивает Джез остальных, и все приглядываются к лицу Себа, а потом поворачиваются ко мне.

Джез говорит:

— Что случилось? Он упал? — Потом, уже медленнее: — Ты его трогал? — До меня не сразу доходит, к чему он клонит.

Они думают, что я ударил своего брата! Да я бы никогда...

Ладно, однажды я стукнул его джойстиком, но это было сто лет назад...

Я поднимаю руки.

— Нет. Нет. Нет, нет, нет. Я его не трогал. Честное слово. Оно... оно просто появилось

313

у него на лице! — мой голос становится выше и громче. — Серьёзно! Зачем бы мне это?

Если кто-то и отвечает на мой вопрос, я этого не слышу: в палату входят всё новые и новые люди — быстро, но целеустремлённо. Десять минут спустя Себа переводят в отделение интенсивной терапии.

Его состояние характеризуют как «непроизвольный комоподобный стазис со спонтанными лицевыми и дермальными ушибами». Полагаю, доктора знают, что всё это значит, но я — нет. Я часто слышу «Вы уверены?» и «Нужно дождаться результатов, прежде чем станет ясно» и всякое такое.

В комнате ожидания мама с папой сидят бок о бок, а я опять таращусь в окно.

— Малки, — начинает папа, и мама рявкает:

— Том. Не надо.

Он её игнорирует.

— Малки. Я знаю, что в прошлом ты бывал жесток к Себу…

— Папа! Честное слово! — Мама знает, что я не стал бы бить Себа. Ну — по крайней мере, не сильно и точно не в лицо. Они оба кучу раз видели, как мы дерёмся, особенно мама. Кроме того случая с джойстиком я как-то наградил Себа фингалом, когда толкнул его, и он налетел лицом на угол каменного забора. После этого меня на целую неделю посадили под домашний арест. А Себ однажды так здорово пнул меня в рот, что у меня порвалась губа, но его под домашний арест не посадили, потому что я тогда придавливал его к полу, и мама сказала, что я сам виноват и это моя дурацкая ошибка.

Беда в том, что папа в последнее время видит нас редко: он, наверное, думает, что я стал каким-то отморозком. На мамином лице появляется странное выражение, и я понимаю, что она тоже *не до конца* уверена, что я не бил Себа. Не на *сто процентов* — которых хотелось бы ожидать от мамы в подобной ситуации. Что до дяди Пита и бабули — они только что вернулись со стаканчиками кофе, и бабуля хочет обнять меня, что, конечно, мило, но начинает немного утомлять.

Что бы там ни собирался сказать папа, его прерывает всё тот же молодой доктор — он вернулся с пластиковым пакетом в руках.

— По крайней мере, *это* нам вернули, — говорит он.

— Что? — спрашивает папа.

— Снови... штуки Малкольма?

— *Сновидаторы?* — восклицаю я.

Это поразительно — поверить не могу! Мне всё-таки не придётся красть Сновидатор у мертвеца!

Дядя Пит и бабуля переглядываются: о Сновидаторах они не слышали. Доктор садится со мной рядом.

Он улыбается, пытаясь немного развеять мрачные настроения в комнате, и суёт руку в пакет. Оттуда он извлекает два разломанных пластмассовых обруча и какие-то перепутанные и перерезанные проводки, и у меня уходит пара секунд, прежде чем до меня доходит, что я такое вижу.

А когда это случается, мне становится дурно.

Это Сновидаторы: их изуродовали почти до неузнаваемости.

Я просто таращусь на них. Мне ни за что не собрать их обратно.

Глава 64

— Они... сломаны, — говорю я.

— Да. Прости. Мы их демонтировали, как видишь. Нам вроде как пришлось, чтобы их изучить. — Доктор приподнимает комок из кусков пластика и спутанных нитей и проводков, демонстрируя, что Сновидаторы были тщательно разобраны. Когда он так делает, от них отпадают несколько кристаллов и катятся по полу.

Должно быть, вид у меня весьма огорчённый, потому что доктор натягивает на лицо виноватое выражение.

— А ты можешь, эм, достать новые? — спрашивает он.

— Нет, — отвечаю я. — Человек, который... — Но тут я осознаю, что не могу рассказать им о Кеннете Маккинли. — У человека, у которого я их купил на распродаже, больше таких не осталось.

— Ох, какая жалость, — говорит доктор. — И всё же — по крайней мере мы смогли их изучить.

— И? — спрашивает папа.

— Что ж, — говорит молодой доктор, — есть хорошая новость и плохая. Малкольм, ты будешь рад услышать, что в этих Снови… штуках нет ничего, совершенно ничего, что могло причинить вред Себастьяну. Плохая же новость, конечно, состоит в том, что они не дали нам никаких подсказок касательно его состояния, но, с другой стороны, мы ведь этого и не ждали, правда? — Произнося последнюю фразу, он смотрит на папу.

Папа с довольным видом усаживается на диван.

Я говорю:

— Когда вы сказали «совершенно ничего», что вы имели в виду?

— Только это, молодой человек. Это пластиковый обруч с нитками и проводами и парой камушков…

— Это кристаллы!

Его это не впечатляет.

— Как скажешь. Каждый из них освещается низковаттными нитевидными волокнами, работающими от батарейки. — Он улыбается мне. — Моя девушка работает в рентгенологическом отделении. У них сегодня не много дел, так что я попросил её провести все тесты — знаешь, рентгеновские снимки и всё такое. Это именно то, чем кажется, — дешёвая игрушка. И абсолютно нерабочая. Как я и сказал, нет совершенно ничего…

Думаю, больше всего меня огорчают слова «дешёвая игрушка». Я перебиваю его.

— Это не так! Это не дешёвая игрушка. Это поразительное изобретение, а его изобретатель буквально недавно умер, а нерабочее оно потому, что вы только что его сломали!

Молодого доктора шокирует моя вспышка.

— Мне… Мне жаль, Малкольм. То есть, я бы мог попытаться починить их, если хочешь, только твой папа…

— В этом нет необходимости, доктор, — поспешно говорит папа. — Спасибо, что столько возились с этой совершенно бесполезной ерундой. — Он собирает моток проводков, нитей и пластиковых деталей и выбрасывает всё в стоящую в углу мусорку, а потом отряхивает руки, как будто он славно потрудился.

Папа поворачивается ко мне. Я чувствую, что к моим глазам подступают слёзы, и он, наверное, видит это, потому что голос у него смягчается, а сам он со вздохом садится. Мама прожигает его взглядом.

— Малки, дружище. Я знал, что где-то уже слышал это название. Оно мне никак покоя не давало. — Он цокает себе под нос, будто вспомнив что-то неприятное. Потом косится на доктора, будто прикидывая, стоит ли продолжать, и глубоко вдыхает. — Когда я… *поправлялся*… у нас в психотерапевтической группе была одна пациентка, Карен. Ей было хорошо за шестьдесят, а то и больше. Она говорила, что много лет назад сталкивалась со «Сновидатором» и, ну… — Папа делает паузу, подбирая слова. — Она обвиняла его в своих... своих неприятностях. Своих зависимостях. Это всё чушь, Малкольм. Но некоторая чушь может быть опасна, понимаешь?

Он дожидается, пока я кивну.

— А кто вообще этот мёртвый изобретатель? Ты вроде говорил, что купил их на распродаже.

Я чувствую, как краснею от злости и стыда.

— Я... э...

Папа рявкает:

— Надеюсь, ты не лгал, Малкольм.

Наконец в разговор вступает мама. С тех пор, как папа ушёл, она терпеть не может, когда он отчитывает нас с Себом.

— Отстань от него, Том, — видишь, он расстроен. И нечего повышать голос. Ты и понятия не имеешь, каково растить этих двоих, когда ты почти не помогаешь деньгами...

— Даже не начинай, Мэри, просто не начинай! — шипит папа. — По крайней мере я бы не допустил физического насилия...

И их понесло. Я слушаю их ссору, вместе с доктором, которому явно неловко, и растерянными дядей Питом и бабулей. Я ничего не говорю — просто выхожу из комнаты, закрываю за собой дверь и умудряюсь до самой парковки сдерживать слёзы — а там они начинают литься, как из шланга. Я не вижу папину машину, так что просто сижу на каменном заборе и всхлипываю.

Я плачу из-за Себа, застрявшего в жуткой стране снов, которому с каждым часом становится всё хуже. Плачу из-за Кеннета Маккинли, печального старика, умершего одиноким и забытым. Плачу из-за себя, несправедливо обвинённого в том, что я ударил брата, когда он лежит в коме. Но в основном я плачу из-за страха: потому что теперь я знаю, что у меня остался лишь один выход.

Конечно, доктор ошибается. Это точно. Можно анализировать Сновидаторы, и изучать их, и ломать сколько влезет. Но они с его дурацкой девушкой ведь не пользовались ими, так? Они не ложились под ними спать, не делили сны, не ходили на испанских галеонах, не испытывали всего... всей... этой *магии*. Не так ли?

Однако в одном я полностью уверен.

Я должен действовать, и поскорее. Я должен пробраться в похоронное бюро Беккеров и украсть последний оставшийся Сновидатор.

Глава 65

Мама с папой остаются ночевать в больнице в комнатах рядом с палатой интенсивной терапии. Бабуля и дядя Пит отвезут меня домой и останутся у нас. Мы в машине дяди Пита, и ни он, ни бабуля за последние десять минут не сказали мне ни слова. Это укрепляет меня в мысли, что они думают, что:

а) Я ударил Себа по лицу, пока он лежал в коме в больнице. *Зачем бы мне так делать?*

б) Если я так сделал, значит, скорее всего, я — каким-то образом — виноват в текущем состоянии Себа.

Что ж, по крайней мере наполовину они правы. Что до меня — меня разговаривать не тянет. В голове у меня и без разговоров хватает мыслей.

Я смотрю в окно, когда машина сворачивает с прибрежной дороги налево, к дому. Вечер пасмурный и влажный, и даже бриз с сиренево-серого моря не тревожит, как бывает обычно, листву на деревьях. У отеля стоят, смеясь, люди с напитками в руках; на остановке ждёт небольшая толпа приехавших на денёк отдыхающих с сумками-холодильниками и испачканными в песке ногами; а чуть дальше по тротуару топает знакомая фигура вместе с едва ковыляющим чёрно-рыжим псом…

— Останови! — кричу я. — Останови, пожалуйста!

— Что стряслось, приятель? — спрашивает дядя Пит, поворачиваясь ко мне, и машина немного виляет.

Это точно она — Кез Беккер — а рядом с ней плетётся Деннис.

— Ничего. Просто мне нужно поговорить вон с той девочкой. Видишь? Той, с собакой!

Но мы едем слишком быстро и уже миновали её.

— Сьюзен? Это я… Угадай что? Я только что видел, как *Денниса* выгуливала возле отеля Кез Беккер.

Я в своей комнате, лежу под крюком, на котором когда-то висел Сновидатор. Я сказал дяде Питу и бабуле, что не голоден (неправда), и что устал (неправда), и что поднимусь наверх почитать (тоже неправда).

— Что? — переспрашивает Сьюзен.

— Денниса. У Кез Деннис — пёс Кеннета Маккинли?

— Ясно…

— Слушай. Себ… он не поправляется. Если честно, ему становится хуже. Мы должны действовать быстро. И ключ ко всему — Кез Беккер.

— Ключ к чему?

— К тому, чтобы стащить Сновидатор из похоронного бюро!

— И как мы заставим Кез нам помочь?

— Не знаю, — признаюсь я. — Об этом я ещё не подумал.

— Понятно, — в её голосе звучит сомнение. — Но… уже темнеет, и Мола…

— Нет, — говорю я. — Времени мало.

Я рассказываю ей всё, что случилось в больнице, как Себ вертелся на койке, и как у него появилась отметина на лица, и об ОИТ…

— Как скоро ты сможешь со мной встретиться? — спрашивает Сьюзен. Её голос меняется вдруг с сомневающегося на решительный.

— Как скоро? В смысле сейчас?

— Ты сказал, дело срочное.

— Знаю. Но я не могу просто… *уйти*. У меня дома родственники.

— Найдёшь способ. Двадцать минут. У монастырских ворот. У меня есть идея.

Я делаю глубокий вдох и гляжусь в зеркало. Это что, я? Светлые волосы, смахивающие на копну сена, глаза цвета соплей (описание Себа) и веснушки на носу на месте… это всё по-прежнему. Но что-то изменилось. Я что, выгляжу старше? Это глупо. Почти двенадцатилетний человек не может внезапно начать выглядеть старше.

Может, это просто внутреннее ощущение. Я провожу рукой по волосам и касаюсь того места, которым много недель назад ударился о свод пещеры, когда взлетел в самый первый раз. Теперь уже не больно, там нет ни шишки, ничего такого, но это заставляет меня задуматься.

Я возвращаюсь к кровати и ложусь, пытаясь устроить голову так, чтобы задевать тем самым местом изголовье, но у меня не получается. По крайней мере, это не так просто. Помните, я делал так в то первое утро, но я просто подумал, что, *наверное*, ударился головой о стену. Теперь я знаю, что это не так.

Удар головой из сна стал реальным, прямо как и следы от зубов, прямо как ссадины на запястьях Себа...

Всё с самого начала шло неправильно!

Я встаю с кровати, стискиваю челюсти и говорю так решительно, как только могу:

— Ты сможешь, Малки.

Я спускаюсь вниз и демонстрирую пластиковый пакет с книжкой внутри, пытаясь вести себя так, как будто это всё совершенно обычное дело. Дядя Пит и бабуля сидят в гостиной и смотрят телевизор, выкрутив громкость на максимум, потому что у бабули очень плохо со слухом.

— Мне нужно отнести вот это! — кричу я. — Я ненадолго, — добавляю я и поворачиваюсь, чтобы уйти, на секунду поверив, что мне всё удалось вот так просто.

— Постой-ка, приятель. Куда это ты собрался? — спрашивает дядя Пит, убавляя звук, тем самым заставив бабулю оторваться от телефона. — Уже почти полдевятого. На улице темень.

Ладно, ладно, надо максимально расслабиться. Они не в курсе, что это что-то необычное.

— А, да просто одно школьное дело. — *Следи, чтобы голос не повышался, Малки.* — Кхм. Сьюзен забыла у меня свой школьный айпад. Раньше. До этого. Случайно. И он ей нужен прямо сейчас. Она на другом конце улицы живёт. — *Я явно тараторю, зато голос высоким не становится.*

— Школьные айпады, хех? Как прогрессивно! — говорит бабуля, приподнимая брови.

Ох, пожалуйста, только не проси посмотреть. В этом пакете всего лишь книга, да и айпадами у нас в школе не пользуются.

— Я ненадолго.

— С кем ты, говоришь, хочешь встретиться? — спрашивает дядя Пит.

Ой, да ладно! Я вижу, как часы на каминной полке пожирают минуты…

— Со Сьюзен. Сьюзен Тензин. Живёт в большом таком доме в конце улицы. Она часто у нас бывает. Мама с папой её хорошо знают. Она вроде как мой лучший друг.

Отчего-то это кажется уже не такой ложью, какой могло бы показаться пару дней назад.

— Ох, как мило, — говорит бабуля. — Была у меня в школе подруга по имени Сьюзен, и...

О нет! Она хочет поболтать!

Я добавляю на всякий случай:

— Они буддисты, — потому что знаю, что на прошлое Рождество дядя Пит ездил в Грецию «прокачивать осознанность». — И они очень рано ложатся. — Он понимает намёк.

— Только недолго. Телефон с собой?

Я машу ему телефоном и скрываюсь за дверью, пока он не передумал, а потом бегу со всех ног, чтобы успеть встретиться со Сьюзен вовремя.

Глава 66

Мы с Сьюзен стоим, опёршись на ограду перед старым монастырём, обращённым к «Беккер и сыновья», и от одного только вида мне становится жутко. Сьюзен выпрямляется и проницательно смотрит на меня.

— Это всё психология, — говорит она. — Я пыталась предугадать ход её мыслей.

Надо отдать ей должное, в этом она соображает. Даже по её *голосу* складывается впечатление, что она знает, о чём говорит.

— Вариант первый: мы можем рассказать Кезии правду. Сказать, что тебе надо забрать Сновидатор, чтобы... ну, чтобы сделать то, что ты должен сделать, и попросить её сходить в похоронное бюро её папы и взять его оттуда, где он там лежит.

Над этим я даже не задумываюсь.

— Не прокатит. Начать с того, что она мне не поверит, а если и поверит, то не станет воровать что-то как... что? Одолжение?

— Верно. Поэтому мы должны использовать психологию.

Она меня к чему-то ведёт — а, что ещё лучше, заставляет меня хотеть быть ведомым.

— Ладно, Эйнштейн. Как нам это провернуть? Просто скажи, Сьюзен.

Она вскидывает подбородок и постукивает по нему указательным пальцем, словно глубоко задумавшись, хотя она просто притворяется. Она всё давно просчитала.

— Ты мне как-то рассказывал про «Хэллоуинское испытание» Кез Беккер…

Я в ужасе таращусь на неё.

— Нет, Сьюзен. Нет-нет-нет…

— Это единственный способ, — говорит она. — Как нам ещё попасть внутрь и найти Сновидатор? Он будет в коробке с ярлыком, или на полке, или ещё где-то. Мы же не можем пойти и попросить его, так? Они даже не работают уже, а до завтра мы ждать не можем. — Сьюзен смотрит на моё лицо, и я поспешно скрываю ужас. Она даже немного посмеивается и хлопает меня по руке, как обычно. — Расслабься, Малки. Тебе недолго придётся там пробыть.

— Но… но, Сьюзен, слушай… — Сказать это совсем непросто. — Там же будут… т-тела. Мертвецы.

— Нет, не будет. Я всё изучила. Да будет тебе известно, их не оставляют просто вот так лежать. Они должны храниться в специально отведённом лицензированном охлаждаемом отсеке. Это закон, если точнее, закон об общественном здравоохранении 1984 года. Вон то здание — это просто салон и мастерская.

— Ты уверена? — немного чересчур встревоженно спрашиваю я.

— Почти наверняка.

Это «почти» мне не нравится.

— Полчаса, значит? — спрашиваю я.

— Это ты мне сказал, что так говорила Кезия. Странная она девочка, конечно.

— Ха-ха-ха! Ещё страннее, чем ты думаешь! — говорит Кез, внезапно появляясь позади нас и заставляя нас подпрыгнуть. Она ведёт на длинной верёвке Денниса — он обнюхивает кусты. В кои-то веки он на меня не рычит. Может, он ничего не имеет против меня, если я не на его территории.

Кез втискивается между мной и Сьюзен, как будто мы трое всегда были закадычными друзьями.

— Чокак, неудачники? Очень интригующее сообщение, Сьюзен. Откуда у тебя мой номер?

— Из списка контактов ОПТа, очевидно. Чтобы быть на связи, знаешь?

Сьюзен уже об этом позаботилась? Я кошусь на неё, и она ловит мой взгляд и едва заметно усмехается.

Кез фыркает.

— А, *это-то*! Ха — ну вы и лохи! Я-то от этого отвертелась, э? Сказала старухе Фаррух, что у меня «геронтофобия», как вам такое?

Она ухмыляется, когда мы со Сьюзен хором спрашиваем:

— Что это такое?

— Это значит боязнь стариков. Такое реально бывает. Сказала, что у меня была «психологическая травма» из-за папкиного бизнеса. Набрехала, конечно, но она вроде поверила. А теперь вы отвлекаете меня от ежесубботнего ужастика, ишь! А я «Ночь живых мертвецов» вообще-то глянуть собиралась...

— Потом перескажешь свои страшилки, Кезия, — говорит Сьюзен, но не резко. — И давай к делу, хорошо? Кстати, почему старый добрый Деннис у тебя?

Кез переводит взгляд с неё на меня.

— Старый добрый Деннис? Шутишь, что ли? Скорее вонючий шерстяной мешок! Только и делает, что гадит. Я сказала, что типа присмотрю за ним пока что. Уже сто раз пожалела. Его нашли в доме у старика Маккинли. Вы слышали?

Сьюзен кивает.

— Да. Это очень печально, правда?

Кез пожимает плечами.

— Ага, печально. Земля пухом и всё такое. Вы ж вроде к нему ходили для этого ОПТа? Короче, мне надо дождаться, пока в Сент-Вуфе, собачьем приюте в Уитли-Бэй, найдётся местечко. Сказали, это всего на пару дней. Ну и хорошо, потому что он воняет как чёрте что, и, и... о нет. Ах ты грязная мерзкая тварюга!

Деннис присел покакать, и мне вдруг становится ужасно жаль его. Он по-прежнему выглядит печальным, а теперь ещё Кез кричит на него из-за чего-то, что он не может понять.

Кез издаёт такие звуки, будто её вот-вот стошнит, и выуживает из кармана чёрный пластиковый пакет.

— *Ненавижу* это. Серьёзно, ненавижу.

Сьюзен протягивает руку и забирает у неё пакет.

— Не переживай, — говорит она. — Я всё сделаю.

Она моментально надевает пакет на руку, подбирает Деннисовы какашки, выворачивает пакет наизнанку и завязывает его. Потом выбрасывает его в мусорку на фонарном столбе и с улыбкой возвращается.

— Вот так, — говорит Сьюзен. — Проще простого! Хороший мальчик, Деннис!

Старый пёс с благодарностью лижет её руку.

Кез бурчит:

— Хмпф. Спасибо.

А я думаю: «Умница, Сьюзен! Теперь Кез нам должна».

— Короче. Что ты там мне писала? — спрашивает Кез. — При чём тут моё испытание?

— Ах да. Твоё испытание, Кезия. Давай-ка ещё раз проговорим. Ты утверждаешь, что дашь десять фунтов любому, кто полчаса проведёт в похоронном бюро твоего отца после того, как стемнеет?

Когда Сьюзен произносит это вслух, у меня холодеет всё тело.

Там же мертвецы!

Да, да, знаю. Сьюзен считает, что нет. И можете сколько угодно советовать мне посмотреть на это с точки зрения логики. Мертвецы мертвы: они никому не могут навредить. И привидений не бывает: об этом я тоже в курсе. Что плохого может случиться, если ты просто посидишь в темноте полчасика? Да ничего. Ты даже не *увидишь* трупов: они все заперты в огромном холодильнике — если они вообще там есть.

И всё же.

Кез говорит:

— Ой, ну не знаю. У меня с деньгами сейчас напряг. Вряд ли у меня прям ща найдётся десятка.

Я смотрю на Денниса и его печальную морду.

— Сделаю это за собаку, — говорю я. — Денег можешь не давать. — Слова вырываются у меня изо рта, не успеваю я всё обдумать.

Кез таращится на меня.

— Постой-ка. Ты проторчишь там полчаса в темноте, а мне даже не придётся давать тебе десятку? Только отдать эту вонючую старую псину, которую всё равно отправят в приют?

Это не к добру. Кез что-то подозревает. Пора ломать комедию. Я слезаю с забора и делаю пару шагов в сторону дома.

— Ты права, — говорю я. — Это тупая идея, да и страшновато как-то. Я ни за что не смогу этого сделать только за то, чтобы пару дней повладеть собакой. Пока.

— Стой, стой, — говорит Кез, и я тут же понимаю, что она попалась.

Психология, как сказала Сьюзен. Кажется, это работает.

Глава 67

Большая часть квадратного здания бюро «Беккер и сыновья» благоразумно скрыта за высокими заборами, с улицы хорошо видна только приёмная. Мы обошли его позади, со стороны ограждённой парковки, за которой только толстые деревья и насыпь, ведущая к старой железной дороге. Сюда выходит окнами квартира Беккеров, занимающая весь второй этаж, но свет внутри не горит. Кругом темным-темно, и у меня вдруг появляется ощущение, что от Фронт-стрит нас отделяют многие мили.

Я смотрю на Кез и думаю: «Живёт так близко к трупам!» Но, конечно, для неё это обычное дело. Она подходит к одному из длинных чёрных катафалков и приседает, шаря рукой над задним колесом и вытаскивая связку ключей.

— Папка вечно талдычит Терри не оставлять их тут. Хорошо, что он его не слушает, э? — говорит она. — Ну ладно: ты готов?

Сердцу становится как-то тесно в груди, я едва могу сглотнуть. Я стискиваю зубы и отрывисто киваю Кез, и она подходит к нам, бренча ключами. Следом за ней мы обходим здание и оказываемся у больших двойных дверей.

Сьюзен бормочет мне, так, чтобы Кез не услышала:

— Помни. Мёртвые не причинят тебе вреда. Думай о своей *истинной* цели. Думай о Себе.

— Погоди. Ты же говорила…

— Знаю. И я почти уверена. Но, знаешь…

Кез отперла двойные двери и, пока она открывает их, раздаётся негромкий писк. Она поворачивается к нам.

— Подождите здесь. Пойду сигналку отключу.

Она проскальзывает внутрь, и через несколько секунд писк прекращается. Кез снова появляется, и некоторое время мы втроём стоим у приоткрытых дверей.

— Ну ладно. Правила, — говорит Кез. — Полчаса начиная с этого момента. С людьми снаружи не разговаривать. Свет не включать, иначе не считается. Если совсем сдрейфишь, постучи в дверь и скажи: «Я трус, выпусти меня отсюда!» Готов? Телефон отдай.

— Не отдам я его тебе после того раза. Сьюзен подержит.

Кез хмурится, глядя на нас.

— Ладно. Мне пофиг. Давай — загляни.

Я делаю шаг вперёд, просовываю голову в зазор между дверями и вдруг чувствую, что меня со всей силы толкают вперёд, во тьму, а потом слышу громкий глухой удар — двери позади меня захлопываются. Всё прямо как тогда, в самом начале, когда Кез втолкнула меня на задний двор мистера Маккинли.

— Малки, ты в по… — начинает Сьюзен.

— Цыц. Ты нарушаешь правила.

После этого воцаряется тишина. Хоть я и знаю, что Кез и Сьюзен здесь, за дверями, я в ужасе. Даже просто сидеть тут тридцать минут, прислонившись спиной к дверям, уже было бы страшно. А мне придётся рыскать в почти полной темноте, ища Сновидатор мёртвого старика.

Узкие окна, расположенные прямо под потолком, пропускают немножечко света с улицы, но уже совсем стемнело, а единственный фонарь сломан. Я усиленно моргаю, чтобы глаза побыстрее привыкли к черноте, и некоторое время спустя уже могу рассмотреть, где я.

Помещение, в котором я очутился, внутри больше, чем казалось снаружи. Тут какие-то шкафчики, как в школе, вешалка с висящими на ней костюмами, полка с цилиндрами и несколько низких кресел. Наверное, это что-то вроде раздевалки для персонала. На маленьком столике стоят пустые чашки, а в углу виднеется раковина. Я начинаю озираться в поисках чего-то, что может намекнуть мне, где лежит Сновидатор, и очень скоро прихожу к выводу, что здесь его, скорее всего, нет. По крайней мере, в этой комнате. На уровне головы висят кухонные шкафчики, в которые я быстренько заглядываю, но нахожу там одни кружки да чайные пакетики.

Распашная дверь в другом конце комнаты открывается в широкий коридор, также тускло освещённый окнами под потолком, а уже из него ведут три или четыре двери, большинство — с проделанными в них круглыми окошечками. Я заглядываю в одно: внутри слишком темно, ничего не разглядеть. Потом дёргаю за ручку: заперто.

Тут потолок пересекает луч белого света, а через секунду-другую раздаётся низкое рычание въезжающего на парковку мотоцикла.

Папа Кез!

Я торопливо шмыгаю через распашную дверь обратно в комнату для персонала и подхожу к дверям, через которые вошёл. Я уже собираюсь постучаться и потребовать, чтобы меня выпустили, но тут слышу, что мотоцикл всего в нескольких метрах от входа. Потом мотор замолкает, и раздаётся взрослый голос, слегка приглушённый из-за двери, но всё же различимый:

— Привет, милая. Что ты тут делаешь?

— Привет, пап. Да просто Денниса выгуливаю. Он гонялся за мячом, а мяч возьми да прикатись сюда.

Мистер Беккер хмыкает.

— Гонялся за мячом? Это что-то новенькое. Он же едва ходит.

Его голос становится ближе, и я слышу звяканье ключей, за которым раздаётся писк Кез:

— Ты же туда не собираешься, правда?

— Эм... собираюсь, милая. А почему...

— Ну только... Ма тебя искала. Кажется. Сходи узнай, что ей надо. Типа, сперва.

— Ну что ж, твоя ма может подождать лишнюю минутку, не так ли? Мне нужно взять кое-что из офиса. Не смотри на меня так. Что с тобой такое? Давай, шагай-ка домой. Да — сейчас же, Кезия. Брысь. Бегом.

Когда в замке начинает ворочаться ключ, я в полнейшем ужасе. Мне просто негде — *негде* будет спрятаться в этой комнате, если папа Кез включит свет, а он непременно так и сделает.

Глава 68

Распашная дверь всё ещё поскрипывает и покачивается за моей спиной, когда папа Кез входит через главные двери, а я стою в теперь освещённом коридоре: мистер Беккер включил в здании свет. Если он зайдёт сюда, чтобы пройти в офис на том конце коридора, он меня обнаружит.

Из коридора ведут четыре двери. Первая, как я уже выяснил, заперта. Я пробую вторую: она заперта тоже, и я просто знаю, что будет, если я подёргаю за остальные. Я слышу, как шаги мистера Беккера пересекают комнату для персонала.

Третья дверь заперта, как я и предполагал. На четвёртой нет окошечка, и она... открывается.

Я проскальзываю внутрь и едва не вскрикиваю. Передо мной, в тусклом свете единственной свечи в подсвечнике, стоят три гроба. Под каждым из них тележка высотой по пояс, на колёсиках. У той тележки, что дальше всех от двери, основание прикрыто плиссированной занавеской, скрывающей её ножки и колёсики.

Я слышу, как в конце коридора скрипит распашная дверь. Шаги мистера Беккера приближаются, и я осознаю, что оставил дверь открытой, но возвращаться уже поздно. Я застываю на секунду, но пока он шагает по коридору, я бросаюсь за дальний гроб и прячусь под занавеской тележки.

Мистер Беккер останавливается у двери и устало говорит:

— Мать честная. Что у нас тут?

Он же не знает, что я здесь, правда? Я сижу под гробом, скрытый занавеской: он меня не видит. Если только он не услышал стук моего сердца — а это вполне возможно.

Потом я слышу, как он что-то набирает на телефоне: *бип-бип-бип.*

Теперь мистер Беккер стоит совсем рядом. Если я наклоню голову, то увижу носки его мотоциклетных ботинок: занавеска не совсем достаёт до пола.

— Терри? Да, это я. — Голос у него не громкий, но я слышу, что он недоволен. — Я только что пришёл в офис за бумагами и знаешь что? Мало того что сигнализация не была включена, так ещё и дверь во второе хранилище была открыта, а к тому же ты оставил гореть чёртову свечу! Открытое пламя. Что ж, извинений тут недостаточно, Терри. Это огромная пожарная опасность. У нас тут погребальная контора, Терри, а не фигов крематорий. Да, ну что ж. Считай, что это твоё последнее предупреждение.

Он цокает и сбрасывает вызов, а потом я слышу, как он задувает свечу и выходит из комнаты, запирая её за собой и…

Запирая меня внутри.

Когда шаги мистера Беккера утихают вдали, я обнаруживаю, что не могу сдвинуться с места. Слышали когда-нибудь, как людей «парализует страхом»? Вот это со мной и случилось. Я никогда не думал, что так бывает на самом деле, но каждый раз, пытаясь шевельнуться, я просто не могу. Я заперт в могильно-чёрной комнате с тремя гробами, в которых наверняка лежат мертвецы — а иначе зачем бы им тут стоять? Мой мозг словно говорит моим конечностям: «До тех пор, пока ты не будешь шевелить ни единым мускулом, ничего плохого не случится».

Меня подташнивает, и я борюсь с порывом расплакаться, но тщетно: из меня вырывается дрожащий вопль ужаса. Когда я осознаю, что этот вопль скорее напоминает завывание хэллоуинского привидения, я издаю что-то, одновременно напоминающее смех и крик. Я сижу на корточках под гробом в полной темноте, издаю безумные звуки, и я совершенно не в себе.

Однако, видимо, это помогает. Навывшись, я вытираю глаза занавеской, отодвигаю её в сторону и глубоко вдыхаю. Я выползаю из-под тележки — в комнате темно, хоть глаз выколи. Тут нет окон — нет даже окошка в двери — так что я не вижу даже собственной ладони, поднеся её к лицу.

Запах только что погашенной свечи наводит меня на мысль. Я шарю руками вокруг себя, пока наконец не натыкаюсь на то, что искал. Подсвечник со свечой стоит на столике, а рядом с ним — *о, какое облегчение!* — коробок спичек. Дрожащими руками я достаю одну и зажигаю свечу.

Я прикидываю, нравилось ли мне здесь больше, когда было темно? Теперь я вижу все три гроба: белый с нарисованными цветами, блестящий чёрный с медными ручками и тот, под которым я прятался. Этот гроб попроще, из обычной древесины.

Я вытаскиваю свечу из подсвечника и подношу её к гробам. Рука у меня так трясётся, что на крышки гробов брызгают капельки воска. В углах рождаются и прячутся тени. Я вижу, что к каждой крышке приклеено по розовому листку для заметок.

Подсвечивая себе свечой, я читаю надпись на первом листке на чёрном гробе. Там просто написано «Мистер Д. Дайсон». На следующем написано «Миссис Э. Армстронг». Я с усилием сглатываю, потому что знаю, что будет написано на деревянном гробу — под которым я прятался. Так и оказывается.

«Мистер К. Х. Маккинли».

Прежде чем открыть крышку, я внимательно оглядываю комнату — вдруг я проглядел какие-нибудь коробки, или ящики, или полки, или шкафчики…

Ничего.

Я потерял счёт времени. Я не знаю, когда придёт Кез — а если уж на то пошло, *придёт ли вообще.*

Но я знаю, что единственный шанс заполучить Сновидатор — это поднять деревянную крышку и выяснить, там ли он.

Одной трясущейся рукой я приподнимаю свечу; второй толкаю крышку, отчасти надеясь, что она закреплена, так что мне не придётся делать то, что я должен сделать дальше. Мои надежды не оправдываются: крышка поддаётся. Я просовываю под неё пальцы, одновременно приподнимая и толкая, пока крышка не сдвигается, и краем глаза ловлю белый атлас, которым гроб обит изнутри.

Я отворачиваюсь. Я не могу даже смотреть, что делают мои собственные руки. Я крепко зажмуриваюсь и толкаю изо всех сил. Крышка гроба падает на пол, и грохот оглушительным эхом отдаётся по комнате. Я роняю свечу, но она не гаснет.

Я наклоняюсь за ней и медленно, медленно распрямляюсь, тяжело дыша от ужаса перед тем, что могу увидеть. С усилием сглатывая, я заглядываю внутрь.

Никого. Никакого мертвеца там нет, и я выдыхаю с облегчением: плаксивый такой вздох.

Однако гроб не пуст. О нет. Прямо там, посреди сияющего белого атласа лежит последний в мире Сновидатор.

Тут я снова слышу шаги. Я хватаю Сновидатор и ныряю под занавеску.

Кто-то дёргает дверную ручку.

Глава 69

— Малки! Малки! Ты там?

Не уверен, что когда-нибудь в жизни был настолько рад услышать чей-то голос.

— Сьюзен! Да! Я здесь! — Я толкаю дверь, но она не поддаётся. — У тебя нет ключа?

— Только от наружной двери. Сигнализация вот-вот срабо…

Её последние слова заглушает пронзительный визг запоздалой охранной сигнализации. Я делаю быстрые подсчёты. Сколько времени уйдёт у мистера Беккера, чтобы услышать её и спуститься посмотреть? Тридцать секунд? Минута? И того меньше.

Никак нельзя, чтобы меня поймали за воровством из гроба мёртвого человека! Свеча всё ещё у меня в руке, и я запихиваю её обратно в подсвечник.

— Отойди! — кричу я Сьюзен. — И готовься бежать!

Я сую Сновидатор под куртку. Потом берусь за один конец тележки с самым большим и тяжёлым гробом — чёрным, — качу её в дальний конец комнаты и бегу, толкая её перед собой. Особо разбежаться у меня не получается — тут всего метров пять — но, видимо, вес делает своё дело, потому что тележка с хрустом врезается в дверное полотно, немедленно выламывая замок и немного приоткрывая дверь. Я снова откатываю тележку и опять врезаюсь в дверь, и она с грохотом распахивается. Теперь на пути у меня стоит гроб, но над ним есть небольшой просвет, так что я вскакиваю на крышку, проползаю по ней и обрушиваюсь под ноги Сьюзен. Я уже слышу, как в приёмной открывается дверь.

Мы со Сьюзен не разговариваем. Вместо этого мы бежим — обратно по тёмному коридору, через комнату для персонала, из задней двери и на парковку.

Единственный выход с парковки — дорожка, ведущая мимо здания приёмной. Ещё есть высокий каменный забор, за которым — крутая насыпь, спускающаяся к бывшей железной дороге — теперь велосипедной дорожке. У нас нет выбора. Я вскакиваю на капот, а потом на крышу одного из катафалков, и он прогибается под моим весом, но с него я уже могу дотянуться до вершины забора.

— Давай, — говорю я Сьюзен. — Ты сможешь!

— Знаю, — отвечает она, и мы переваливаемся через забор и приземляемся в куст ежевики. Мы пытаемся выбраться из него, чтобы спуститься по насыпи на велосипедную дорожку, и колючки рвут нам одежду и царапают кожу. Я чувствую, как что-то хрустит у меня под курткой, но не останавливаюсь посмотреть.

Гонятся ли за нами? Не думаю. Я не слышал криков, хотя охранная сигнализация за нашими спинами по-прежнему воет.

— Сюда, — говорю я, указывая в сторону Норт-Шилдса, до которого пара километров.

Так что мы бежим по дороге, мимо задних садов, а потом пролезаем через дыру в заборе — моя куртка цепляется за него, и на ней остаётся длинная прореха — и оказываемся на игровой площадке начальной школы Себа, но не останавливаемся, пока не перелезаем через зубчатую ограду и не прибегаем в конец переулка за улицей Сьюзен — слева от нас её задние ворота, а чуть подальше — мой дом.

Тут довольно темно, и я падаю на клочок травы на колени, тяжело дыша. Трясущимися руками я вытаскиваю Сновидатор из-под куртки и рассматриваю его. Одна из сторон пирамидки погнулась и бамбуковый обруч треснул, но в остальном он цел. Надеюсь. Сьюзен запыхала́сь не так сильно, как я, хотя она такая же исцарапанная и перепачканная.

— Ты нормально? — спустя некоторое время спрашиваю я, и она кивает. — Спасибо, что пришла за мной.

— Кезия просто бросила тебя! — говорит она таким тоном, будто сама в это не верит. — Когда её папа прикатил на своём мотоцикле, она швырнула мне ключи и велела убираться отсюда и вернуть их на место, когда закончу. Прости. Мне пришлось ждать, пока её папа уйдёт из главного офиса, а он ещё и сигнализацию заново включил. Что за... что за...

Я жду, пока Сьюзен подберёт оскорбление для Кез Беккер. Я никогда не слышал, чтобы она о ком-то говорила гадости.

И не услышу. Она заканчивает предложение, цокнув языком и покачав головой, а потом возвращает мне телефон.

Я включаю его и смотрю, как он загружается. Я до сих пор не могу отдышаться — скорее, думаю, от переживаний, чем от усталости.

— О нет, — говорю я, и Сьюзен приседает рядом со мной на корточки.

— Что такое?

Одиннадцать пропущенных звонков: все от дяди Пита. Плюс два голосовых сообщения и три текстовых. Я неохотно открываю сообщения. Вряд ли там что-то хорошее.

Ты где?

Пожалуйста, позвони — срочно.

Немедленно возвращайся домой, или я сам за тобой приду.

Последнее было отправлено всего пять минут назад. Позвонить ему я не решаюсь. Вместо этого я пишу сообщение.

Прости. Телефон сел. Иду домой.

Так себе оправдание, но сойдёт.

Мы со Сьюзен смотрим друг на друга, сидя на неопрятном клочке травы.

— Я выгляжу так же потрёпанно, как ты? — спрашиваю я, оглядывая её вымазанную грязью, порванную одежду, испачканные и спутанные волосы и глубокую царапину от ежевичной колючки на щеке.

Она улыбается.

— Нет. Ты выглядишь здорово! Отпад. Никогда так хорошо не выглядел.

Мы оба нервно хихикаем, потом следует немного неловкая пауза.

Сьюзен говорит:

— Удачи.

Потом она наклоняется и обнимает меня, прижимая мои руки к бокам, так что я не могу обнять её в ответ, хоть я и собирался.

— Ты знаешь, что должен делать, когда включишь Сновидатор? — спрашивает она.

— Не особо.

Сьюзен задумчиво кусает щёку.

— Ты должен добраться до края своего сна и пойти дальше. Так сказала Мола.

— Ты вообще понимаешь, что это значит?

Сьюзен улыбается, не раскрывая рта, и отвечает:

— Не то чтобы. Прости. — Некоторое время мы стоим лицом к лицу, а потом она снова говорит: — Удачи, — поворачивается и уходит, и я делаю так же.

Я прошёл метров десять, когда она окликает меня, и я оглядываюсь.

— Может, мы увидимся там, — говорит она. Я киваю и машу ей, не до конца понимая её и даже не совсем уверенный, что всё правильно расслышал.

«Может, мы увидимся там»? Где — там?

Но вскоре я об этом забываю. Когда я подхожу к дому, на крыльце уже стоит дядя Пит, и вид у него *совсем* не радостный.

ДВА ЧАСА СПУСТЯ

Глава 70

Я лежу на своей кровати.

Спать? Да вы шутите. У меня такое чувство, будто в этот день впихнули целую неделю, и если вы думаете, что это меня вымотало, то скажу вам вот что: я настолько бодр, насколько это вообще возможно.

Дядя Пит не знал, что делать, и я этому очень рад.

Когда я заявился в своём потрёпанном виде, спрятав Сновидатор под куртку, дядя Пит был в замешательстве. Он бывал со мной строг раньше и как-то повысил голос на Себа, но, честно говоря, не думаю, что ему когда-нибудь приходилось меня отчитывать. Замешательство было написано на его лице большими буквами, так что я решил блефовать.

А что мне оставалось?

— Что с тобой такое случилось? — спросил он. — И где тебя черти носили? Мы с твоей бабулей испереживались. Я уже собирался идти за тобой.

Бабуля просто сидела на диване, слегка качая головой — то ли печально, то ли неодобрительно, трудно было понять.

Справедливости ради, мне было их немного жаль: они были не только озадачены, но и весьма расстроены. Я видел, что дядя Пит злится, но своих детей у него нет, так что...

Я сблефовал. Соврал, иными словами. Выдумал какую-то чушь про то, что у Сьюзен сбежала морская свинка, и нам пришлось гоняться за ней по всему саду. Я знал, что проверить это дядя ни за что не сможет.

Я повесил голову.

— Прости, дядя Пит. Я не хотел вас расстраивать, — сказал я ужасно жалким голосом.

(О-ох, *ненавижу*, когда мне приходится так делать. Это *прекрасно* действует на людей без детей и странным образом совершенно не действует на родителей и учителей.)

Бабуля поцокала языком и произнесла что-то по-шведски, а потом сказала:

— Малки, *älskling*. Твоим маме с папой и так забот хватает. Иди прими душ, а потом отправляйся спать. Больше мы это обсуждать не будем. Но сперва обними меня.

О нет. Только не объятья. У меня же Сновидатор под курткой.

— *Kom hit*, — сказала она по-шведски, распахивая объятья. — Иди сюда!

Я замешкался.

— Что с тобой такое?

Мне было никак не отвертеться. Я наклонился к бабуле стоя, стараясь не прижиматься к ней, но она настойчиво притягивала меня к себе.

Она непременно заметит.

— Эй, а это что? — спросила она, и я решил, что меня раскрыли. Но бабуля касалась прорехи на моём рукаве. — Снимай свою курточку, Малки, *älskling*. Я её заштопаю, пока твоя мама не увидела, идёт? Ну, чего ты ждёшь? Снимай!

В этот момент у дяди Пита зазвонил телефон, и бабуля на миг отвлеклась. Мы разомкнули объятья и стали ждать новостей. По дядиному голосу я слышал, что он говорит с мамой. Он почти ничего не отвечал, только бормотал «Угу» и «Понятно». Потом последовала долгая пауза, и он сказал:

— О нет.

Бабуля встревоженно прикрыла рот ладонью.

— Твоя ма звонила, — сказал дядя Пит, убирая телефон и грузно садясь. — Новости плохие. Себу становится хуже. Сегодняшняя ночь будет решающей. Мне очень жаль, Малки. — Уголки его сомкнутого в тонкую линию рта были опущены, а лицо начинало краснеть — он изо всех сил старался не разрыдаться прямо передо мной.

Бабуля посмотрела на меня, глаза у неё были влажными.

— Ты молишься, Малки?

Я пожал плечами. Не особо, если только в школе приходится.

— Может, сегодня как раз пора, — сказала она и быстро отвернулась. Я воспользовался шансом и кинулся наверх. Конечно, они оба решили, что я отправился к себе поплакать (а может, помолиться), но мне просто не терпелось достать из-под куртки Сновидатор.

И вот я здесь, и уже почти полночь.

Свет этого Сновидатора сияет как будто ярче, чем у тех, что были у нас с Себом, и кажется скорее зелёным, чем синим. Значит ли это, что он мощнее?

Дядя Пит спит на диване внизу, а бабуля — в маминой комнате. Телевизор недавно умолк. Теперь всё тихо. А у меня сна ни в одном глазу.

Тут мой телефон пищит — мне пришло сообщение. Это Сьюзен.

Я не была уверена, стоит ли отправлять тебе это, но вот.

Дальше идёт ссылка, я нажимаю на неё, и на экране открывается картинка. Это скан старой газетной статьи.

Вечерние новости Эдинбурга
Мистическая смерть сына «Мистика»

2 марта 1988 года. Смерть подростка в Королевской больнице Эдинбурга «ошарашила» врачей.

Ури Маккинли, 13 лет, поступил в больницу 23 февраля. Он впал в «спонтанную глубокую кому», и врачи были не в силах разбудить его.

Его состояние стремительно ухудшалось, и два дня назад он тихо скончался. Врачам не удалось установить причину смерти, и дело было передано в судебные инстанции.

Ури был единственным сыном шоумена и самопровозглашённого «Мистика Северо-Шотландского нагорья» Кеннета Маккинли и его жены Джанет.

Мистер Маккинли гастролировал по Шотландии в шестидесятых и семидесятых, но несколько лет назад отошёл от общественной жизни.

Если у меня и оставались *хоть какие-то* сомнения насчёт серьёзности состояния Себа, то эта короткая статья их полностью развеяла.

Чем больше я думаю о том, что не могу уснуть, тем больше меня это пугает. Я *обязан* вернуться в тот сон. Себу грозит настоящая опасность. Он может погибнуть, прямо как сын Кеннета Маккинли.

Это зависит от меня. Всё зависит от меня.

Глава 71

Я смотрю на часы на телефоне. Уже четвёртый час, а я до сих пор не могу уснуть.

Я ложусь сначала на один бок, потом на другой, потом на спину, потом на живот. Мама говорит, что она иногда читает, когда ей не спится, но для этого придётся включить свет, а значит, принять своё бодрствование, так что этого я делать *точно* не буду.

Двадцать минут спустя я включаю свет. На кровати Себа лежит «Пещерный мальчик Коби».

От одного только взгляда на картинки внутри разливается тепло. Пустынный песчаный пейзаж на первой странице напоминает старое фото из отпуска. А слова я знаю почти наизусть.

В тенях большой пещеры мерцает красный пламень,

И Коби отдыхает, пристроившись на камень.

Из меха одеяло щекочет ему нос,

А ветер завывает, как злой голодный пёс.
И Коби засыпает и мчится в страну грёз.

Медленно, медленно, как меховое одеяло Коби, книга опускается мне на нос, а я даже не замечаю.

И тут я опять просыпаюсь. Да блин! Что это за шум? Что-то стукнуло за моей спиной — *бумк!*

И опять. *Бумк!*

Я снова смотрю на телефон: 03.42. И тут на экране всплывает сообщение от Сьюзен.

Ты спишь?

Бумк!

Окно. Кто-то кидает что-то мне в окно. Я отбрасываю одеяло, раздвигаю занавески, и в этот самый миг о стекло с гораздо более громким стуком ударяется пластиковый дротик, заставляя меня испуганно отпрыгнуть.

Я различаю стоящую в саду фигурку с тёмными волосами и в застёгнутой куртке, готовую запустить новый снаряд. Сьюзен замечает меня и опускает руку. Она держит бластер Нёрф Себа, который он забыл под забором. Я открываю окно.

— Не была уверена, стоит ли тебя беспокоить, — шипит она.

— Я почти уснул, — шепчу я в ответ, стараясь, чтобы голос не звучал зло.

— Хорошо, — говорит она. — Лови. И ложись спать. Это может помочь. Удачи.

Она роется в кармане куртки и выуживает оттуда что-то. Целится она хорошо, и я сразу же ловлю. Я смотрю, что она кинула — это перевязанный бечёвкой свёрточек. Когда я снова перевожу взгляд во двор, Сьюзен уже и след простыл — только калитка за спиной хлопнула.

Глава 72

К свёртку скотчем приклеена записка.

Дорогой Малки,

Прости, что побеспокоила тебя. Я лежала и думала, стоит ли, но потом решила, что это слишком уж важно.

Помнишь первый раз, когда вы с Себом увидели одинаковый сон? Ты сказал, что вспоминаешь запах ячьего масла.

А потом вчера — в школе — ты сказал, что опять его почуял, и тебя «флешбэкнуло».

И опять — у нас в саду, когда ты унюхал запах чая с маслом.

И наконец — тот раз, когда мистер Маккинли зажёг сигарету, но курить не стал.

Запахи и звуки часто могут провоцировать самые глубокие воспоминания. Я, например, люблю медитировать под тихое трепетание наших молитвенных флажков на ветру.

Так что внутри этого свёртка — немного ячьего масла. Открой его, понюхай и оставь лежать открытым рядом с тобой.

Ты хороший человек, Малки Белл. Ты достоин того, чтобы у тебя всё получилось, так что надеюсь, это поможет.

Твой друг,

Сьюзен

И тут я наконец *чувствую* усталость. Я вожусь с узелком на свёртке, а когда наконец развязываю его, комнату начинает наполнять резкий запах ячьего масла.

Я забираюсь обратно в постель и закрываю глаза. И на этот раз действительно засыпаю, пока Сновидатор почти неподвижно висит у меня над головой.

Глава 73

Всё иначе. Это всё, что я могу сейчас сказать, оглядывая знакомую пещеру, в которой начиналось столько наших с Себом приключений. Это самое большое приключение из всех, а его здесь нет. Я надеялся, что сон начнётся там, где я оставил Себа, — на поляне с громилами, которые его схватили. Это сэкономило бы время. Но у моего подсознания оказались другие планы.

Почему всё иначе? *Выглядит* всё как обычно. Вот огонь, который даже больше не чадит; вот старый рисунок на стене: машина — Себ рисовал её и смеялся, представляя, как через много тысяч лет её кто-нибудь найдёт. Снаружи, прямо как в книжке, воет ветер, взбивая облачка песка и развеивая их. Даже дирижабль в форме рыбки парит на своём обычном месте.

Но *ощущается* всё иначе: должно быть, всё из-за этого.

Дело не только в том, что я нервничаю — хотя я нервничаю. Дело в том, что мне больше не весело.

В голове всплывают слова Молы: «Для тебя это всё как видеоигра, а? *Бам-бам-бам*, вот я умер, нажму «переиграть», новая жизнь».

Я ловлю себя на том, что говорю вслух:

— Что ж, теперь это не игра, Мола.

— Хорошо, я рада, что ты это осознаёшь, — отвечает она. Я резко оборачиваюсь — она стоит у меня за спиной. Я ахаю. — Ты не торопился, Сонный мальчик, — говорит она, но в её голосе нет злости, только нетерпение.

— Я... я... не мог уснуть. Постойте... это же сон, да?

Пожилая леди закатывает свои тёмные маленькие глаза, прямо как подросток.

— А ты как думаешь? Конечно, да.

— Но... но как вы... в смысле...? Мы с вами видим одинаковый сон, или вы мне просто снитесь?

— Собираешься тратить время, раздумывая об этом, Сонный мальчик?

— Нет, но... почему? Почему вы здесь?

— Тебе может понадобиться помощь. Точнее... Сьюзен подумала, что тебе может понадобиться помощь. А теперь скажи мне: как сильно ты хочешь вернуть своего брата?

Что это за вопрос вообще?

— Сильнее всего на свете, Мола! И даже того сильнее!

Она прищуривается и кивает.

— Хм-м. Довольно сильно, судя по всему. Тогда вперёд. Нужно поторапливаться.

Она срывается с места. Нам нужно добраться до пляжа, взобраться на холм и пересечь огромную долину, ведущую к каньону, потом попасть к Подливочному озеру и уже оттуда — на поляну, где схватили Себа. Мола рядом со мной бежит, совершенно не задыхаясь. Она подобрала свой саронг, доходящий ей до лодыжек, и скачет в ногу со мной — ноги у неё узловатые, с прожилками вен, и напоминают сыр с плесенью.

Вскоре мы уже несёмся по обдуваемой всеми ветрами долине, а вдалеке виднеется Подливочное озеро.

— Мола! — пыхчу я. — Мы бежим супербыстро. От... от этого у меня сила управления сном выдохнется.

— И что? У тебя есть идея получше? — Она до сих пор ни чуточки не запыхалась. — Ты слишком долго сюда добирался. У нас нет времени прогуливаться.

Она бежит впереди меня, и уже скоро мы приближаемся к каньону с зелёной рекой мятного заварного крема. Я начинаю уставать, хоть я и бегу во сне, и всё же: я говорю себе, что всё будет в порядке. У реки я останавливаюсь и падаю на колени, тяжело дыша. Я считаю выступающие над кремом камни, по которым можно перебраться: пять прыжков — и я на том берегу.

Однако один из камней выглядит длиннее остальных. Зеленее, шишковатее. И он... *движется?*

— О нет, нет, нет, — бормочу я себе под нос и кое-как встаю на ноги. На моих глазах камень немного приподнимается, и на меня глядит, медленно моргая, жёлтый глаз — Катберт поднимает морду из реки и начинает скользить ко мне.

— Твой друг? — спрашивает Мола, но у меня слишком пересохло в горле, чтобы ответить. Я перебираю варианты. Может, пусть мне приснится бластер Нёрф? В тот раз они были довольно эффективны, только…

Постойте! А как насчёт *настоящего* оружия?

— Хорошая мысль, — говорит Качок Билли, неожиданно появившийся рядом со мной, прямо как в обычном сне. Вместо гантелей он держит в каждой руке по здоровенному автомату. — Могу я посоветовать это? — Он бросает мне автомат, и тот с грохотом падает мне под ноги. — Классический пистолет-пулемёт Томпсона, стандартное оружие армии США во время Второй мировой войны. Это модель М1А1, немного облегчённая версия. Аккуратней с этим, сынок. Коварная пушка, так-то!

— Спасибо, Билли. — Я приседаю на корточки, чтобы взять оружие. Когда я поднимаю голову, Билли уже исчез, а вот Катберт вылезает из реки. Этот пистолет-пулемёт раз в тысячу тяжелее, чем Себов пластмассовый бластер Нёрф, и я вскидываю его на плечо.

— Ну ладно, ты! Тебе конец. — Я прищуриваюсь, глядя через мушку, чтобы убедиться, что крокодил именно там, где мне надо, и аккуратно давлю на холодный металлический спусковой крючок, а потом всё сильнее, сильнее…

Чем ближе подбирается Катберт, тем больше у меня шансов в него попасть; но если я промажу, его шансы схватить меня здорово увеличатся. Если он это сделает, я проснусь, а *этим* я рисковать не могу — вдруг не смогу заснуть обратно.

Я подпускаю крокодила поближе. Мола стоит в нескольких метрах от меня, выше по берегу.

— Будь осторожен, Сонный мальчик! — предупреждает она.

Катберт распахивает пасть: мне нужно прямое попадание, прямо в харю. Я в последний раз жму на спусковой крючок, и —

БАМ БАМ БАМ БАМ БАМ БАМ БАМ БАМ БАМ БАМ БАМ БАМ БАМ БАМ!

Грохот болью отдаётся в ушах, но я крепче сжимаю оружие, целясь прямо в Катберта. Я выпускаю новую очередь.

БАМ БАМ БАМ БАМ БАМ БАМ БАМ БАМ БАМ БАМ БАМ БАМ БАМ БАМ!

Я опускаю пистолет-пулемёт, ожидая увидеть лежащий передо мной на отмели труп гигантского крокодила.

— Ну что, старик. Кажется, не работает твоя пушка, а? — цедит Катберт. — Вот так оно бывает во снах, хе? Не всегда получаешь то, что хочешь! Ну ладно, талли-хо!

Он несётся на меня на своих коротеньких лапах, и я роняю пистолет-пулемёт. Я пячусь к крутому склону каньона, но не могу по нему взобраться, потому что у меня никак не получается за что-нибудь уцепиться, и...

...Крокодил приближается — *очень здорово* приближается. Стена каньона вытягивается вверх, и я опять пытаюсь вскарабкаться — безуспешно. Я снова поворачиваюсь к Катберту и вижу, как сверкают его зубы.

— СТОП! — кричу я. — Стоп! О господи — да стоп же, пожалуйста!

Катберт выбрасывает вперёд свою длинную голову, вцепляясь в мою ногу с жуткой силой, и начинает волочь меня к реке.

— Нет! НЕТ!

Мола бежит мне на помощь, крича:

— Отстань от него! Отстань от него!

Я брыкаюсь и извиваюсь, но чем усерднее я стараюсь вытянуть свою ногу из крокодильей пасти, тем сильнее он сжимает челюсти, и я пинаю его второй ногой, а она не может толком шевелиться, потому что запуталась в одеяле...

И вот я уже лежу в кровати, потея, моя нога горит от боли, на лице у меня лежит книга, падающая в сторону, когда я шевелю головой, надо мной светится Сновидатор, и я осознаю, с всхлипом отчаяния и приливом безысходности, что проснулся.

— Нет! — Я падаю головой на промокшую от пота подушку.

Глава 74

Даже в своём полупроснувшемся состоянии, запутавшись в одеяле, я знаю, что если закрою глаза, то смогу вернуться в тот же сон. Я снова усну. И крокодильи зубы опять будут впиваться в мою ногу, и я опять проснусь…

Эта мысль ещё сильнее бодрит меня, и через несколько секунд я совсем просыпаюсь. Сна ни в одном глазу. Я вижу пустую кровать Себа, сквозь тонкие занавески с лошадками сочится лунный свет, надо мной светится синий круг Кеннетова Сновидатора, часы на телефоне показывают…

04.28.

В голове у меня по-прежнему туман. Я не помню точно, когда уснул, но это было не так давно. Я читал «Пещерного мальчика Коби» и задремал.

Я упустил свой шанс, не так ли?

Даже хоть я и устал практически до тошноты, я не уверен, что смогу снова уснуть. А если смогу, то что? Кажется, управлять снами я больше не в состоянии. Я вытаскиваю ноющую ногу из-под одеяла. Она мокрая от пота… но как будто не только от пота. Ещё она немного липкая, но мне ничего не разглядеть в темноте, так что я включаю ночник — и ахаю от ужаса.

Из трёх глубоких, треугольных ранок на моей лодыжке, там, где Катберт меня укусил, сочится кровь. Она стекает по ноге на простыню, так что я встаю и ковыляю в ванную.

Теперь я здорово встревожен и решаю, что лучше всего смыть кровь под душем. Потом возьму полотенце и крепко перебинтую ногу.

Я замечаю, что оставляю за собой цепочку багровых капель. Душевая занавеска задёрнута, скрывая ванну. Я быстро отодвигаю её и —

КРИЧУ!

Истошно и долго.

В ванне, со скрещенными на груди руками и в ярком сине-зелёном килте, лежит тело Кеннета Маккинли. Он открывает глаза и медленно садится, поворачивая голову в мою сторону, пока не встречается со мной взглядом.

— Ох, прошу прощеньица, паренёк. Это личный сон или кто угодно может присоединиться?

Я разеваю рот, но не могу выговорить ни слова.

— Ложное пробуждение, — говорит Кеннет. — Опять. Тебе снится сон во сне. Опять. Удивлён, что ты второй раз попался. Ты что, не замечал знаков?

— Нет… нет. Я… я… Мои часы! Время, цифры… всё было нормально.

— Ох ты ж, паренёк. Это явно не к добру. — Он качает головой. — Твой разум теряет связь с реальностью. О-ох, тут маленько тесновато. Как в проклятущем гробу. — Кеннет поднимается и разминает спину, и его резной дирк стучит по кранам.

— Вы разве не... — Я запинаюсь, потому что мне трудновато подобрать правильные слова. Раньше мне не приходилось никому задавать такой вопрос. — Вы разве не умерли?

Он смотрит на меня со странной полуулыбкой на лице.

— Ох, да, Малкольм. Боюсь, что да. Мертвее мёртвого.

— Значит... вы призрак?

Он вылезает из ванны и становится со мной рядом.

— Давай... потрогай мою руку. Видишь? Если бы я был призраком, твоя рука прошла бы прямо насквозь, правда? Нет, тебе просто снится сон, паренёк.

— Но... вы не *выглядите* мёртвым.

— Разве? Я рад это слышать, очень рад. — Он глядится в зеркало над раковиной и приглаживает волосы. Потом ухмыляется мне, глядя поверх своих фиолетовых очков.

— Вы в порядке? Это...

— В порядке? Я мёртв, Малкольм! Я настолько не в порядке, насколько только может быть человек.

— Я... я не понимаю.

— Конечно, нет. Это сон! Где всё логичное, рациональное, здравое и упорядоченное уступает место странному и невероятному. Но дело вот в чём, Малкольм, — мы в Стране снов. А в Стране снов я живее всех живых. Только то, что это сон, не значит, что это нереально, друг мой Малки.

— Мола говорила почти то же самое! — восклицаю я.

Это его явно не впечатляет.

— Хм-м. Неужели? Однако помни, Малкольм: это твой сон, не мой. Вот только беда в том, что, судя по всему, ты больше не можешь им управлять. У Сновидаторов всегда был этот недостаток: управляющего элемента не хватало надолго. Вели своей ноге прекратить кровоточить. Давай.

Я смотрю на свою всё ещё кровящую ногу.

— Прекратить кровоточить! — тихо говорю я. Не срабатывает.

— Видишь? Ты в своём собственном сне, это как пить дать. Но теперь ты во власти своего подсознания.

Я отрываю полосу от полотенца и оборачиваю её вокруг укуса.

— Это плохо? — спрашиваю я.

Кеннет вздыхает.

— Это определённо не *хорошо*. Мне жаль говорить об этом, но в связи с моей кончиной, настигшей меня маленько раньше, чем я ожидал, я не успел тебя предупредить. Зато, что не может не радовать, твоё подсознание дало мне в последний разок посетить загадочное измерение Страны снов, так что всё не совсем уж плохо. Думаю, тебе придётся просто отпустить ситуацию и действовать по обстоятельствам. А теперь давай, у нас осталось не так много времени, прежде чем ты проснёшься естественным образом, нечего тут стоять и трепаться.

Он направляется к двери из ванной.

— Стойте! — говорю я, и он оборачивается. — У нас же всё получится, правда? В смысле, получится спасти Себа?

Он опускает очки и смотрит на меня поверх них.

— Это, Малкольм, целиком и полностью зависит от тебя.

Кеннет распахивает дверь и манит меня следом — и вот я опять в пещере Коби.

— А теперь, — говорит Кеннет, — иди за мной и готовься снова встретиться с тем крокодилом.

Мне становится дурно.

— С Катбертом? Почему?

— Потому что у меня есть чувство, что пока ты не убьёшь его, он от тебя не отвяжется.

Глава 75

Снаружи устье пещеры выглядит в точности так же, как раньше — в чистом небе парит дирижабль, прохладный ветер взбивает барашки на волнах залива. Я поворачиваюсь к Кеннету, который кажется гораздо моложе, чем когда был...

...это прозвучит странно, но я всё равно скажу...

Он кажется гораздо моложе, чем *когда был жив*.

Он стоит в устье пещеры, уперев руки в бока и подставив лицо ярким осенним лучам, и ветер треплет его килт.

— Что нам делать, Кеннет? — спрашиваю я.

Он не отводит взгляда от неба.

— Почему ты всё время спрашиваешь меня, паренёк? Это твой сон.

— Да, но просто... понимаете, я не знаю, что делать, и подумал, может, знаете вы.

Он смотрит на меня и говорит:

— Нет. Ты главный, или по крайней мере твоё подсознание, а прямо сейчас это всё, что от тебя осталось. Так уж всё устроено.

Я начинаю паниковать и слышу, что мой паникующий голос становится громче и выше.

— Но это вы сделали Сновидатор: вы должны знать!

— Ох, я уже давно толком не управлял своими снами. Я использовал его, чтобы встречаться с Ури, вот и всё. Я просто позволял своему спящему мозгу делать что ему заблагорассудится, и, знаешь, — как вы, молодёжь, говорите — *плыть по течению*.

— И это работало? Всё было хорошо?

— Да, было, — говорит он, медленно расплываясь в улыбке. — А теперь я снова встречу сына.

— О, — говорю я. — Конечно.

Кеннет пристально смотрит на меня.

— Не обессудь, но для того, кому предстоит работёнка, ты многовато болтаешь.

— Вы бежать можете? — спрашиваю я.

В ответ Кеннет несколько раз подскакивает на месте, а потом пускается бежать по пляжу, как кто-то гораздо моложе его лет, вскидывая шишковатые колени и взбивая песок чёрными блестящими ботинками со шнурками.

Я догоняю его, здорово прихрамывая, а потом второй раз за час бегу по каменистому склону туда, где через 10000 лет будет стоять башня с часами, через низкие пыльные заросли возле ещё не существующего паба «Голова турка», пересекая то место, где когда-то будет прибрежная дорога, и к широкой долине, ведущей к Каньону Заварного крема, а потом наконец к Подливочному озеру, возле которого однажды раскинется парк Марден Куорри.

Мне по-прежнему хочется проверить, могу ли я управлять сном.

— Взлететь! — кричу я и расправляю руки, но ноги упрямо не желают отрываться от земли. Я пытаюсь не думать о том, как буду спасать Себа, если мне придётся, ну знаете, делать это *обычным образом*. То есть без способности управлять сном.

Мы бежим быстрее и быстрее. Боль в ступне не утихает, грудь жжёт, ноги устали — а мы ещё только на полпути.

Кеннет, бегущий со мной наравне, кажется, даже не запыхался — вот оно, преимущество быть мёртвым. Он поднимает руку и смотрит на запястье.

— Не хочу встревожить тебя, парнишка, но снаружи твоей спальни светает, и ты начнёшь просыпаться естественным образом примерно через полчаса. А может, и меньше.

В ответ я стискиваю зубы, усиленнее работаю руками и ускоряюсь, пока не вижу в отдалении маленькое пятно, стоящее на краю каньона. Через миг я узнаю эту крошечную круглую фигурку — она находится примерно там, где я её и оставил.

К тому времени, как я приближаюсь к Моле, у меня ощутимо колет в боку, а голова так кружится от изнеможения, что я даже не замечаю боли в ступне. Пятью секундами позже к нам неторопливо подходит девяностолетний старик Кеннет Маккинли в своём килте — дыша не тяжелее, чем как если бы он поднялся по ступенькам на своё крыльцо.

Мола и Кеннет настороженно смотрят на друг друга, кажется, целую вечность. Мола заговаривает первой.

— Значит, это вы? Это вы втянули их во всю эту *суетоху*, а? Вы виноваты, э?

— Мадам, вы глубоко ошибаетесь. Малкольм и Себастьян сами втянулись в эту, а-а... *суетоху*, а я лишь изобрёл адов Сновидатор, который Малкольм украл, не более того. — Он смотрит на меня с кривой усмешкой. — Прости, паренёк.

— Откуда вы... узнали? — хриплю я.

— Вообще-то я не знал. Ну, до тех пор, пока ты только что не признался. Но, будь мы в Мире снов или нет, правда выйдет наружу, как говорил ваш Вилли Шекспир.

Я до сих пор не отдышался и не могу толком говорить, но я бы и не смог — настолько я ошарашен.

Судя по виду Молы, объяснение Кеннета её не удовлетворило. Она зло качает головой и говорит:

— Многие века люди пытаются разгадать внутреннюю кухню разума, всё наше *существование*. С помощью медитаций, с помощью молитв, а тут заявляетесь вы со своей игрушкой — и поглядите, что происходит!

Кеннет явно несколько смущён.

— Мадам, возможно, вы правы. Но вы путаете меня с кем-то, кто ещё жив и обладает способностью что-то изменить. Увы, я этой способностью больше не обладаю в силу своей абсолютной, что ж... мёртвости, полагаю. Кстати говоря, я раньше не бывал в этом сне, но мне не нравится, каким худым и голодным выглядит вон тот тип у вас за спиной.

Мы с Молой оборачиваемся, и внутри меня что-то обрывается: на край каньона вползает Катберт, не сводя с меня огромных жёлтых глаз.

Я издаю громкий стон.

Глава 76

Катберт переваливается через край каньона и делает пару проворных шагов в мою сторону, прежде чем остановиться и облизнуться.

— Что мне *делать?* — спрашиваю я.

— Уразумеешь, когда уразумеешь — вот всё, что я разумею, — говорит Кеннет, и я *совершенно* не понимаю, что он имеет в виду, но у меня нет времени над этим размышлять. Всё, о чём я могу думать, — это спасаться бегством.

— За мной! — говорю я и карабкаюсь вниз по каньону, оставляя Катберта на вершине, а он отчаянно пытается развернуться, чтобы броситься за нами в погоню. Кеннет спускается за мной, втыкая носки ботинок в ровную отвесную стену каньона. Каньон высотой примерно с дом, и у него даже есть окна... и знакомая дверь с отслаивающейся чёрной краской...

Спускаясь, Кеннет что-то невнятно бурчит в мою сторону.

Я слышу это урывками.

— Если он с тобой уже давно, то бежать не стоит, Малкольм... твой самый большой страх вечно будет гоняться за тобой, пока ты не встретишься с ним лицом к лицу.

Мола соскальзывает вниз, её длинный саронг задрался выше коленей, и через несколько секунд мы все оказываемся у подножья каньона, а Катберт со злостью смотрит на нас сверху, щёлкая челюстями. У нас мало времени, я знаю: скоро он за нами погонится.

Оказавшись со мной рядом, Мола берёт меня за предплечье и указывает на реку зелёного крема — посреди неё скользят в нашу сторону ещё три крокодила.

— Становится всё хуже. Сможешь их остановить? — спрашивает она.

Я мотаю головой.

— Ничего не получится, Мола. Больше не получится. Смотрите. — Я указываю на крокодилов и говорю: — Стоп. Развернуться!

Ничего не происходит — они продолжают приближаться, уже метрах в тридцати вверх по течению.

Я задираю голову — как там дела у Катберта, и в этот самый миг тварь шлёпается вниз и скользит по отвесному грязному склону прямо к нам, вращаясь и стуча хвостом. Я беспомощно таращусь, переводя взгляд с Молы на Кеннета, потом на Катберта и на трёх новых крокодилов.

Мы в ловушке. Я смотрю на противоположный берег кремовой реки: это наш единственный путь к спасению, если мы сможем обогнать, или *обо-плыть*, крокодилов.

— Что нам *делать*? — скулю я, а Мола и Кеннет сочувственно качают головами.

— Это твой сон, Сонный мальчик. Только ты за всё в ответе. Прямо как в жизни. Но раз уж ты спрашиваешь… — Мола смотрит на реку. — Твой брат на той стороне, верно?

Я опережаю её.

— Давайте! Вперёд в, эм… крем! — Я уже вошёл в реку по колено, как и Мола, но Кеннет отстаёт. — Давайте, Кеннет — нам надо быть быстрее, чем они!

Мы с Молой уже на середине. Крокодилы приближаются. Кеннет кричит нам:

— Вам не нужно быть быстрее, чем *они*. Вам всего лишь нужно быть быстрее, чем я! Я разберусь с этими паршивцами, но ты, Малкольм — отличное шотландское имя, кстати, я когда-нибудь говорил тебе? — ты должен разобраться вон с тем здоровяком. — Он указывает на Катберта. — Вот — это может пригодиться! Лови.

Он достаёт из ножен на поясе килта дирк и кидает мне.

Я наблюдаю, как кинжал кувыркается и вращается в полёте, блестя на солнце и летя ко мне, и знаю — не спрашивайте, откуда, просто *знаю*, — что если я протяну руку, то непременно поймаю его, и так и делаю.

Дирк шлёпается мне в ладонь, оказавшись гораздо больше и тяжелее, чем я ожидал.

В этот самый момент жидкость вокруг меня перестаёт быть густым зелёным заварным кремом и становится обычной холодной речной водой.

Всё делается реальнее.

И в этот миг — в тот самый миг, когда я стискиваю пальцами резную рукоять дирка — я начинаю сдаваться. Я полностью отдаюсь на волю того, что произойдёт дальше, и полагаюсь на то, что больше ничего не контролирую.

Пусть будет так, будет так, будет так, будет так...

Глава 77

Кеннет бредёт по воде к трём крокодилам поменьше. Его музыкальный мягкий шотландский акцент сменился гортанным городским рыком:

— Давайте, подходьте, эдакие вы гнусные поганцы. Я вам устрою взбучку! Отстаньте от моёшнего друга!

Катберт за моей спиной уже с плеском вошёл в реку и быстро скользит к нам.

Я поворачиваюсь к Моле — она уже миновала самое глубоководье и приближается к противоположному берегу. Я пробираюсь по воде, доходящей мне до пояса, оскальзываясь на камнях на дне.

— Мола! Помогите! Кеннет! — кричу я — бессмысленно. Никто ничего не сможет сделать. Я смотрю вверх по течению, где должен был быть Кеннет с крокодилами.

Никого.

Кеннет исчез. Катберт тоже. Я в ужасе верчусь, стоя посреди реки совсем один.

— Кеннет! — воплю я. — Кеннет! — Мимо меня быстрым течением проносит обрывок клетчатой сине-зелёной ткани.

Мола кричит мне:

— Забудь о нём, Малки. Он уже был мёртв.

Тут-то я его и вижу: громадное кремово-белое пузо Катберта несётся на меня прямо под поверхностью воды, а потом крокодил переворачивается и хватает пастью мою ногу, затаскивая меня вглубь, и я вдыхаю реку.

Этого не может быть! Проснуться! Проснуться!

Я не могу закричать, потому что я под водой, но если бы мои мысли могли вопить, они были бы оглушительны. Я забыл о Себе, забыл обо всём на свете в своём отчаянном стремлении отбиться от твари, терзающей мою ногу, будто пытаясь её открутить.

Я вижу, как вода вокруг меня подёргивается красной дымкой моей крови, и в какой-то миг мне удаётся вынырнуть и сделать рваный, отчаянный вдох. Катберт отпустил меня, и я делаю ещё пару гребков, полуплывя, полубредя к дальнему берегу, когда вижу, что Мола кричит:

— Малки! Малки! Сзади!

Я оборачиваюсь — от Катберта меня отделяет меньше метра, он снова приподнимается над водой, демонстрируя пузо, и разевает пасть для финального броска, броска, который точно положит конец схватке. В правой руке у меня по-прежнему Кеннетов дирк, и в последнем, отчаянном усилии я перехватываю его обеими руками и делаю выпад вперёд — яростно, не задумываясь, зная, что это мой единственный шанс.

Половина крокодильего пуза вздымается над водой, и бритвенно острое стальное лезвие беззвучно пронзает кожу, входя по самую рукоять и распарывая крокодилий живот, но Катберта это не останавливает. Он бьёт хвостом, и я роняю дирк и снова оказываюсь под водой, теперь совсем багровой от крови — Катбертовой и моей. Сквозь этот туман я вижу его разинутую для последней атаки пасть, взгляд его стеклянных жёлтых глаз прикован ко мне, и я зажмуриваюсь, готовясь к концу, потому что больше я ничего сделать не могу, и тут…

Ничего не происходит.

Я уже стою, неподалёку от берега, и слышу, как Мола зовёт:

— Малки! Малки!

С усилием сглатывая, жадно хватая ртом воздух, я перевожу взгляд туда, где лежит вверх брюхом туша Катберта, покачиваясь на мелководье: его фиолетовые кишки вывалились в воду, а из плоти торчит рукоять дирка. Я бреду прочь, пока не падаю, задыхаясь, под ноги Моле.

И тут я вижу, как внутри трупа что-то шевелится. Из распоротого живота, оттуда, где раньше были крокодильи кишки, поднимается какая-то перепачканная слизью фигура.

Фигура выпрямляется, и я понимаю, что это спина человека, сидевшего внутри твари на корточках.

Человек — вонючие крокодильи внутренности прилипли к его одежде — встаёт, снимает очки и стирает с глаз и бороды сгустки крови, а потом с хлюпаньем выбирается из крокодила.

— Папа? — хриплю я, и он кивает, надув щёки.

— Ага.

— Что ты тут делаешь?

Он ошеломлённо озирается.

— Хотелось бы мне знать, Малки.

Я оглядываюсь и смотрю на то место, где мгновение назад стояла Мола. Она исчезла, и я поворачиваюсь обратно к папе.

— И всё? — спрашиваю я. — Разве ты не должен сейчас сказать что-нибудь, ну знаешь, вдохновляющее? Что-то такое по-настоящему... *паповое?*

Папа сплёвывает кусочек крокодильих кишок на землю и говорит:

— Что ж. По словам твоей ма, Малки, я отказался от права говорить, как мне вас воспитывать, три года назад, так что...

— Это не значит, что ты не можешь мне что-нибудь сказать! Как сейчас, например. Ты не можешь просто сказать мне, что делать? Разве не для этого нужны папы?

Он с сожалением качает головой.

— Прости, сын. Думаю, я не из таких пап и никогда таким не был.

— Но почему, папа? *Почему?*

Он делает шаг ко мне, но я отшатываюсь: от него воняет крокодильими кишками. Он опускается на колени и смотрит на меня — лицо перемазано кровью, а потом качает головой.

— Ты хочешь услышать обо всём *сейчас*, Малки? О наркотиках, о депрессии, о разводе? На это уйдёт больше времени, чем у тебя есть, сын.

Он прав, конечно, и я чувствую, как у меня от отчаяния поникают плечи.

Потом папа делает глубокий вдох и говорит:

— А что если вместо этого я скажу тебе, что я люблю тебя? И твоего брата. Что я всегда любил вас и всегда буду любить.

Я поворачиваюсь к нему.

— Это было бы неплохо. Наверное.

Он печально отрывисто кивает.

— Ага. Что ж, это правда. Я люблю вас, тогда, теперь и всегда.

Я улыбаюсь. Я и не знал, что мне так нужно было это услышать.

— Слушай, Малки, — говорит он. — Я исправлюсь, обещаю. Но у тебя есть дело, и я тебе с этим помочь не могу.

Позади меня раздаётся нетерпеливый голос:

— Сколько тебя ещё ждать, Сонный мальчик?

Глава 78

Я оборачиваюсь и вижу только Молу. Папа исчез.

Мола протягивает руку, чтобы помочь мне подняться, и мы стоим, насквозь промокшие, и смотрим туда, откуда пришли. Ступня и нога у меня в ужасном состоянии, но боль не такая мучительная, как я ожидал. Может, она придёт позже. Крокодилов нигде не видно.

— Думаю… Думаю, мы только что сделали что-то потрясное, — говорю я Моле, тяжело дыша. Она втягивает носом воздух и пожимает плечами.

— Ничего ещё не кончено. И у нас заканчивается время.

Она права, конечно. Я знал это с самого начала сна. Мне ни за что не справиться в одиночку. Я пытался насновидеть себе подмогу — Кеннета, даже папу, — но я ничем не управляю.

Что там говорил Кеннет? Солнце восходит в реальном, бодрствующем мире? Значит, будет уже хорошо позднее шести утра, а я обычно просыпаюсь в полседьмого, даже без будильника. А если принять в расчёт то время, которое прошло с момента, когда Кеннет это произнёс...

— Я бы сказала, у нас приблизительно пятнадцать минут, — говорит Сьюзен.

Что? А она откуда взялась?

— Ты, кажется, удивлён меня увидеть. Не нужно удивляться. Лучше пойдём. Привет, Мола. Прости, что задержалась. Так нервничала, что не могла уснуть. Но всё сработало. Ты была права.

Я верчу головой, переводя взгляд со Сьюзен на Молу.

— «Сработало»? Что сработало? Что ты тут делаешь?

— Я пришла помочь. Надеюсь, ты не против.

— Ну, да, но... ты мне снишься?

— Вообще-то, думаю, этот сон снится нам всем. Но прямо сейчас есть вопросы поважнее, Малки.

Я поворачиваю голову в наветренную сторону, чтобы прислушаться. Издалека доносится голос Себа.

— Малки! Помоги!

Не говоря больше ни слова, мы втроём бежим на голос.

Глава 79

Достигнув большого камня, я делаю Моле и Сьюзен знак остановиться. Мы притормаживаем и садимся за камнем на корточки.

Я снова слышу голос Себа:

— Малки! Помоги мне!

Я выглядываю из-за камня и вижу группу первобытных людей с их предводителем — самым здоровенным, с квадратными усами. Две собаки обнюхивают землю. Высунувшись ещё дальше, я вижу Себа, привязанного к огромному воткнутому в землю колу. Руки у него скручены за спиной. Рядом с ним в таком же положении ещё трое: наши друзья Коби, Эрин и Фарук. Вот только, как и заварной крем реки, превратившийся в воду, они полностью утратили свою мультяшность. Они больше не ожившие картинки, а настоящие люди.

Когда я был тут в последний раз? Две ночи назад? У меня ощущение, что прошло гораздо, гораздо больше времени.

Бедный Себ перепуган и извивается, пытаясь ослабить грубые верёвки, которыми связаны его запястья, да так усиленно, что на коже выступает кровь. Он стоит в середине плоского пыльного пространства, размером примерно с теннисный корт, с которого выкорчевали все кусты, а вокруг расставили камни покрупнее и большие брёвна.

Секунды бегут, я взвешиваю варианты.

Кинуться на них с голыми руками? Мне сразу ясно, кто победит в схватке между двумя одиннадцатилетками с низенькой круглой старушкой и группой первобытных людей, вооружённых длинными деревянными копьями. Мои способности управлять сном почти на нуле. Если меня схватят, со мной может случиться то же, что с Себом, и я навсегда буду заточён в своём собственном сне. А если меня убьют? Умру я и в реальной жизни или просто проснусь?

В любом случае Себа я не спасу.

Я чувствую, как меня в бок пихает Сьюзен. Она указывает на какие-то деревья на противоположной стороне плоской площадки, за которыми движется что-то крупное. Я старательно вглядываюсь, но вижу только что-то бело-коричневое и… мохнатое?

Сьюзен шепчет мне:

— *Мамонт?*

Когда она это произносит, из-за деревьев раздаётся звук: громкое трубное рычание, как будто Денниса, старого пса Кеннета, скрестили со слоном.

— Это их отвлечёт, — шепчет Сьюзен. — Ну… это и, эм… *вот то*. — Она тычет большим пальцем себе за спину, и мне с трудом удаётся подавить вопль ужаса.

Скрытая от мучающей Себа банды, бабушка Сьюзен сняла с себя *всю* одежду и теперь размазывает руками по телу грязь и пыль — и по выпирающему животу, и по… и по… короче, везде. И по волосам тоже. Вообще-то говоря, по волосам — особенно, и они теперь стоят дыбом, намазанные огромным количеством грязи.

Я сосредотачиваюсь на голове Молы, потому что на всё остальное смотреть мне очень не хочется.

Мне удаётся выдавить из себя слова, но как-то сипло:

— Это… это *мой* сон? Я воображаю всё это? Потому что это твоя бабушка, и я не хочу, чтобы ты подумала…

Сьюзен прикладывает палец к губам, чтобы я умолк.

— Ты много сделал, Малки. Ты убил Катберта. Позволь нам с Молой действовать дальше.

Она манит меня к зарослям деревьев. Потом поворачивается и показывает Моле большие пальцы, и та отвечает тем же жестом. Кажется, ей совершенно всё равно, что она безумная голая старушка, покрытая грязью.

Полминуты спустя мы со Сьюзен оказываемся рядом с деревьями. Первобытные люди, от которых нас отделяет метров тридцать, нас по-прежнему не замечают — они вместе с рычащими собаками окружают Себа и персонажей книжки, наставив на них копья.

Они что, собираются его *убить*? Ему всего семь! Он снова зовёт меня, и я хочу кинуться к нему и освободить, но знаю, что так делать нельзя.

Из леса раздаётся новый рёв, и я чувствую новый прилив страха. Потом из-за деревьев возникает мамонт, заслоняя собой всё, и я застываю, не в силах отвести от него взгляд.

Он в два раза выше меня и походит на слона. У него хобот в длинных серых щетинках, два гигантских изогнутых белых бивня и пятнистая грубая шкура красновато-серого меха. Он разъярён, и я не понимаю, почему он стоит на месте.

Не понимаю, пока он не замечает нас, снова ревёт и несётся вперёд.

Мы со Сьюзен инстинктивно пятимся, но можно было и не утруждаться: зверя удерживает толстая грубая верёвка из сухих растительных волокон, которой он за переднюю правую ногу привязан к дереву. Мамонт делает шаг и немедленно останавливается. Как и запястье Себа, его лодыжка натёрта верёвкой до крови.

Сьюзен направляется к нему. Что она *делает*?

Но потом она манит меня за собой, и я думаю о Себе и нервно шагаю вперёд, к громадному животному.

— Быстро, — говорит Сьюзен, приседая рядом с деревом. — Времени мало. — В руке у неё огромный плоский камень, и она перетирает им верёвку. С каждым новым движением растрёпываются и рвутся по паре тоненьких волокон, но верёвка поддаётся медленно, а враги тем временем всё приближаются к Себу. Они начали жутко ритмично скандировать.

Мне невыносимо смотреть, как они нацеливают на моего брата копья. Я вскакиваю на ноги, готовый на них кинуться, но Сьюзен поднимает руку, останавливая меня.

— Рано. Малки. Пожалуйста. Подожди Молу.

Она устаёт, и верёвка рвётся медленнее.

— Дай-ка я, — говорю я. Сьюзен садится на землю, вымотанная, а я беру у неё плоский камень и с яростью добиваю последние нити.

С такой яростью, на самом деле, что даже не слышу, как рядом со мной появляется силуэт. Только замечаю, как справа блестит что-то металлическое. Какой-то темноволосый мальчик примерно моего возраста протягивает мне кинжал.

— Ты забыл в животе у крокодила дирк моего папы. Он может пригодиться!

Первой его узнаёт Сьюзен.

— *Ури?* — говорит она.

Ури? Сын Кеннета Маккинли?

А *он-то* что здесь делает?

Глава 80

Сьюзен ориентируется в этом сне лучше, чем я, и улыбается Ури, пока я просто стою с разинутым ртом.

— Вы знаете, как меня зовут? — спрашивает Ури.

— Да! — отвечает Сьюзен. — Мы знали твоего папу. Я узнала тебя — видела фотографию у него на столе!

Мальчик кивает и застенчиво улыбается. Я ошарашенно перевожу взгляд с него на Сьюзен.

— *Как?*

— Какая разница? — говорит Ури. — Некоторые вещи просто *есть*!

— И в этом ты не ошибаешься, сынок! — говорит Кеннет, появляясь из-за толстого дерева — килт разодран в клочья, обнажая ноги, которые уже не тощие и старческие, а вполне молодые и мускулистые.

— Кеннет! — ахаю я. — Что... как... в смысле, вас же крокодилы убили... или нет?

— Ты забываешь, паренёк: я уже был мёртв. Но в том и заключается потрясающая особенность Страны снов: смерть здесь — не преграда. Согласен, сынок?

Я пытаюсь что-то ответить, пока не осознаю, что он обращается к Ури, а не ко мне.

Они двое смотрят друг на друга с такой любовью, которая словно источает тепло и замедляет время.

Ури делает шаг вперёд, и Кеннет заключает его в объятья. Так они стоят, по ощущениям, очень долго, и я кошусь на Сьюзен, которая утирает глаза.

— Теперь мы навсегда вместе, сынок, — говорит Кеннет. Его волосы больше не седые, а золотистые и сияющие, как на коробке из-под Сновидатора. Его испещрённое морщинами лицо как будто разглаживается, чем крепче он обнимает Ури.

— Да, папа, — с улыбкой отвечает Ури.

Потом Кеннет поворачивается ко мне.

— Воспользуйся дирком, паренёк. Так оно попроще будет. Это *твоя* Страна снов, не забыл?

Я ошалело киваю.

Кеннет снова поворачивается к сыну:

— Давай, Ури, пойдём, мы тут только мимоходом. У махонького Малки есть дело.

— Подождите! — восклицаю я. — Мы... мы ещё увидимся?

Кеннет смотрит на меня поверх очков.

— Кто знает, паренёк? Один мой друг как-то сказал: «Пусть будет так», так может, так оно и есть, знаешь?

Он протягивает Ури руку, и они идут за дерево. Напоследок Ури поднимает ладонь, застенчиво прощаясь, и они оба исчезают.

Глава 81

В этот момент одновременно происходят две вещи.

Первая — я с лёгкостью перерезаю дирком оставшиеся волокна верёвки.

Вторая — вдали раздаётся такой вопль, какого я никогда в жизни не слышал.

Я резко разворачиваюсь. Из-за огромного камня, за которым мы прятались, перед глазами пещерных людей предстала Мола, без одежды. Она вскидывает руки в воздух, широко расставляет ноги и что-то кричит во всё горло. Выглядит она совсем не по-человечески и совершенно жутко, и то, что она там вопит, здорово смахивает на боевой клич, от которого кровь стынет в жилах.

Люди, окружающие Себа, немедленно замирают и ошарашенно таращатся на дикую грязную женщину, теперь несущуюся на них по каменистому склону.

В тот самый миг мамонт, наконец освобождённый от своих пут, начинает ломиться через деревья.

Мы со Сьюзен спешим убраться с его пути, а он несётся на похитителей, трубя, и ревя, и яростно мотая головой.

Охотники визжат от ужаса при виде мчащегося на них, его поработителей, злобного мамонта. Собаки улепётывают в лес. Мамонт мотает громадной башкой и ударом бивня отправляет главаря лететь по воздуху. Пролетев несколько метров, тот кучей валится на землю. Остальные разворачиваются и нацеливают на ревущее животное каменные наконечники своих копий, а потом вопят от страха, когда мамонт снова кидается на них.

Из-за суматохи, поднятой Молой и мамонтом, на Себа никто не смотрит. Мы со Сьюзен огибаем поляну и торопимся к колу, к которому он привязан. Я слышу крик и поворачиваю голову. Один из членов племени заметил нас и бежит к нам, но его сбивает с ног мощный удар хобота. Мужчина падает в пыль.

Остальные окружили зверя, и один из них метает копьё. Копьё попадает мамонту в шею, и он ревёт, но буйствовать не прекращает.

Теперь мы со Сьюзен стоим позади Себа. Мне даже некогда с ним поздороваться или спросить, как у него дела. Вместо этого я начинаю перерезать верёвки на его запястьях, нечаянно второпях царапая его кожу, а он — старый добрый Себ — даже не жалуется, хотя я чувствую, как он вздрагивает. Проходит несколько секунд — и с верёвками покончено.

Мгновение Себ просто смотрит на меня, и время как будто замирает. Мы не разговариваем, но вроде как общаемся глазами. Сложно объяснить.

А говорят наши глаза вот что: «Ты бесячий, но ты *мой* брат».

Потом я хватаю Себа за одну окровавленную руку, Сьюзен берёт за другую, и мы пускаемся бежать к другой стороне поляны.

— Стойте! — говорит Себ, резко заставляя нас притормозить. Он вырывается и несётся назад, к привязанному к колу Коби.

— Времени нет! Он даже не настоящий! — воплю я, но без толку. Себ лихорадочно разрезает Кеннетовым дирком узловатую лозу, которой связан Коби.

Сбоку от меня Мола подбирает обронённое кем-то копьё. Она берётся за древко обеими руками и оскаливает зубы на огромного волосатого мужчину, надвигающегося на неё — медленно, со зловещей уверенностью.

— Мола! Уходим! — кричит Сьюзен.

— Нет! Бегите, дети, бегите! — вопит она в ответ.

Здоровяк делает ещё шаг и выдёргивает копьё из её рук с такой лёгкостью, как если бы это был карандаш. Мола остаётся беззащитна, но с места не двигается, а мужчина тянет руку к её горлу, в другой руке сжимая каменную дубинку и разъярённо щерясь.

Коби высвобождает руки из перепиленных пут, благодарно улыбаясь Себу, как обычно, высунув язык, а потом берёт у него дирк, немедленно поворачивается к Эрин и начинает освобождать уже её. Мы с Себом кидаемся бежать, и я изо всех сил стараюсь не обращать внимания на всё усиливающуюся боль в укушенной крокодилом ноге.

Тут здоровяк поднимает Молу за горло, и Сьюзен кричит:

— Мола!

А Мола в тот же самый миг кричит:

— Проснуться! Проснуться! — и здоровяк остаётся стоять, сжимая в руке...

Пустоту.

На наших глазах Мола только что исчезла из Страны снов. Но нам некогда удивляться этому, потому что маленькая толпа первобытных воинов решила отстать от мамонта и бежать.

И бегут они в нашу сторону.

Глава 82

Я никак не оправлюсь от исчезновения Молы прямо на моих глазах. Это было, словно какой-то потрясающий волшебный фокус: вот она здесь, а в следующий миг уже… пропала. Но я не могу долго об этом думать, потому что мы с Себом и Сьюзен петляем между деревьями и выбегаем к огромной долине, ведущей к реке, за которой простирается открытое море. Мы бежали по широкой дуге, и наши преследователи сильно от нас отстают. Настолько сильно, что мы замедляемся и переводим дыхание.

— Смотрите! — говорит Себ, указывая на вершину скалы впереди. — Это монастырь, ну, то есть… та скала, на которой будет монастырь.

Он прав. Мы стоим на том самом месте, где когда-то будет Тайнмут, с разрушенным замком и монастырём на вершине скалы. Здание, которое не построят ещё примерно девять тысяч лет и которое будет стоять в руинах к тому времени, как я появляюсь на свет. Но скала выглядит более-менее по-прежнему. По правую руку от нас река Тайн, по левую — залив короля Эдуарда, а позади — пляж Лонг Сэндс и Калверкот — все пока не имеющие названий, по крайней мере английских. Под скалой собирается мощная серая буря.

— Идём к краю скалы, — говорю я. — Сможем спуститься к заливу.

— А потом что? — спрашивает Сьюзен.

— Оторвёмся от них, — отвечаю я, уже зная, что она скажет дальше.

— *А потом что?* Ты должен принять решение, Малки. Это твой сон, не забывай.

Враги нагоняют нас.

— Я не понимаю! — скулю я. — Я не знаю, что делать!

— Я проснусь с минуты на минуту, Малки. Я это чувствую. И ты тоже: ты проснёшься естественным образом, и если это произойдёт, то Себа ты с собой взять не сможешь.

— Откуда ты это *знаешь?*

Сьюзен умоляюще смотрит на меня.

— Я *не знаю*, Малки. Я ничего не знаю! Но что я знаю, так это то, что ты должен отпустить себя. Отпустить *самого себя*. Позволить... вселенной сделать своё дело — и *пусть всё будет так*.

— *Да что это значит вообще?* — ору я.

Мы уже на самом краю скалы, и я смотрю вниз. Но вместо камней и бьющихся о них волн там как будто собрались штормовые облака. Я смотрю вдаль и не вижу ни моря, ни горизонта — только серый туман пустоты, и внутри у меня что-то сжимается.

— Мне страшно, Малки, — говорит Себ. — Они приближаются.

Потом мужской голос с акцентом, напоминающим акцент Молы, говорит — спокойно, но твёрдо:

— Ты должен добраться до края своего сна, Малки. А потом пойти дальше.

Я отворачиваюсь от края скалы и смотрю на то место, где стоит Сьюзен — рядом с ней появился мужчина средних лет в простом хлопковом костюме блёкло-синего цвета с напечатанными на груди цифрами. Волосы у него прямые и чёрные, тронутые сединой, а на впалых щеках растёт клочковатая борода.

Мне не нужно даже спрашивать, кто это, да и логику искать в происходящем я давно бросил.

Это папа Сьюзен.

Когда он безмятежно улыбается и кивает — в точности так, как бессчётное количество раз делала Сьюзен, — у меня появляется ощущение, что он читает мои мысли и одобряет их.

Сьюзен кидается к нему, берёт его за руку и лучезарно улыбается.

— Что если я прыгну? — спрашиваю я, вглядываясь в серую бездну. — Что случится?

— Дойди до края, Малки, — говорит Сьюзен. — А потом иди дальше.

Потом они с её папой исчезают, раз — и нет; как будто кто-то щёлкнул выключателем.

Охотники приближаются; я уже могу различить их лица и знаю, что обратного пути нет. Мы с Себом оказались в ловушке на краю обрыва.

— Это твой сон, Малки. Ты должен им управлять, — говорит Себ.

— Я не могу, Себ. Я больше ничем управлять не могу.

— Не дай им нас поймать, — умоляет он. Я снова становлюсь старшим братом и чувствую одновременно ответственность и ужас от того, что всё зависит от меня.

Но этого не изменить.

Они уже совсем близко — всего в нескольких метрах, — и тот, что с дубинкой, поднял её, готовясь... к чему?

Когда я смотрю на Себа, он просто кивает.

— Давай сделаем это, — говорит он. — Отпусти себя, Малки!

Я зажмуриваюсь, боясь удара, а когда открываю глаза, вижу висящий надо мной Сновидатор. Сквозь занавески пробивается неяркий утренний свет. Уже утро.

Нет, нет, нет, нет! Мне ещё нельзя просыпаться! Я снова закрываю глаза и возвращаюсь в сон. Мужчина с каменной дубинкой приблизился на шаг.

«Ты должен отпустить самого *себя*», — говорила Сьюзен.

«Ты должен добраться до края своего сна, Малки. А потом пойти дальше», — добавил её папа.

Я хватаю Себа за запястье, чувствуя ладонью, какое оно липкое от крови, и когда каменная дубинка летит на меня, отталкиваюсь от края скалы здоровой ногой, утягивая за собой Себа, и падаю спиной вперёд в клубящийся туман, а в глаза мне бьёт ослепительное солнце.

Навстречу нам несётся пустота.

Глава 83

Я всё ещё жмурюсь от яркого солнечного света.

Я открываю глаза. Я просыпаюсь.

Утренний свет струится сквозь щель между занавесками прямо мне в глаза, и я вижу очертания висящего надо мной Сновидатора. Если я крепко зажмурюсь, я не вернусь на вершину скалы, где в меня летит дубинка.

Я — *совершенно точно* — проснулся. Я лежу, тяжело дыша, и подношу руку к лицу. Она липкая от крови. Я всё вспоминаю — разом. Не знаю, сколько я так лежу. Где-то минуту? Я поворачиваюсь к кровати Себа — его там нет. Но потом я понимаю: «Конечно, его там нет. Он в больнице».

Но он же проснулся?

Надеюсь, он проснулся.

Я встаю. Я не могу отделаться от мысли, что всё ещё сплю. Вдруг это очередной сон во сне? Я проверяю ванную: в ванне не лежит Кеннет Маккинли. Я смываю с рук кровь, а потом выглядываю за дверь — вдруг сюда заявится крокодил.

Я хватаю тюбик зубной пасты и читаю: «Экстра-свежесть!» Потом кидаюсь к себе в комнату и смотрю на часы: 06.30.

Слова, числа, всё вполне чётко. Я не сплю.

— Взлететь! — говорю я.

Я не взлетаю.

Я *не* сплю. Нога болит, на руке запёкшаяся кровь, но я точно не сплю.

Однако я чувствую какой-то странный запах. Я смотрю на старый оригинальный Сновидатор. Он висит на месте, но весь почернел и тлеет, подпалённые перья дымятся, тонкие золотые нити сгорели дотла — ему пришёл конец.

Я чувствую своего рода облегчение. Но потом думаю... а что если мне придётся вернуться? Что если я убил Себа? В голове начинают вертеться плохие мысли. *Без Сновидатора — что я буду делать, если...?*

Из мыслей меня вырывает телефон, заливающийся на тумбочке. На экране высвечивается, что это мама.

Я едва решаюсь ответить. Я цепенею — позже мне будет трудно вспомнить этот момент, но пока что я подношу телефон к уху.

— Алло? — говорю я.

— Он очнулся, — говорит мама и начинает одновременно плакать и смеяться. Я понимаю, что она чувствует.

Глава 84

— Он очнулся! Бабуля! Дядя Пит! Он очнулся — Себ проснулся!

Следующие десять минут в доме царит самый счастливый хаос, который я только видел — бабуля рыдает от облегчения, дядя Пит носится вверх-вниз по лестнице, Качок Билли звонит в дверь, потому что услышал через стенку, что у нас что-то творится, а потом мчится через дорогу рассказать Линн и Тони, и они приходят к нам в халатах и тапочках...

А потом я сижу на заднем сиденье дядиной машины: мы едем в больницу. Утро раннее, и в Таймуте тихо; похоронное бюро Беккеров выглядит так, будто вчера вечером там ничего и не происходило. Когда мы проезжаем мимо, я вижу папу Кез, выходящего из проулка с Деннисом на поводке, и опускаю голову.

— *Inte så fort, Peter!* — говорит бабуля, которая всегда переключается на свой родной шведский, когда волнуется. — Не так быстро!

— *Ja, ja, Mama!* — смеётся дядя Пит в ответ и слегка ускоряется, на что бабуля цокает языком.

Я держу телефон в руке, когда мы проносимся по почти пустой трассе к Крамлингтонской больнице. Я как раз собираюсь звонить Сьюзен, когда он внезапно вибрирует у меня в ладони, и я подпрыгиваю.

— Он очнулся, — сразу же говорю я. На том конце следует долгая пауза, и я начинаю сомневаться, что Сьюзен меня услышала. — Сьюзен?..

— Да, Малки, да! Очнулся! Ох, какое облегчение. Мы ждали, что ты позвонишь. — Потом я слышу, как она кричит: — Мола! Сработало! Сработало! — До меня доносятся ликующие вопли и возгласы, и я говорю: — Спасибо, Сьюзен! Спасибо *огромное*! — Потом в телефоне становится тихо, и связь обрывается.

Стоп. Значит, они правда *были* в моём сне? И Кеннет тоже?

На самом деле не знаю, с чего это меня так удивляет.

Но подумать над этим мне некогда, потому что наш разговор подслушал дядя Пит.

— Что сработало? С кем ты разговаривал? — спрашивает он.

Рассказать ему? Объяснить всё с самого начала? Новых причин верить мне у него не появилось, а моё доказательство обгорело и расплавилось и по-прежнему висит над моей кроватью.

Так что я полувру.

— Сьюзен и её бабушка по-особенному медити-ровали, — говорю я. — Молились под молитвен-ными флажками, и их молитвы унесло ветром.

— Очень мило, — говорит дядя Пит, а бабуля одобрительно кивает.

— Молитвы немного походят на сны, Малки, — говорит она. — Иногда на них отвечают, а сны иногда сбываются.

— Ты права, бабуля, — с улыбкой говорю я. — Ты совершенно права.

Я сижу сзади, так что они не видят, как я зака-тываю штанину, чтобы проверить раненую ногу — она уже почти зажила.

Глава 85

Доктор Ниша снова вышла на работу. Она входит в палату, когда мы все толпимся вокруг Себа, и мы отодвигаемся в сторонку, пока она занимается своими докторскими делами — светит фонариком ему в глаза и что-то вбивает в айпад. Закончив, она говорит нам, что Себа ещё ненадолго оставят в больнице «для наблюдения».

— Складывается впечатление, что все функции организма Себастьяна пришли в норму, — говорит она с озадаченной улыбкой. — Травмы на его запястьях и лице исчезли почти полностью, что, по всеобщему мнению, весьма удивительно, и я не могу с этим не согласиться. Никогда ничего подобного не видела. Ты хорошо себя чувствуешь, Себастьян?

Он щербато улыбается в ответ и показывает два больших пальца.

— Профто фупер!

Доктор Ниша вздыхает.

— Предупреждаю: мы можем так никогда и не узнать, что именно произошло. Однако могу

411

вам сказать, что риск был огромен. — Она берёт планшет и перелистывает пару страниц. — Его сердцебиение, например, сегодня рано утром было просто сумасшедшим. Дежурная медсестра отметила «очень беспокойный сон, мышечные подёргивания, чрезмерное БДГ» — это…

— Быстрые движения глаз, — вклиниваюсь я, чувствуя себя умным.

— Да. Казалось, будто он видел чрезвычайно реалистичный сон.

Я ничего не говорю, конечно. Но все взрослые — мама, папа, дядя Пит, бабуля — обмениваются взглядами, и я просто *знаю*, что они думают о вчерашнем инциденте с поломанными Сновидаторами. Мамин взгляд в конце концов останавливается на мне, и когда наши глаза встречаются, я знаю, что нам ещё предстоит разговор об этом.

Доктор Ниша снова смотрит в свои записи.

— В шесть двадцать шесть мы решили, что потеряли его. На двадцать две секунды у Себастьяна прекратилась сердечная и мозговая деятельность.

Я быстренько подсчитываю в уме. Это, видимо, то время, когда мы с Себом скакнули со скалы, и на секунду — на краткий мир — в животе у меня что-то кувыркается при этом воспоминании.

Страх, бьющее в глаза солнце, преследователи, туман внизу…

— Ты в порядке, Малки? — спрашивает доктор Ниша. — Знаю, это может расстроить. И странное дело — в тот самый момент, когда его сердцебиение

412

было наиболее учащено, он кое-что сказал, правда, Себ? — Она улыбается ему. — Он открыл глаза и сказал: «Отпусти, Малки!»

Я говорю:

— Там было: «Отпусти себя, Малки!»

Доктор Ниша смотрит на меня странновато.

— Вообще-то ты прав! Откуда ты узнал?

В конце концов все отправляются позавтракать, но Себ уже поел, а я не голоден. Так что мы остаёмся в его маленькой палате рядом с отделением интенсивной терапии. Он сидит на кровати с подоткнутыми под спину пышными подушками. Я хочу знать только одно.

— Что с тобой было? — спрашиваю я. — Когда ты спал, и тебе снился сон, и ты был привязан к колу, и тебя били…

Себ смотрит в потолок, будто пытаясь выудить из памяти воспоминание.

— А, ну да, — говорит он. — Было не очень. Но…

— *Было не очень?* — Я поражён. — Ты хочешь сказать… ты ничего не помнишь?

Он снова задумывается.

— Не совсем. Помню, но не всё.

— А мамонта помнишь? — Я начинаю смеяться. — Голую Молу?

— Голую *что*?

Я осознаю, что с бабушкой Сьюзен он не знаком.

— Дело в том, Малки, что это был твой сон… правда? А я просто был… в нём, почему-то.

А теперь у меня такое чувство, будто это был просто кошмар, понимаешь? Неприятно, но…

Я снова смотрю на его запястья. Плохой сон стирается из его памяти, а вместе с ним и раны, и я чувствую огромное облегчение. Я стою над его кроватью и не знаю, почему, возможно, впервые в жизни, я наклоняюсь вперёд и заключаю своего младшего брата в объятья и крепко стискиваю его, а он стискивает меня в ответ.

— Я люблю тебя, Себ, — говорю я, а он смеётся и отвечает:

— Ага, ну окей.

Потом он быстро добавляет:

— Эй, а видел, какая у меня на бедре рана?

— Нет. Откуда?

Он сбрасывает с себя простыню.

— Врачи немного беспокоятся. Вот. — Он спускает резинку пижамных штанов, демонстрируя бедро и часть ягодицы. — Видишь? Вот она. Подойди поближе. *Ближе!* — Я наклоняюсь, пока мой нос едва не касается его белой попы. Я не вижу никакой раны.

И тут он *мощно* пукает, прямо мне в лицо, а потом становится фиолетовым, задыхаясь от смеха.

Думаю, это его способ сказать «Я тоже тебя люблю».

Глава 86

Позднее этим же днём Себа выписывают из больницы, и папа собирается уезжать обратно в Мидлсбро. Они с мамой стоят у его машины, пока мы с Себом ждём на том же заборе, на котором я сидел всего пару дней назад. На Себе, конечно, его вратарская футболка.

Себ пихает меня.

— Глянь на маму с папой! — говорит он, и я вижу, что они смеются!

Ладно, не то чтобы смеются, но папа что-то с улыбкой сказал, а мама улыбается ему в ответ. Потом она тепло кивает, кладёт руку ему на предплечье и некоторое время не убирает, а потом отодвигается и машет нам, чтобы мы шли в машину к дяде Питу.

— Парни! — зовёт папа, и мы встаём и подходим к нему. Некоторое время мы втроём просто неловко стоим. Наконец папа говорит: — Эм, как насчёт того, чтобы вы двое приехали со мной повидаться, э? Матч Мидлсбро — Лутон? Я бы мог достать билеты?

Раньше я никогда не бывал на настоящем футбольном матче, как и Себ, который расплывается в широченной улыбке. Его любимый вратарь играет за Мидлсбро.

— Фупер! — Он обхватывает папу руками, но тут же отстраняется. — Пап! Ты... эм... пахнешь как-то не очень.

Папа хмурится и нюхает свою руку.

— Прости, приятель, знаю. От меня всё утро чем-то странным несёт. С того момента, как я проснулся, если точнее. Я принимал душ, честно!

Я подхожу поближе и принюхиваюсь.

— Крокодильи кишки, — говорю я, и папа резко поворачивает голову и смотрит на меня, разинув рот.

— Что? Я... я видел... я точно не помню, но...

— Ты видел сон, в котором ты был внутри крокодила?

— Эм... да. Откуда ты *это* знаешь?

Я пожимаю плечами.

— Просто предположил, пап. Но, думаю, запах скоро выветрится.

Он пристально смотрит на меня. Я не хочу рассказывать ему подробности, по крайней мере пока. Мама поторапливает нас, и папа смеётся и садится в машину.

— Надеюсь, ты прав! Мидлсбро против Лутона. Увидимся!

Глава 87

Я успел проучиться всего несколько дней, а уже опять стоял в кабинете миссис Фаррух. Однако на этот раз не из-за того, что вляпался в неприятности. Сьюзен там тоже была.

— Вам не обязательно идти, если не хотите, — сказала миссис Фаррух. — Но я пойду и буду рада, если вы ко мне присоединитесь.

И вот, три дня спустя, я, Сьюзен, Мола и миссис Фаррух сидим среди дюжины других людей в церкви Христа Спасителя на похоронах Кеннета Маккинли. Кез Беккер тоже тут, с улёгшимся под передней скамьёй Деннисом.

— Упокой, Господи, его душу, — говорит Анди, оглядывая почти пустую церковь. — У бедного старого Кеннета и правда никого не было, а?

Кроме нас тут семейная пара, жившая в квартире над Кеннетом, с которыми Анди немного знакома, и другая сиделка по имени Розмари, подменявшая Анди. В центре церкви стоит гроб Кеннета, задрапированный клетчатой тканью. Я видел этот гроб раньше, конечно, но здесь он выглядит не таким пугающим. Раньше я никогда не бывал на похоронах, но это ничего. Священница, женщина с глубоким голосом и приятной улыбкой, произносит несколько молитв, а потом смотрит вглубь церкви. Мы следим за её взглядом — с дальней скамьи поднимается старик с пышными седыми усами и медленно идёт по проходу, выпрямив, спину.

Он поворачивается лицом к немногочисленным собравшимся и прочищает горло. Я смотрю на Сьюзен. Его лицо мне откуда-то знакомо, но я никак не вспомню откуда.

— Всем доброе утро, — говорит он с мягким и чистым шотландским акцентом. — Меня зовут Робби Фергюсон, и когда-то я очень несправедливо обошёлся с Кеннетом Маккинли.

Я снова кошусь на Сьюзен — она рисует пальцами в воздухе прямоугольничек, и я киваю.

Это мужчина, который брал у Кеннета интервью в той передаче!

— У Кеннета успешно складывалась карьера в Шотландии, он выступал в театрах с мистическими и телепатическими номерами, которые всегда заканчивались его знаменитой иллюзией левитации. К 1980-м он начал подходить к своим номерам с более, а... *философской* стороны, и в телепрограмме, ведущим которой я в то время был, я высмеял его.

Старик делает паузу и на миг опускает голову.

— Я не горжусь этим. Я делал это смеха ради. Я продемонстрировал старый вечериночный фокус и сказал всем, что именно так, должно быть, Кеннет и проворачивал свою поразительную левитацию. Но правда состоит в том, что свой секрет он унёс с собой в могилу. Я поглумился над его бизнес-затеей, в которую он вложил небольшое состояние: безобидной игрушкой, которая, как было заявлено, могла влиять на ваши сны. Почти никто не купил её. Его карьера пошла на спад, и он так никогда и не оправился от этого. А потом его сын, Ури, — названный, конечно, в честь друга Кеннета, всемирно известного фокусника Ури Геллера...

Сьюзен крепко стискивает мою руку. Мы оба понимаем, что перед нашими глазами разворачивается нечто важное, но не знаем, что.

— Как некоторые из вас знают, маленький Ури умер в 1988. Однажды он уснул и никак не просыпался. Он как будто впал в кому. Доктора не могли заставить его очнуться, и, несколько дней спустя, бедный махонький Ури скончался. Никто не знал, почему, хотя ходили слухи, что жена Кеннета, Джанет, отчего-то обвинила во всём его. Вскоре после этого они расстались.

Сьюзен ещё сильнее стискивает мою ладонь.

Старик выпрямляется и обращается прямо к гробу, как будто Кеннет может его слышать. Я, кажется, перестаю дышать.

— Прости, Кеннет. Если мой поступок сделал твою жизнь тяжелее, надеюсь, я немного загладил свою вину.

Робби Фергюсон кивает, снова прочищает горло, а потом шагает по проходу назад и покидает церковь и наши жизни.

Священница снова поднялась, слабо улыбаясь. Не думаю, что она ожидала этого. Кажется, она испытывает облегчение, что ей есть что сказать, когда она произносит:

— Малкольм?

Сьюзен пожимает мне ладонь напоследок, а потом отпускает.

Я сую руку под скамью и достаю плоскую коробку, обёрнутую как подарок.

— Смелей, — бормочет миссис Фаррух, и я встаю и медленно иду к гробу Кеннета, а потом кладу на деревянную крышку празднично упакованный сгоревший Сновидатор. Папа Кез, стоящий поодаль в своём чёрном агентском костюме с галстуком, понятия не имеет, что внутри и откуда у меня это, — и никогда не узнает.

— Спасибо, что помогли с Катбертом, Кеннет, — говорю я — слишком тихо, чтобы кто-то расслышал.

Снаружи церкви дует колючий ветер, и мы все как-то ссутуливаемся, не совсем понимая, что делать. Анди говорит нам, удовлетворённо кивая:

— Что ж, это всё объясняет.

— Что всё объясняет? — не понимаю я.

— Люди в «Руке помощи», агентстве по найму сиделок, в котором я работаю, не знали, кто оплачивал счета Кеннета. «Таинственный благотворитель» каждый месяц переводил деньги на оплату его сиделки. Думаю, это тот Робби так извинялся перед ним.

В нескольких метрах от нас что-то происходит между миссис Фаррух и папой Кез. Они увлечены разговором, и папа Кез часто кивает, а потом ему нужно уходить — следить за тем, как гроб Кеннета укладывают в катафалк.

(Я уже посмотрел, и, *кажется*, на капоте нет никаких вмятин от наших со Сьюзен прыжков.) Миссис Фаррух вся светится.

— Что ж, вот и разобрались, — говорит она. — Я только что пообщалась с вашим отцом, Кезия. Вы, эм… уклонились от участия в общественно полезном труде, хотя ваш папа говорит, что ему ничего не известно о вашей, э… фобии.

Я бросаю взгляд на Кез — лицо у неё каменное.

Миссис Фаррух продолжает:

— Так что я назначаю вам новое задание от ОПТа. Со следующей недели вы будете возглавлять новую инициативу: Большую Пляжную Уборку! От Тайнмута да Калверкота, чтобы наши замечательные пляжи были чисты от морского мусора, битого стекла и собачьих отходов! Большое спасибо за ваше согласие. — Она хлопает в ладоши. — Разве это не *изумительно*?

Лицо Кез надо видеть, и всё, на что я способен, — это не рассмеяться при мысли о Кез, собирающей собачьи какашки. Она отвечает с минимальным энтузиазмом:

— Да, мисс. Изумительно.

Мы со Сьюзен стоим вместе с Молой и как раз собираемся сесть в машину к миссис Фаррух, чтобы ехать обратно в школу, когда к нам подходит Анди.

— Совсем забыла, — запыхавшись, говорит она и передаёт мне пакет, который держала в руках всё утро.

— Кеннет часто рассказывал мне о своих снах. В основном это был полный бред. Но после того, как вы ушли в последний раз — после того, как мы встретились у реки? — он сказал мне: «Отдай парню вот это. Думаю, он ему понадобится».

Я сую руку в пакет — мои пальцы нащупывают знакомые очертания, и я достаю Кеннетов дирк, вместе с кожаными ножнами и ремнём. Я вообще ничего не могу сказать: голова идёт кругом.

Анди говорит:

— Ещё он добавил «удачи с Катбертом». Ну, как я и сказала, он частенько нёс околесицу, бедная старая душа. Но знаешь — неплохо иметь такую штуку, а?

Она улыбается мне, и я шёпотом выдавливаю:

— Спасибо.

Я ловлю взгляд Молы. Она тоже улыбается и понимающе подмигивает мне, как будто это всё объясняет.

Если бы.

НЕДЕЛЮ СПУСТЯ

Глава 88

— Давай быстрее — опоздаем же!

— Я нормально выгляжу?

— Себ, приятель, Сьюзен сказала, что ты можешь прийти в чём угодно, главное — в чистом. Твоя рожа от этого красивее не станет.

Когда-то, не так давно, Себ начал бы жаловаться. Заскулил бы. Пригрозил бы рассказать маме, что я обзываюсь. Я бы огрызнулся в ответ, и мы начали бы драться, а маме пришлось бы нас разнимать, и…

Ну, вы меня поняли. Но вместо этого он говорит:

— Сам ты рожа.

Знаю: подкол никудышный, но ему всего семь. В общем, мы идём к выходу, когда из кухни появляются мама и Качок Билли — они всё утро там проболтали. Честное слово, чай он пьёт просто в неприличных количествах, мне иногда интересно — у него что, дома чайника нет? Сегодня они должны красить новый забор, как будто для этого требуется четыре руки. Стоят улыбаются, как ненормальные.

— Мальчики! — говорит мама с забавной ноткой в голосе. — Куда это вы собрались?

Я останавливаюсь на пороге.

— Прости, ма. Сьюзен пригласила нас выпить тибетского масляного чаю с пирогом. Сказала, что у неё для нас особенный сюрприз, и велела не опаздывать.

Мама приподнимает брови.

— Серьёзно? Для вас обоих? Вот только у нас с Билли тоже для вас сюрприз, правда, Билли? Хотим вам кое-что рассказать.

Билли кивает и приобнимает маму своей мощной рукой, что немного необычно, но, может, она замёрзла — дверь-то открыта.

— Не волнуйтесь, — говорит Билли. — Это подождёт, правда, Мэри? — Он подмигивает ей, а мы пускаемся бежать.

В саду у Сьюзен дует сильный ветер, и молитвенные флажки хлопают так громко, что собравшимся приходится говорить на повышенных тонах, чтобы их услышали.

Сьюзен встречает нас с Себом у задней калитки и ведёт по тропинке. Она говорит:

— Поглядите на себя — нарядные и аккуратные!

Тут люди, которых я никогда раньше не видел, плюс Мола в шикарном багровом саронге. Все очень нарядные, и я рад, что додумался надеть свою лучшую рубашку. В саду накрыт большой стол — я замечаю масляный пирог и пару незнакомых блюд, которые не узнаю среди привычных сэндвичей и чипсов.

— Ты, должно быть, Малкольм, — говорит стройная женщина с волосами в точности как у Сьюзен и очень широкой и тёплой улыбкой. — И Себастьян. Тензин — то есть Сьюзен — рассказала мне всё о ваших... а, приключениях. Я мама Сьюзен. Или, как вы тут, кажется, говорите, «ма».

— Ошшень рад ш вами пожнакомиться, — говорит Себ с набитым масляным пирогом ртом. Мама Сьюзен делает вид, что не заметила, как на неё приземлились крошки, и улыбается в ответ.

— Я тоже, Себастьян. Нам очень повезло, что вы к нам пришли. А теперь прошу меня извинить. — Она смотрит на небо. — Дождь вряд ли заставит себя ждать. Нужно начинать.

Она отходит и хлопает в ладоши. Люди ставят чашки на стол и умолкают, а мама Сьюзен делает глубокий вдох и начинает произносить небольшую речь.

Конечно, она на тибетском. Себ озадаченно смотрит на меня, но я лишь пожимаю плечами. Люди вокруг одобрительно бормочут, время от времени аплодируя. В какой-то момент мама Сьюзен прерывается, чтобы промокнуть глаза, и люди умилённо восклицают: «О-о-о!» и улыбаются.

Я ищу глазами Сьюзен. Куда она подевалась? Она могла бы помочь мне разобраться, что тут творится. Я замечаю в сторонке маленький столик со стоящим на нём портретом Далай-ламы, украшенный цветами и свечками внутри длинных стеклянных трубок.

Я наклоняюсь к Моле — она так широко улыбается, что я тоже не могу сдержать улыбки.

— Мола, — шиплю я сквозь растянутые губы. — Что происходит?

— Тс-с. Сейчас придёт особый гость!

Когда она говорит это, все поворачивают головы, и из дома медленно выходит Деннис, которого ведёт на поводке какой-то мужчина. Все ахают, радуются и хлопают — и я тоже, потому что я наконец догадался, что происходит, и очень рад, что Сьюзен удалось взять Денниса к себе.

Она, несомненно, будет очень ответственной хозяйкой для престарелого пса, и я счастлив за неё. Вот только… как-то многовато суматохи из-за собаки!

Люди, включая Сьюзен, собираются вокруг новоприбывшего, и что-то восторженно щебечут. Раздаётся удар грома, и все охают. Поднимается ветер, заставляя молитвенные флажки трепетать ещё сильнее. При первых признаках дождя пара людей начинает уносить тарелки в дом, и посреди всей этой кутерьмы я наклоняюсь к Моле и говорю:

— Сьюзен, наверное, счастлива.

— О да. Теперь, когда её папа с ней, она очень счастливая девочка.

Я киваю и улыбаюсь.

Стоп. Минуточку.

Что? Я, наверное, ослышался. Она же сказала «пёс», правда?

— Простите, Мола. Что вы сказали?

— Я сказала, теперь, когда её папа с ней, она очень счастливая девочка!

Её... её... О боже мой!

Через пару секунд я проталкиваюсь через толпу и *воплю* от восторга, радуясь за Сьюзен, крепко обнимаю и кружу её, а потом обнимаю и её очень удивлённого папу, который — и я совсем не удивлён — выглядит в точности так, как в том сне, и он улыбается и обнимает меня в ответ. Я даже Денниса обнимаю.

И в этот момент, когда дождь накрапывает мне на рубашку, а ветер сумасшедше треплет флажки, я смотрю на улыбающуюся Сьюзен и почёсывающего голову Денниса Себастьяна и понимаю, до чего же мне повезло.

Глава 89

Дождь прекратился, и мы с Себом шлёпаем домой по лужам.

— Как думаешь, что ма и Билли хотели нам сказать? — спрашивает Себ.

— Без понятия. Наверное, что-нибудь насчёт забора, и мне, в общем-то, всё равно.

— Слушай, Малки. Вся эта фигня со Сновидаторами? Мы много об этом говорили, ага?

— Угу. На самом деле мы с ним много дней не говорили ни о чём другом. У меня больше не было снов наяву, как и у Себа. Просто нормальные безумные сны, которые мы оба забываем вскоре после пробуждения.

— В общем, Малки, я больше не рассказываю об этом другим людям. Ни Эрин, ни Хассану... А то ещё подумают, что мы чокнулись.

— Думаю, ты прав, бро.

— Значит, никому не будем рассказывать, а?

Я обнимаю его за худенькие плечи и улыбаюсь.

— Себ, дружище, я бы даже во сне не стал.

Благодарности

Любая книга — совместная работа, и я обязан поблагодарить бесчисленное множество людей — со многими из которых даже не знаком лично, — которые сыграли свою роль в том, чтобы эта история попала к вам в руки.

Самый главный из них — мой редактор в издательстве «HarperCollins», Ник Лейк, чьи мудрые и здравые советы всегда очень помогают мне; также я благодарен Саманте Стюарт и Джейн Тейт, чей вклад часто кажется незначительными изменениями, но эти изменения оказывают большое влияние. Также спасибо моему брату Рою Уэлфорду за то, что прочёл черновик и внёс некоторые ценные предложения.

И последнее, но не менее важное спасибо я хочу сказать всем книготорговцам, библиотекарям, блогерам, учителям и многим другим, за чью поддержку и рекомендации я премного благодарен.

Оглавление

УДК 821.111-93
ББК 84(4Вел)-44
У98

Серия «Бестселлеры мировой фантастики для детей»
Литературно-художественное издание
әдеби-көркемдік баспа
Для среднего школьного возраста

Росс Уэлфорд

Иллюстрации А. Кривогина

Заведующая редакцией Т. Мантула. Ответственный редактор Е. Яковлева
Художественный редактор и дизайнер обложки Н. Вдовина
Технический редактор Е. Кудиярова. Вёрстка А. Цуркан. Корректор А. Оганян

Общероссийский классификатор продукции
ОК-034-2014 (КПЕС 2008);
58.11.1 — книги, брошюры печатные.
Книжная продукция — ТР ТС 007/2011
Подписано в печать 15.12.2021
Дата изготовления: февраль, 2022
Формат 60х90/16. Гарнитура Garamond
Печать офсетная. Бумага офсетная.
Усл. печ. л. 27. Тираж 4000 экз. Заказ № 12295.

Оригинал-макет подготовлен редакцией
«Вилли Винки»
Произведено в Российской Федерации
Изготовитель: ООО «Издательство АСТ»,
Российская Федерация, 129085, г. Москва,
Звёздный бульвар, д. 21, стр. 1, комн. 705,
пом. I, этаж 7
Наш электронный адрес: www.ast.ru
Адрес места осуществления деятельности:
Российская Федерация, 123112, Москва,
Пресненская набережная, д.6, стр.2,
Деловой комплекс «Империя», 14-й, 15-й этаж

«АСТ баспасы» ЖШҚ, 129085, г. Мәскеу,
Жұлдызды гүлзар, д. 21, 1 құрылым,
705 бөлме, пом. 1, 7-қабат
Біздің электрондық мекенжайымыз: www.ast.ru
E-mail: ask@ast.ru
Интернет-магазин: www.book24.kz
Интернет-дүкен: www.book24.kz
Импортёр в Республику Казахстан и
представитель по приёму претензий в Республике
Казахстан — ТОО РДЦ Алматы, г. Алматы.
Қазақстан Республикасына импорттаушы және
Қазақстан Республикасында наразылықтарды
қабылдау бойынша өкіл — «РДЦ-Алматы» ЖШС,
Алматы қ., Домбровский көш., 3«а»,
Б литері офис 1. Тел.: 8 (727) 2 51 59 90,91,
факс: 8 (727) 251 59 92 ішкі 107;
E-mail: RDC-Almaty@eksmo.kz, www.book24.kz
Тауар белгісі: «АСТ» Өндірілген жылы: 2022
Өнімнің жарамдылық; мерзімі шектелмеген.
Сертификаттау қарастырылған

Отпечатано с готовых файлов заказчика
в АО «Первая Образцовая типография»,
филиал «УЛЬЯНОВСКИЙ ДОМ ПЕЧАТИ»
432980, Россия, г. Ульяновск, ул. Гончарова, 14

Уэлфорд, Р.

У98   Когда мы потерялись в Стране мечты / Р. Уэлфорд ; пер. с англ. Е. Зиганшиной. — М.: Издательство АСТ, 2022. — 432 с. : ил. — (Бестселлеры мировой фантастики для детей).

ISBN 978-5-17-146291-8.

У одиннадцатилетнего Малки и его младшего брата Себа внезапно появляется устройство, которое может переносить их в совершенно невообразимые миры. Мечта, сон и реальность сливаются воедино — испанские галеоны, захватывающие битвы и спортивные победы — кажется, теперь что угодно подвластно обыкновенным мальчикам, но внезапная трагедия меняет всё.

Поможет ли Малки своему младшему брату? Каким будет его последнее путешествие? И что такое настоящая братская любовь, дружба и самопожертвование?

Захватывающая и трогательная история от мастера детской фантастики, популярного британского писателя Росса Уэлфорда.

Для среднего школьного возраста.

ОТЗЫВЫ ЭКСПЕРТОВ @

Анна Устинкова, 12 лет

МЕЧТАЕТ СТАТЬ ПИСАТЕЛЕМ

Сны — это самая загадочная часть нашей жизни. Я думаю, что каждый человек хотел бы, чтобы самые интересные его сны не забывались никогда, чтобы снами можно было управлять, а ещё лучше вместе с друзьями.

Так получилось, что невероятный прибор сновидатор, с помощью которого можно управлять снами, попал в руки двум братьям, Малки и Себу. Сначала мальчики весело и интересно проводили время в необычных увлекательных снах, а потом начались серьезные проблемы.

Я читала и не могла оторваться. Вокруг главного героя собирается столько интересных персонажей!

Всё в итоге закончилось хорошо. И мне показалось, что не зря к концу книги сломались все сновидаторы. Потому что не надо человеку грубо вмешиваться в законы природы, пусть лучше останется какая-то неразгаданная тайна.

Александр Шевченко, 12 лет
НАЧИНАЮЩИЙ ГЕЙМ-ДЕВЕЛОПЕР

Это очень запутанная книга.

Всё начинается со сновидатора. Это специальный прибор, помогающий попасть в осознанный сон. Этим история напоминает фильм Кристофера Нолана «Начало». Там герои тоже попадали в странные ситуации. Здесь два брата, причём младший часто поступает умнее старшего и лучше разбирается в происходящем. Иногда реальность путается со сном, и это ставит в тупик.

Зато очень хорошо прописаны отношения героев, их поступки кажутся достоверными.

Ксения Шевченко, 10 лет
БУДУЩИЙ ХУДОЖНИК-ИЛЛЮСТРАТОР

Вот, к примеру, представьте. Вы мальчик, которому пришлось кое-что украсть, и теперь ваш младший брат не может проснуться. Вы не знаете, что делать, но надежда только на вас. Будете ли вы рисковать ради него или испугаетесь?

Я считаю, книга о Малкольме, который обнаружил опасную технологию, понравится тем, кто любит жуткие и невероятные приключения.

Она об ответственности и о разном подходе к одной и той же проблеме.

ОДОБРЕНО ЭКСПЕРТНЫМ СОВЕТОМ